LE LAC DE NULLE PART

DU MÊME AUTEUR

La Vie en chantier, 2019 ; totem n°181
Mon désir le plus ardent, 2018 ; totem n°129
Le Nom des étoiles, 2016 ; totem n°101
Lucy in the sky, 2015 ; totem n°74
Comment tout a commencé, 2013 ; totem n°154
Chinook, 2011 ; totem n°200
Avant la nuit, 2010
Indian Creek, 2006 ; totem n°2

Pete Fromm

LE LAC DE NULLE PART

Roman

Traduit de l'américain
par Juliane Nivelt

Gallmeister

FICTION

Titre original: LAKE NOWHERE

ISBN 978-2-35178-285-9
ISSN 1956-0982
Photo de l'auteur © Gallmeister
Illustration de couverture © Marta Orzel
Conception graphique : Aurélie Bert

I

Les doutes soulevés par son premier texto se confirment à Minneapolis, sitôt que je retrouve Papa, non pas devant la zone de retrait des bagages, martelant avec impatience le volant de l'Aventuremobile, mais en train d'errer dans les tréfonds du terminal E, du côté contrôlé du point de contrôle. Il a l'air un peu perdu, un peu désœuvré, puis il m'aperçoit et se met à faire de grands gestes, comme s'il avait tout prévu à la seconde près. En réalité, il paraît surtout soulagé.

Nous fendons la foule, il me tape dans le dos et m'interroge sur le vol depuis San Francisco.

— Comment tu t'es débrouillé pour passer le point de contrôle ? dis-je au même moment.

Au lieu de me répondre, il me touche le coude pour me faire pivoter.

— Ce ne serait pas…

Une femme au moins aussi grande qu'Al et tout aussi blonde déambule devant nous, un sac étanche usé à l'épaule. Elle ne semble pas tant se diriger vers un lieu précis que faire du lèche-vitrines.

— Al!

Elle sursaute, à croire qu'elle s'est fait prendre en flagrant délit, la seule femme au monde qui réponde au nom de Al. Son visage a beau s'éclairer d'un large sourire, quand elle m'étreint, je la sens scruter Papa par-dessus mon épaule. Ils n'échangent pas un mot. Déjà ?

Elle s'écarte et s'accroche à mon bras, manœuvrant de sorte à me placer entre eux, un bouclier humain. Je hausse les épaules, regarde Papa et lui demande s'il est venu en avion, même si c'est peu probable.

— Je ne suis pas venu à pied.

J'étais persuadé qu'il m'attendrait dans sa vieille Chevrolet au pare-brise fissuré et maculé d'insectes, deux ou trois canoës chargés jusqu'aux plats-bords sur la galerie soudée à la main. Comme si nous n'avions jamais cessé de nous retrouver ainsi. Vu le coup d'œil qu'elle m'adresse, Al pensait la même chose.

— Alors, dis-je. (Nous suivons les panneaux indiquant la zone de retrait des bagages.) Qu'est-ce qui se passe ?

Papa balaye la question d'un revers de la main.

— En temps voulu, en temps voulu.

Incroyable. Papa, l'homme capable de transformer en saga épique le plus banal des événements, qui laisse passer une occasion de raconter une histoire. Une fois devant le tapis roulant, nous l'observons décrire sa boucle infinie. Les voyageurs récupèrent leurs valises, la foule se disperse, Al et moi saisissons nos sacs, mais Papa reste immobile, aucune de ses affaires ne se matérialisant sous nos yeux.

— Tu as tout le temps de nous expliquer ce qui est arrivé à l'Aventuremobile, dis-je.

Papa ne détache pas les yeux du tapis.

— J'ai réservé trois places sur un vol à destination d'International Falls. Pour nous éviter un trajet en voiture.

— Pour nous éviter un trajet en voiture ? s'étonne Al.

Papa aime conduire presque autant qu'il aime les histoires. Son silence est aussi inquiétant que l'absence de l'Aventuremobile.

Enfin, il s'empare d'un sac en toile, rien de plus. Maintenant nous sommes seuls dans le hall, hormis deux valises solitaires ainsi qu'un siège pour bébé dans un emballage plastique à motif cœurs. Quel genre de personne oublie un siège pour bébé ? Qu'en est-il du bébé ?

Sans avoir répondu à une seule question, Papa tourne les talons. Nous le suivons, toutefois je refuse de lâcher le morceau.

— Alors, qu'est-ce que t'as oublié ? Juste les trucs essentiels ?

Il se fige, me dévisage.

— Pourquoi je m'embêterais à prendre des bagages que je ne considère pas comme essentiels, Trig ? Pour le simple plaisir de porter du poids superflu ?

— C'est bon, je me tais.

— Il plaisantait, je crois, dit Al.

Il la fusille du regard avant de fondre sur le gamin occupé à tuer le temps derrière le comptoir d'information.

— Bonjour, dit celui-ci avec un sourire.

— Non, ce n'est pas un bon jour.

Le gamin cligne des yeux. Papa entreprend de décrire ses énormes sacs étanches, son Duluth à la toile si tachée et délavée que sa couleur est presque impossible à déterminer.

— Marron vert…

Le gamin arbore une mine désolée.

— Vous avez vos reçus ?

Papa le dévisage, comme s'il venait de s'exprimer dans une langue étrangère.

— Les petits tickets ? ajoute le gamin. Avec le numéro des sacs dessus ?

— Ils ont dû te les donner à l'enregistrement, dis-je.

Papa fouille dans son portefeuille, chacune de ses poches, sort trois cartes d'embarquement. Avec un soupir, le gamin lui donne des formulaires à remplir. Puis il décroche le téléphone et commence à poser des questions. Peut-être s'agit-il d'une simple ruse pour éviter le regard de Papa. Y a-t-il vraiment quelqu'un à l'autre bout de la ligne ?

Le gamin raccroche.

— À quelle adresse devront être livrés les bagages s'ils sont retrouvés ? demande-t-il.

— Si ? Si ? s'emporte Papa. (Le gamin cligne à nouveau des yeux.) On a un vol à prendre, on va à International Falls.

Une fois de plus, le gamin cligne des yeux.

— Vos sacs n'ont pas été transférés ?

Papa semble décontenancé.

— Il y a eu un changement de dernière minute.

— Vous aviez l'intention de sortir du hall d'embarquement, de récupérer vos sacs et de repasser par le point de contrôle ?

Je me tourne vers Papa. Il n'a jamais été dans un aéroport ou quoi ? Il plisse les yeux, plaque les trois cartes d'embarquement sur le comptoir.

Le gamin décroche le téléphone. Lorsqu'il raccroche, on dirait qu'il s'apprête à subir le supplice de la planche.

— Je ne trouve aucun bagage enregistré à votre nom.

Désarçonné, Papa dit qu'on va prendre une chambre pour attendre les bagages.

— Vous avez encore le temps d'attraper votre vol, monsieur. On vous livrera vos bagages à International Falls. J'ai juste besoin d'une adresse et…

— Une adresse ? Au milieu de nulle part, Canada. Ça vous va ? Vous comptez venir en canoë ?

Al lâche mon bras, fait un pas de côté, s'éloigne du comptoir, de Papa.

Le gamin a enfin cessé de cligner des yeux.

— Changez nos billets, on partira mardi. Vous aurez le temps de retrouver nos bagages.

Le gamin pianote sur son clavier.

— Trois billets ?

Mon père se frotte le visage, repousse sa vieille casquette Packers.

— On voyage ensemble, dit-il. Les jumeaux et moi. Lequel de nous trois devrait rester sur le carreau, à votre avis ?

Al esquisse un sourire : Moi ! Moi ! Je me détourne afin que Papa ne me voie pas réprimer un rire.

— D'accord, dit le gamin, pianotant toujours. (Il lève les yeux, son sourire professionnel commence à s'émousser.) Ça risque de vous coûter cher.

— Quoi ? s'étrangle Papa. (Il se ressaisit.) Vous ne comprenez pas. (Il replace sa casquette sur sa tête et se redresse, dominant de toute sa hauteur le comptoir, l'ordinateur, le gamin.) Ce n'est pas moi qui ai perdu les bagages. Et ce n'est pas moi qui vais vous payer pour les retrouver. Vous allez me changer ces billets. Si ça pose un problème à quelqu'un, il aura affaire à moi.

Le gamin marmonne quelque chose à propos de dix dollars par heure. Trois billets se matérialisent sur le comptoir.

— S'ils ne les retrouvent pas, on pourra racheter ce dont on a besoin ici ou à International Falls, dis-je.

— J'ai eu ces affaires presque toute ma vie, Monsieur-Haute-Finance. Je ne suis pas près de les remplacer.

— Jamais sans ta gamelle ? dit Al.

Papa consent à sourire.

— Exactement, jamais sans ma gamelle.

La gamelle dans laquelle il prépare le café, comme s'il était un ranger australien. Une boîte de conserve noircie et cabossée, pourvue d'une poignée bricolée avec un cintre métallique tordu, qu'il pose à même les braises. Il l'a depuis notre naissance, il l'avait même durant ses années perdues, le trou noir qu'était son existence avant Maman. Il verse le café moulu dans l'eau bouillante et laisse mijoter le mélange, qu'il agrémente ensuite d'un filet d'eau froide, "pour couler le marc". La gamelle nous a accompagnés dans toutes nos aventures. Maman levait les yeux au ciel chaque fois qu'il jetait une poignée de sucre roux dans la mixture. C'est moins mauvais qu'on pourrait le croire.

Il donne son numéro au gamin, ainsi que le mien et celui d'Al, histoire de mettre toutes les chances de son côté. Ensuite, il colle son portable à son oreille, mimant un appel.

— Dès que vous aurez retrouvé les sacs. Ne perdez pas une seconde.

Le gamin hoche la tête. Nous sortons sous un ciel bas et la morsure de l'automne nous pousse à nous emmitoufler dans nos polaires. Même Papa rentre la tête dans les épaules. Étonnamment, sa veste sent déjà le feu de camp.

Nos vêtements imperméables sont dans le Duluth, où qu'il soit.

— On va où ? demande Al.

— Dans un magasin qui vend du matériel de camping, au cas où.

Elle consulte son téléphone et commande un Uber.

— On fait aussi quelques courses ?

Papa acquiesce.

— Et ce soir ? dis-je. On dort sous un pont ? À la dure ?

Papa esquisse un sourire.

— À ta guise, Capitaine Californie. Moi, je préfère mener grand train. Une dernière nuit avec un oreiller, de la lumière.

Al pousse un cri de joie.

— À nous le Ritz ! glapit-elle, une phrase que Maman avait l'habitude de prononcer les rares fois où l'on s'offrait un petit luxe.

N'empêche, en ce qui me concerne, on n'est pas si loin du Ritz.

Le gamin n'appellera jamais. Les bagages ne referont jamais surface. Peut-être finiront-ils par être retrouvés, longtemps après notre départ. Peut-être un message nous attendra-t-il à notre retour.

À l'hôtel, Al demande qui dort où, si une deuxième chambre est envisageable. Elle a passé son bras sous le mien. Papa lui adresse un regard noir, comme si elle avait proposé qu'on brûle de l'argent pour se réchauffer. De l'argent que je n'ai plus moi-même. Pour finir, il dort dans un lit, Al et moi partageons l'autre, bien que nous ayons passé l'âge pour ce genre de chose, d'au moins vingt ans. Je me serre tout au bord du matelas, secoué par les ronflements de Papa sur le lit d'en face, et Al se recroqueville du côté opposé. Le lendemain matin, sans nouvelles de la compagnie aérienne, nous avalons notre petit déjeuner gratuit et sortons acheter l'équipement que nous avons repéré la veille.

Dans le magasin – Les Alpinistes du Midwest, un nom qui nous fait pouffer, l'alpinisme n'étant pas vraiment la spécialité de la région –, nous observons Papa effectuer ses achats comme s'il essayait une nouvelle peau : les habits fripés, les vêtements imperméables froissés, deux duvets conçus pour résister à des températures extrêmes. Il n'arrive pas à croire qu'Al n'ait pas emporté le sien, qu'elle possède depuis toujours.

— Pas assez chaud pour le mois de novembre, dit-elle en lui décochant son œil noir.

Vu le regard qu'il lui renvoie, je n'ose pas annoncer que j'ai le mien, ni réclamer quoi que ce soit de plus chaud. Sitôt qu'il a le dos tourné, j'attrape deux paires de semelles à crampons multidirectionnels sur le présentoir jouxtant la caisse et les dépose sur le tapis pendant que l'employé scanne les articles et les range dans des sacs. Une sorte de blague, sur le climat, la saison, le genre de truc qu'on faisait avant, placer des objets ridicules ou interdits dans le chariot que Papa feignait de ne pas remarquer avant de les retirer sans mot dire pour les abandonner quelque part dans le magasin. Al sourit en arquant un sourcil. La caissière s'en empare aussi sec. J'envisage de les récupérer, craignant que Papa pique une crise quand il se rendra compte qu'il a dépensé cinquante dollars pour des accessoires qui, selon lui, sont des gadgets pour bobos, des trucs new age, de la pornographie pour randonneurs du dimanche. On n'est pas loin du blasphème que représentent les lampes frontales. Trop tard. Peut-être parviendrai-je à m'en débarrasser discrètement au moment de faire les bagages, en les cachant ou en les jetant à la poubelle.

J'attrape mon portefeuille, une vieille habitude. Au point où j'en suis, atteindre le plafond de ma dernière carte ne changera pas grand-chose. Al me touche le bras et secoue la tête. Même Papa me fait signe d'arrêter, je range donc mon portefeuille et le regarde mettre fin au rituel qu'il observe depuis notre plus tendre enfance, à sortir le même équipement année après année en répétant avec enthousiasme, “À l'aventure !” Il demande à Al de trouver un magasin qui vend du café Hills Brothers dans une boîte métallique. Pour remplacer sa gamelle. La marque qu'il achetait quand il avait vingt ans, à l'époque où les gens achetaient encore du café en boîte. *Moulu.* Le genre de truc qu'on ne trouve plus que dans les abris antiaériens. Al finit par repérer un Cub Foods et je m'interroge sur ces habitants du Nord, le genre de torture qu'ils sont prêts à supporter sans raison aucune.

Tant qu'on est là, autant faire le plein de provisions, déclare Papa. Al et moi échangeons une œillade. Un mois de denrées non périssables pour trois personnes ? Par où commencer ? Je n'ai pas fait attention lorsqu'il a déposé une pile de repas lyophilisés sur le tapis du magasin précédent. À présent, Al et moi trottinons distraitement derrière lui tandis qu'il remplit le chariot, comme si nous étions encore des enfants. Du mélange pour pancakes, de la semoule de maïs, des flocons d'avoine et j'en passe. Petit à petit, il s'échauffe et finit en mode Superman. Évoquant les petits déjeuners de cow-boy qui nous attendent, il prend plusieurs paquets de bacon, deux douzaines d'œufs qu'il enveloppera dans du papier journal avant de les glisser dans des sacs hermétiques à ranger tout en haut de notre paquetage, et que nous mangerons brouillés, comme d'habitude.

M'adressant un sourire, Al profite d'un moment d'inattention pour déposer six canettes de Coca dans le chariot. Quelques instants plus tard, Papa s'en aperçoit et les abandonne près des pommes. Sans même se retourner, il affiche une expression amusée. Discrètement, j'ajoute un sachet de chips qu'il remet en rayon côté fruits de mer surgelés. Enfin, Al saisit des assiettes en carton, le tabou ultime : "T'es pas foutue de laver une assiette ?" Papa éclate de rire, pivote sur lui-même et nous fixe d'un œil torve.

— Lequel de vous deux ? grogne-t-il.

Il place les assiettes sur un tas de cabas violets à l'effigie des Vikings. Les têtes dorées et casquées nous fusillent du regard.

Des années que nous ne sommes pas partis à l'aventure. Après le divorce, quand nous étions encore au collège, Papa passait un mois avec nous chaque été – son emploi du temps de prof le lui permettait. Maman emménageait temporairement ailleurs. Selon elle, c'était leur problème, pas le nôtre. Ainsi, contrairement à nos amis qui, chaque semaine, changeaient de maison, l'une ancienne et familière, l'autre neuve et vide, Al et moi ne bougions pas d'un pouce.

Au début, ce mois estival aussi était une aventure, Papa nous emmenait faire des randonnées et du rafting dans le Montana, les road trips n'ayant plus la même saveur sans Maman. Puis nous avons commencé à avoir notre propre vie, des amis, je tondais des pelouses pour me faire un peu d'argent, Al allait à ses entraînements de foot, et Papa a remplacé les aventures par des travaux d'entretien dans la maison. Un juillet, il a réparé la cabane dans l'arbre de notre enfance. Nous ne l'utilisions plus depuis des années, mais nous n'avons pas eu le cœur de le lui dire. Il a même rénové les bardeaux, comme s'il comptait s'y installer à l'année, à deux pas de nous. Al a juré qu'elle brûlerait l'arbre s'il essayait et nous avons ri, pourtant, à la fin du mois, il est reparti, ainsi qu'il le faisait toujours. Quelques heures plus tard, Maman franchissait le seuil et nous étreignait si fort qu'elle manquait de nous étouffer, mettant un terme à la demi-journée de liberté durant laquelle nous restions seuls à la maison, avec la sensation étrange d'être soudain devenus des adultes.

Lorsque nous étions encore une famille, nous faisions de longs périples en voiture, Montana-Northwoods ou Montana-Boundary Waters, l'ancien terrain de jeux de Papa. Al et moi ne mesurions pas la vastitude de la région et trouvions trop placide l'activité consistant à pagayer sur les lacs, comparée aux descentes de rapides. Nous étions étonnés que Papa ait fait ses armes sur des eaux si dociles.

Le soir près du feu, j'étudiais ses cartes, où le bleu l'emportait sur le vert, un monde inversé, la terre ferme était l'obstacle, les lacs les lieux de vie, traversés par de petites rivières d'arbres et de granit. Certaines nuits, je me réveillais terrifié, le feu ne brûlait plus, le ciel grouillait d'étoiles, je craignais que nous ne sortions jamais de ce labyrinthe. À la fin, sitôt que nous prenions la route, j'anticipais tout en le redoutant le moment où j'apercevrais les premières plaques du Minnesota vantant ses dix mille lacs. Les locaux aussi devaient avoir peur, peut-être trop pour affronter le vrai nombre de lacs dans la région. Cent mille au moins, un État submergé.

Hélas, les aventures comme les visites estivales ont fini par se tarir. Papa est retourné vivre dans le Wisconsin avec sa mère, que l'on retrouvait en train d'errer dans la rue, de plus en plus désorientée. Al et moi avons poursuivi notre chemin. Après le lycée, Al est partie à Denver avec un type et moi, j'ai commis mon grand, mon impardonnable acte de rébellion : je suis allé en Californie.

La dernière fois que j'ai vu Papa, c'était aux funérailles de sa mère. Deux ans qu'on ne s'était pas parlé. Je me rappelle encore sa manière de pincer les lèvres quand je lui ai annoncé qu'Al n'avait pas pu se libérer, un client important. Ensuite, il est resté sur place pour “régler deux, trois trucs”. Soudain, il était d'un côté du Mississippi, occupé à je ne sais quoi maintenant que sa mère n'était plus, et nous étions de l'autre, absorbés par nos emplois, nos villes. Jusqu'à ce qu'il débarque dans nos vies sans crier gare, par le biais d'un texto réclamant une dernière aventure.

Assis dans ma voiture, les yeux rivés sur le texto, j'ai à peine eu le temps de descendre afin de ne pas trahir mon mode de vie que mon portable a vibré une deuxième fois. Al, sur FaceTime. Sidérée, elle n'arrêtait pas de répéter, “Une *aventure* ?” Comme Papa, à la Gandalf. “Une *quête* ?” Hilares, on s'est demandé à quoi ressemblerait un mois dans un canoë en sa compagnie. Si Al paraissait dubitative, nous étions tous deux grisés à l'idée d'être à nouveau réunis. Nous avons voulu compter les années écoulées depuis nos dernières retrouvailles, puis nous avons laissé tomber – peut-être valait-il mieux ne pas savoir.

— Je ne partirai pas sans toi, T, a décrété Al en reprenant son souffle. Impossible. Tu peux poser un mois de congé ? Malgré ton projet de domination globale ?

Des années que j'essuie ce genre de vannes. Dans ma famille, poursuivre une carrière dans la finance, c'est plus ou moins admettre qu'on souhaite passer sa vie à nager dans une piscine remplie de pièces d'or, genre Oncle Picsou. J'ai failli évoquer mon licenciement, puis je me suis ravisé.

— Et comment va… (J'ai mis quelques secondes à me remémorer son nom.) Brent ?

— Brent peut aller se faire foutre. (Je n'ai pas pu m'empêcher de sourire.) Et toi ? J'ai beau chercher, *aucun* nom ne me vient à l'esprit.

Touché. Au lieu d'exulter, elle s'est approchée de la caméra pour scruter mes environs.

— T'es où, bordel ?

— Je pêche. Minicampement, mini-aventure.

— Tu pêches ? T'as fait une OPA sur une entreprise de cannes à mouche ou quoi ?

J'ai hoché la tête.

— Une journée de travail comme les autres.

— Bon, tu peux prendre des vacances ou pas ? Tu viens ?

— Si tu viens aussi.

— Vendu.

Soudain, elle a eu l'air songeur.

— Quoi ?

— On est en *octobre*.

— Je sais.

Un peu tard pour faire du canoë. Nous avons tiré à pile ou face pour déterminer qui aborderait le sujet avec Papa. J'ai choisi face.

— Pile ! a-t-elle hurlé sitôt que la pièce a atterri, sans prendre la peine de me la montrer. Tu me raconteras, a-t-elle ajouté avant que je puisse l'accuser d'avoir triché.

Lorsque j'ai parlé des dates à Papa, sa réponse ne m'a pas vraiment surpris.

— Si tu attends un beau jour, tu attends toujours.

À mon humble avis, sauter une saison entière n'est pas la même chose qu'attendre un beau jour, toutefois je n'ai pas discuté. Je préférais l'idée de camper à celle de dormir dans ma voiture.

J'ai rappelé Al.

— Pourquoi il est si pressé, à ton avis ? a-t-elle demandé. Pourquoi maintenant ? Et cette formule : une "dernière" aventure ? Je flippe un peu.

Comme elle, j'étais intrigué et j'avais peur, même si j'étais reconnaissant à Papa de m'offrir une porte de sortie. Il s'était montré tout aussi mystérieux à propos de la maladie de sa mère. À sa mort, il s'était contenté de nous envoyer un message précisant la date et le lieu des funérailles. "J'aimerais que vous soyez là." Pendant la cérémonie, quand je lui ai demandé la raison de son silence, il a répondu : "Quoi, tu pensais pouvoir guérir son Alzheimer ?"

Naturellement, on s'attendait à une révélation du même acabit. Allait-il nous charger de répandre ses cendres, cette fois ?

— Ne me donne pas de faux espoirs, a lâché Al dans un rire. Il fera trop froid pour les moustiques. N'oublie pas tes caleçons longs.

Je possède autant de caleçons longs que la plupart des Californiens, n'empêche, revoir Al ? J'en avais presque le souffle coupé.

— T'es toujours d'accord, alors ? Malgré le temps ?

Elle a acquiescé.

— Toi et moi contre le monde entier.

Elle était déjà occupée à réserver un vol.

— Al ?

Quelque chose dans ma voix lui a fait lever les yeux.

— Ne te défile pas maintenant, T. Je suis en train de régler mon billet.

— Je ne me défile pas. Je… J'ai placé tout mon argent dans de nouvelles actions et… absolument tout…

Elle a attendu, les yeux rivés sur moi, au lieu du ruisseau dans mon dos.

— Et ?

— Les bénéfices vont être colossaux. D'ici là, tu crois que tu pourrais m'avancer de quoi payer mon billet ? Je te rembourserai au centuple.

— T'es sérieux ?

J'ai opiné.

— Je m'en occupe. Inutile de me rembourser au centuple. Inutile de me rembourser tout court.

Quelques minutes plus tard, j'ai reçu un texto avec les références du billet. Je suis retourné en ville et j'ai roulé en direction de l'aéroport. Une dernière nuit dans ma voiture, qui contenait déjà tout ce que j'étais susceptible d'emporter pour une expédition d'un mois en canoë. Toutes mes possessions. Une aventure.

2

Papa finit par se remettre de l'affront consistant à devoir racheter quatre cents dollars un sac Duluth à la toile rêche et immaculée avant de rallier International Falls en avion plutôt qu'en voiture, mais c'est seulement après avoir récupéré ses bagages flambant neufs qu'il redevient notre complice d'antan, le capitaine de notre vaisseau pirate.

Au lieu d'être accueillis par un pourvoyeur au volant d'un van cabossé, nous traînons nos sacs jusqu'à une agence de location de voitures. Tandis que nous chargeons à ras bord le coffre d'une jeep Cherokee rouge feu, Papa répète que c'est incroyable d'être tous les trois réunis. Pour un mois, qui plus est. Je prétends avoir pris la moitié de mes congés sans solde.

— Personne ne va me manquer, se contente de répondre Al.

Papa arque un sourcil.

— Tu fais quoi, déjà ?

— Du consulting, répond-elle à sa manière laconique, comme si elle veillait sur des secrets d'État.

Il hausse les épaules et s'installe derrière le volant. Cette fois, dit-il, hors de question qu'on nous largue au point d'embarquement le plus fréquenté du circuit. C'était il y a quinze ans, pourtant la blessure reste vive. Il avait passé de nombreux coups de fil, répétant que nous voulions suivre l'itinéraire le moins emprunté, peu importe son niveau de difficulté. L'organisateur nous avait déposés en même temps qu'une escadrille de canoës jaune vif sur lesquels s'était jetée une nuée de scouts, pareils à des moucherons. Papa avait alors compris qu'il s'était fait avoir, on s'était contenté de le caser dans un emploi du temps, sans se soucier une seconde de ses préférences.

À présent, un grand sourire sur le visage, il se gare devant les locaux de ce même pourvoyeur, où nous attendent deux canoës de cinq mètres payés d'avance et relativement peu abîmés, pour des soldes de fin de saison.

— J'ai failli en prendre un de six mètres, histoire qu'on pagaye ensemble, puis j'ai eu peur que vous passiez le reste de votre vie à vous le disputer.

Al me glisse un coup d'œil.

— Genre, après ta mort ?

— Oui, j'espère bien que vous allez me survivre.

— Moi aussi, dit Al.

— Qu'est-ce qu'on aurait fait d'un canoë de six mètres ? dis-je.

— Al aurait pu s'en servir pour promener ses enfants, dit Papa.

Aussitôt, Al lui enfonce un doigt dans les côtes.

— Ne commence pas.

— Tu ne rajeunis pas, Al.

— Arrête.

Il hisse un canoë bleu sur la galerie, un modèle industriel peu résistant. Je saisis le deuxième – rouge, en Kevlar et léger comme l'air – et le pose par-dessus le premier. Al s'affaire à déballer les sangles à cliquet neuves.

— Je ne veux rien entendre sur qui repartira avec quel canoë, dit Papa. On jouera à pierre, feuille, ciseaux s'il le faut.

— T'inquiète, dis-je. On va avoir assez de mal comme ça à trouver un moyen de les acheminer jusqu'à Denver et San Francisco.

— Bagages cabine, dit Al.

— Exactement, dit Papa. La soute, c'est terminé.

Je les dévisage en silence.

— Tu n'auras qu'à les expédier, Trig, dit Papa.

— Les expédier ? Genre, avec un timbre ?

Il serre la dernière sangle et monte dans la voiture.

— Par fret, dit-il. En train. Comment font les magasins, à ton avis ?

— Je vois que tu as pensé à tout. (Puis j'ose poser LA question :) Pourquoi ?

Il agite la main, Dépêchez vous, dépêchez-vous, se penche par-dessus le siège passager pour déverrouiller la portière.

— Al.

J'ouvre la portière arrière, mais Al me prend de vitesse et se faufile au-devant de moi, aussi glissante qu'une anguille.

— Installe-toi à l'avant.

Je m'assois près de Papa, qui ajuste le rétroviseur et fusille Al du regard.

Il démarre en silence, se fraye un passage dans les embouteillages à la frontière, traverse les ponts de Rainy Lake, une île après l'autre, laissant derrière nous la ville. Ensuite, la route s'enfonce dans la forêt. L'eau a beau être omniprésente, nous ne l'apercevons que par intermittence, comme si elle était tapie, à l'affût. La route se fait tunnel, les arbres se referment sur nous, la seule touche de bleu provient du ciel, un mince ruban au-dessus des arbres, une rivière minuscule. Nous ne pipons mot, des fidèles à l'église. Nous voilà perdus dans le labyrinthe des lacs.

Avec sa paume, Al essuie la buée sur sa fenêtre et scrute l'étendue d'arbres sombres.

— On va où ?

À la recherche du régulateur de vitesse, Papa déclenche les essuie-glaces. Les éteint. Allume les phares.

— Je déteste les voitures de location, marmonne-t-il.

— Papa ? dit Al.

— On est déjà venus ici, vous vous en souvenez ?

— Ouiii, répond-elle en prolongeant le mot.

Nous étions jeunes, Maman nous accompagnait pour la dernière fois, même si nous l'ignorions, à l'époque. Tous les quatre. Les garçons dans un canoë, les filles dans l'autre. Jusqu'à ce qu'Al et moi échangions nos places, au nom du politiquement correct. Et pour que nos parents puissent respirer, chacun laissant à l'autre le soin de supporter les coups de pagaie acharnés d'Al ou mes propres coups en mode "trempette", ainsi que les qualifiait Maman.

— Cette fois, on va beaucoup plus loin, dit Papa.

— Beaucoup plus loin ?

— De quelques heures, disons. Dans le parc provincial Quetico. Il y a moins de touristes, une station de rangers juste à l'entrée. On n'aura qu'à passer chercher le permis avant de se lancer.

— Ils délivrent encore des permis ? On est presque hors saison, dit Al.

À croire que le règlement compte à ses yeux.

— Et pourtant.

En réalité, la journée est magnifique. La température avoisine les 16°C et nous roulons toutes vitres baissées. L'été indien, comme on disait avant.

— Et tu veux qu'on passe un mois entier dans le parc ? dis-je.

— Une fois qu'on y est, on y est, dit Papa.

— Jusqu'en novembre ?

— On a des duvets neufs et des tentes. (Il gesticule en direction de la fenêtre.) Plus de bois d'allumage qu'on n'en aura jamais besoin.

— Pas d'ours, ajoute Al.

— Ni de moustiques, dit Papa.

Et la *glace* ? ai-je envie de crier. Si Maman était là, elle lui ferait entendre raison. Elle se serait empressée de le mettre en garde sitôt qu'il aurait émis l'idée. “En novembre ? Réfléchis un peu, Bill.”

3

LE RANGER NE SEMBLE PAS tant surpris que dubitatif. Il consulte la courte liste des réservations sur son bloc-notes.

— On va bientôt fermer. Je ne m'attendais pas à croiser de nouveaux touristes.

Papa nous présente, précisant que nous sommes ses jumeaux, un détail qui doit faire une belle jambe au ranger. Néanmoins, canadien jusqu'au bout des ongles, il sourit poliment avant de nous serrer la main, à Papa et à moi. Al reste en retrait.

— Al et Trig. (Le ranger lance un drôle de regard à Papa.) Vous êtes mathématicien*?

Nez à nez avec la seule personne au monde à avoir percuté sa blague, Papa est stupéfait.

— Prof au lycée, parvient-il à articuler, encore sous le choc.

— Ari, c'était trop obscur, j'imagine ?

— Parce qu'à votre avis, Al, c'est clair pour tout le monde ? demande Al.

* Les prénoms font référence aux matières enseignées par le père, l'algèbre et la trigonométrie. (Toutes les notes sont de la traductrice.)

Le ranger se désintéresse alors de Papa et lâche ma main pour saisir celle d'Al en arborant un sourire qu'il semble avoir passé sa vie à préparer.

En réalité, la seule chose qui gêne Al, c'est d'avoir été affublée d'un prénom de garçon. Elle aurait préféré s'appeler Trig. Mais voilà, pour des raisons qui restent obscures, aux yeux du monde, elle est Al et je suis Trig.

Le ranger continue de lui serrer la main, beaucoup plus longtemps que nécessaire.

— La famille Mathématiques s'y connaît-elle en canoës ? demande le ranger à Al.

— Plus que la moyenne, répond Papa. Et plus que moins. (Son numéro de charme n'a aucun effet sur le ranger, qui semble avoir soulevé plus d'un canoë dans sa vie.) On connaît la région.

— Ah bon ? demande le ranger à Al.

— On est venus il y a quinze ans, dis-je.

— Vous comptez lui rendre sa main un jour ? demande Papa.

Enfin, le ranger libère la main d'Al.

— En quelle saison ?

— On est du Montana, dit Papa. L'automne ne nous fait pas peur.

— D'accord.

Visiblement, c'est une explication en soi. Pile au moment où Papa commence à sourire, le ranger ajoute :

— Moi, je suis du Canada. Le Grand Nord, eh ? Et je peux vous dire que l'automne me fait sacrément peur.

Sans prêter attention au panneau NE PAS TOUCHER, Al tend le bras et tapote une tête de castor empaillée, comme si c'était un bon gros labrador à dents de lapin.

— On sait ce qu'on fait, dit-elle. On est là pour répandre les cendres de notre grand-mère.

Surpris, je cligne des yeux.

— Quoi ?

Al se fend d'un sourire radieux qui éclipse les pitreries de Papa.

— Vous comptez rester un mois, à ce que je vois, dit le ranger au lieu de faire un commentaire sur les cendres.

— Maximum, dit Papa. Les jumeaux n'ont pas pu poser plus de jours.

— Donc vous serez encore dans le parc en novembre.

Papa acquiesce.

— Si on…

— Et qui viendra vous secourir, si vous rencontrez un problème ?

Papa contemple le sol.

— Il n'y aura pas de problème.

— Le parc compte quatre cent mille hectares de forêt. Pardon, un million d'acres. Tous les lacs se ressemblent. D'autant plus quand il neige.

— On a des cartes, dit Papa.

— Et un GPS, dis-je.

Le ranger me dévisage.

— Sur votre téléphone ? Vous avez pensé au réseau, à la batterie ?

Papa se tient aussi droit que possible, pourtant il n'est pas de taille à lutter contre Dudley Do-Right*.

— On a des cartes, répète-t-il.

* Personnage principal de la comédie *Allô, la police ?*

— Et on n'a pas peur de s'en servir, ajoute Al en rallumant son sourire.

À l'évidence, il impressionne beaucoup plus le ranger que la posture virile de Papa.

Je jette un œil sur son badge. Chad, non pas Dudley. Quelle déception.

Il nous conduit à une carte punaisée sur le mur afin que nous détaillions notre parcours. Aussitôt, Papa se met à égrener les noms des lacs comme s'il s'agissait de ses propres enfants. Il suit du doigt le tracé des ruisseaux et des rivières, survole les portages, tapote les emplacements de camping. C'est un planificateur hors pair, il passe des nuits entières à mettre au point ses itinéraires, qu'il visualise dans son esprit.

Le ranger hoche la tête, suffisamment convaincu pour valider notre permis, non sans nous lancer un ultime avertissement.

— Il n'y a rien de pire que de pagayer sur la glace, dit-il.

— Si on attend un beau jour…

— On attend toujours, répondons Allie et moi en chœur.

— Mignon, dit le ranger.

Ensuite, et je doute que cela fasse partie du protocole, il monte dans son pick-up et nous accompagne au point d'embarquement, jaugeant notre équipement à mesure que nous le déchargeons. Nous procédons ainsi que nous l'avons toujours fait, pourtant c'est la première fois que l'un de nos canoës est destiné à une navigation en solo, un sujet que personne n'ose aborder, même après que nous avons solidement arrimé nos sacs sous les sièges.

— C'est rare que les touristes respectent les consignes de sécurité, fait remarquer Chad.

— On connaît les rivières, dit Papa. Les grosses méchantes rivières de l'Ouest qui vous font chavirer sitôt qu'elles vous voient.

— J'ignorais que les rivières étaient dotées d'yeux.

— Moi, je l'ai toujours su.

— La banshee de la rivière, dit Al.

— Bien sûr, dit Chad. (Nous sommes sur le point de nous élancer lorsqu'il tapote le capot de la Cherokee.) Vous l'avez louée un mois juste pour la garer là ?

Papa commence à évoquer le largage parmi les scouts, mais Al l'interrompt.

— Mieux vaut y aller, si on veut monter les tentes avant la nuit.

Le ranger acquiesce en contemplant le lac. Ridée par une légère brise, la surface renvoie un reflet trouble, le mieux que l'on puisse espérer à cette heure-ci. L'eau miroite d'un éclat argenté.

— Belle journée pour un départ.

— Tu pagayes en solo ? demande Al à Papa.

L'espace d'une seconde, nous sommes douloureusement conscients qu'une personne manque à l'appel. Comment affronter le gouffre creusé par son absence, le fait que l'un de nous doive pagayer seul, à présent ?

— Pas de problème.

Il monte à bord du canoë. Cela nous fera du bien, à Al et moi, de surmonter les obstacles ensemble, ajoute-t-il.

— Tu es sûr ? dis-je.

— J'ai l'habitude, Trig.

Je me demande si on s'habitue vraiment à la solitude, peu importe le temps qui passe, mais Papa s'élance sur les flots cristallins sans nous accorder un regard.

J'observe Al, occupée à braquer son sourire le plus fatal sur le ranger.

— Trig peut rejoindre Papa, si vous voulez faire l'école buissonnière et m'accompagner.

Elle ne peut pas s'en empêcher.

Le ranger se frotte le menton et semble considérer la proposition avec beaucoup de sérieux.

— Tentant, dit-il. Mais je vais manquer à ma femme et à mes enfants. (Il hausse les épaules.) Au bout d'un moment.

Al s'installe à la poupe.

— Je suppose, oui.

Je prends place à l'avant, face au lac scintillant, histoire d'éviter son sourire, qu'elle agrémente sans doute d'un petit geste, ramenant une mèche derrière son oreille. Hélas, je l'entends.

— Si vous changez d'avis, Chad, il n'est pas trop tard, dit-elle en détachant chaque mot.

J'imagine qu'il nous salue de la main tandis que je plonge ma pagaie dans l'eau, fasciné par les tourbillons qui se forment de part et d'autre de la pale. L'instant suivant, je sens la traction de la pagaie d'Al. De nouveau, j'immerge ma pale, puis c'est au tour d'Al de fendre la surface. Au troisième coup, nous sommes synchrones. Al aligne notre proue sur la poupe de Papa, nous sommes la queue de son cerf-volant, prêts à le suivre partout où il nous mènera. Combien de temps le ranger reste-t-il sur la rive à nous observer ? Ou plutôt, à observer Al ? Je ne me retourne pas pour vérifier.

En avant.

4

Il n'y a pas de vent, ni houle ni bourrasque pour malmener nos proues, la journée est idyllique, Papa se dirige tout droit vers la rive opposée et je dois admettre que je prends plaisir à être invincible sur l'eau, je sens sa résistance dans mes épaules, la morsure du bois contre mes paumes. Al pousse un sifflement grave.

— Dis donc, Triggy a passé du temps à la gym, dit-elle à mi-voix.

J'arbore un sourire aussi ridicule que celui du ranger et continue de pagayer. Une poignée de cottages brisent l'étau des arbres sur la rive avec leurs pelouses, leurs pontons, leurs hors-bord, autant de raisons, j'imagine, pour lesquelles Papa cherche à s'éloigner des baies protectrices. Il se démène pour atteindre le premier portage et s'enfoncer plus profondément dans le parc, afin de passer le moins de temps possible parmi ces gens, leurs toits, leurs moteurs, leurs téléphones et leurs télévisions.

Nous venons à peine de commencer que nous débarquons déjà sur une plage, les muscles un peu plus raides qu'avant. Nous sortons les sacs et répartissons le poids de manière équitable. Selon Papa, le portage ne fait pas plus de quatre cents mètres, aussi tombons-nous d'accord pour le boucler en un seul voyage. Nous hissons les sacs sur nos épaules, devant, derrière, et soulevons les canoës. Papa porte le sien seul et halète bruyamment tandis qu'Al et moi le suivons sur la piste, plus une autoroute qu'un sentier.

C'est un calvaire – avoir un sac sur le torse, un autre sur le dos, n'est une bonne configuration pour personne –, toutefois nous atteignons notre but sans prendre de pause ni geindre ou râler. Papa est en mission, il veut échapper à la civilisation, même si on n'est que le premier jour.

Nous rechargeons les sacs dans les canoës, arrimons notre paquetage et nous élançons à nouveau. Papa décide de rester en solo et promet que nous alternerons à l'avenir. Bientôt, le portage n'est plus qu'un souvenir. Le deuxième lac, le Batchewaung, est plus grand et plus rond que le précédent. Sur la rive, pas de gens ni de maisons ni de moteurs, aussi loin que porte le regard. Papa est dans son élément, ainsi qu'en atteste sa manière de pagayer.

Il avance seul, nous n'avons aucun mal à le suivre et je me laisse hypnotiser par les tourbillons qui se forment de part et d'autre de ma pale, leur façon de tournoyer quand elle émerge de l'eau, juste avant que je la replonge dans les profondeurs. Je les imagine s'étirer dans notre sillage, kilomètre après kilomètre, année après année, remonter le courant de notre vie, jusqu'à notre enfance.

Papa commence à siffler, un son aussi naturel dans ce contexte que l'appel des huards. C'est un siffleur virtuose et je crois reconnaître *Tie Me Kangaroo Down, Sport*. La mélodie est un peu trop aiguë sur l'eau, n'empêche, j'ai l'impression de retomber en enfance. Je prends alors conscience qu'avant cet instant, j'attendais que retentisse le trémolo d'un huard, bien qu'ils aient quitté la région pour l'hiver. Même un oiseau dont le nom signifie fou* ne l'est pas au point d'attendre les premiers frimas. Je donnerais n'importe quoi pour entendre à nouveau leur plainte solitaire et obsédante.

Comme s'il avait lu dans mes pensées, Papa, la seule personne que je connaisse capable d'imiter le huard à la perfection, lance un cri, trop tard dans la saison pour être réel. Je le ressens jusque dans mes os. Lorsqu'il se tourne, le sourire aux lèvres, je brandis ma pagaie.

— À nous les contrées sauvages ! hurle-t-il.

— Crâneur, marmonne Al.

Je redouble d'efforts, ne souhaitant pas rater le moindre des sifflements, yodels ou paroles de Papa.

La plainte du huard s'élève encore et nous immergeons nos pales à l'unisson. À l'ouest, le soleil effleure la cime des pins, l'eau renvoie le flamboiement du couchant, le monde s'embrase, enserré par les ténèbres de la forêt. Bientôt, nous accostons une plage près d'un bloc de granit qui s'avance doucement dans l'eau.

— Qu'on est bien chez soi, dit Papa.

Nos canoës crissent sur le sable, les vagues de notre sillage viennent laper la rive.

Nous débarquons, de plus en plus raides et, tandis que nos jambes se rappellent la terre ferme, nous déchargeons les sacs et les déposons à la lisière des arbres, bataillant avec les attaches neuves pour sortir l'équipement. Papa rouspète et s'emmêle les pinceaux avec les tentes, mais il n'y a pas

* En anglais, le mot *loon* peut désigner soit un fou soit un huard.

trente-six manières d'assembler des arceaux. En moins de temps qu'il n'en faut pour le dire, il s'agenouille devant le foyer et s'affaire à monter une tourelle de brindilles. Al et moi explorons les alentours à la recherche de bois, de petites branches faciles à briser pour alimenter les flammes, faire chauffer le dîner, tenir la nuit à distance.

Le rouge se fait ocre, puis pourpre, enfin noir, la nuit accueille ses premières planètes, Al et moi émergeons des arbres et gagnons la trouée plus claire du lac. Quand nous voyons Papa dans son fauteuil, sa flasque à la main, nous nous immobilisons. Trois tasses sont alignées sur un rondin, au lieu des deux tasses habituelles, pour Maman et pour lui.

— Apparemment, on a droit à la petite goutte, maintenant qu'on est majeurs, dis-je.

La petite goutte, le nom que donnaient nos parents à leurs apéros en extérieur.

— Vingt-sept ans, et toutes les barrières tombent, dit Al.

Au second plan, les tentes bigarrées semblent incongrues. Notre Léviathan familial en toile – une plaie dans les portages, un Taj Mahal la nuit – est en train de tourner quelque part, sur le tapis roulant d'un aéroport.

— Je refuse de partager une tente avec lui, déclare Al.

Je hausse les épaules, les bras chargés de branches mortes couvertes de lichen.

— On fait comme avec les canoës ?

— Je suis contente de te voir, mais…

Nous avons partagé une chambre jusqu'à la fin du lycée, une situation assez incongrue pour que nous la gardions secrète. La maison était petite, c'est vrai, mais pas si petite que ça. Au collège, une occasion s'est présentée. L'adolescence fondait sur nous telle une locomotive, un cheminot fou balançait pelletée après pelletée d'hormones dans les flammes. Papa a passé son mois estival à bricoler une extension à l'arrière de la maison, un genre de débarras pourvu d'un lit. Al étant Al, j'étais à peine conscient qu'une décision avait été prise que je vidais déjà les tiroirs de ma commode. Papa m'a aidé à emménager dans la nouvelle chambre, dont l'odeur de peinture fraîche nous faisait larmoyer.

— Je ne vois pas pourquoi c'est moi qui devrais partir.

— Ta sœur est en train de devenir une femme.

— Et alors ? Ses nichons ne passent pas la porte ?

Papa m'a donné une bourrade dans l'épaule, plus ou moins amicale.

— Attention. (Puis, au moment de franchir le nouveau seuil, l'ancienne porte de derrière, avec ma commode dans les bras :) Attention à tes doigts, aussi.

Ce soir-là, Al n'a pas tenu plus d'une heure. Avant même que je me sois endormi, elle est entrée dans ma chambre avec une pile de couvertures, son oreiller, et s'est installée à côté de mon lit.

— Je savais que je te manquais, a-t-elle dit.

Papa était sur ses talons.

— Tout ça pour ça, a-t-il lancé depuis l'embrasure.

— Je lui manquais, ai-je répondu.

La tête sous sa couverture, Al a fait mine de vomir.

Je me demandais comment réagirait Maman lorsqu'elle trouverait notre ancienne chambre désertée, Al et moi en train de camper dans cette pseudo-pièce punaisée à la maison. Papa nous a observés un long moment, les yeux rivés sur le tas de couvertures où Al s'était enfouie malgré la chaleur.

— Al, a-t-il dit après un temps. Laisse Trig profiter de son espace.

— Non, merci.

Sans ajouter un mot, il a tourné les talons. Le lendemain, il a disparu pour de bon, deux jours avant la date prévue, nous accordant un rab de temps libre.

À son retour, Maman a pénétré dans la nouvelle chambre comme si elle avait toujours existé et a saisi mon trophée de natation pour lire le nom gravé dessus.

— Hmm. Je pensais qu'Al s'approprierait la nouvelle chambre.

J'ai alors compris qu'ils avaient abordé le sujet ensemble, sans prendre la peine de nous consulter. Pile au moment où nous avions décidé qu'ils ne s'adressaient plus la parole, Papa étant reparti vivre dans le Wisconsin, nous quittant ainsi que le Montana, le plus bel endroit au monde, selon lui. Pour s'occuper de sa mère, nous avait-il expliqué.

Maman a hoché la tête en direction du nid de couvertures.

— Qu'est-ce que c'est ? Tu fais une soirée pyjama ? Tu inaugures ta nouvelle chambre avec Kurt ?

— C'est à Al, ai-je répondu. Elle a emménagé avec moi.

Maman a reculé d'un pas en clignant des yeux.

— Elle a fait un cauchemar ?

— Al ? Non, je lui manquais, c'est tout.

Mais elle était déjà à l'autre bout du couloir, en train d'appeler Al.

— Je vais prendre la tente, dit Al à présent. Histoire de vous laisser rattraper le temps perdu.

— Tu vas prendre la tente ? Et moi ? T'as pensé à ce que je voulais ?

— Tu veux la jouer à pile ou face ? demande-t-elle avec un sourire narquois.

Elle dépose une brassée de bois près du tas de Papa dont le feu, doté d'une vie propre, projette une vive lumière. Je reste en retrait, dans la pénombre, tandis qu'Al saisit son sac et son duvet pour les ranger dans la tente.

5

CHAD

CHAD POUSSE LA PORTE CREUSE de sa bicoque, allume la lumière, règle le thermostat, entre 15°C et 20°C – avec sa paie de ranger, il ne peut se permettre de laisser l'argent partir en fumée. Il devrait sortir chercher du bois, charger le poêle jusqu'à obtenir une chaleur tropicale, au lieu de quoi il prend une canette de Mr Canoehead dans le frigo. Cindy, de la coop, ne manque jamais de lui en rapporter un ou deux packs de Thunder Bay. Il pense à cette fille, Trig. Non, Trig, c'était l'autre. Al, la fille au prénom de garçon. Les parents sont si cruels parfois.

— Ma femme et mes enfants, murmure-t-il en avalant une gorgée de bière.

Pourquoi avoir raconté une chose pareille ? Comme s'il avait une chance de rencontrer une femme ici. Un croisement entre Sasquatch et Babe le bœuf bleu, peut-être ? Une bûcheronne ou… qu'est-ce qu'elle avait dit déjà ? La banshee de la rivière. Voilà qui ferait l'affaire. Cindy, en gros.

Il secoue la tête, se force à gagner le tas de bois, pose sa canette par terre et commence à débiter les bûches. Pourquoi n'a-t-il pas embarqué dans le canoë ? Personne n'aurait remarqué son absence pendant au moins un mois. Il enfonce la hache dans un morceau de pin, regarde les deux moitiés voler, propres et blanches, prêtes à brûler. Il se tourne, ramasse une autre bûche, la place sur le billot.

Il cale la hache sur l'extrémité de sa chaussure le temps d'avaler une autre gorgée. Puis il prend son élan, la main gauche au bout du manche, la main droite juste en dessous de la tête. Il abat la hache, sa main droite glisse vers le bas, le tranchant en acier se plante entre les nœuds. Les morceaux de pin tombent de part et d'autre du bloc. La tâche est agréable, de quoi apaiser son esprit tandis que le ciel, le monde disparaissent dans l'obscurité.

6

AUSSI DISCRÈTEMENT QUE POSSIBLE, je m'extrais de mon duvet et m'attaque aux zips, la moustiquaire, le double toit. Pure question de principe. Papa a ronflé toute la nuit, des bruits d'étouffement entrecoupés de grognements. S'il arrive à dormir avec un boucan pareil, je ne suis pas près de le réveiller. En général, je suis le premier levé, mais en général, j'ai un peu dormi avant.

Les jambes raides, je titube dans le froid matinal, m'habille en sautillant, debout devant la tente, un pied à demi glissé dans ma chaussure aux lacets défaits, l'autre coincé dans mon jean. Al a passé la tête dehors et m'observe, secouée par un léger rire.

— Tout va bien ? demande-t-elle à mi-voix.

— Les ronflements, c'était pas moi.

Il fait presque nuit noire, à peine une touche de rose à l'est, pas même une trace de pourpre. Après être parvenu à dégager ma jambe de mon pantalon, j'enfile mon autre chaussure et m'approche d'Al sur la pointe des pieds.

— Va falloir mettre un lac entre lui et nous chaque soir, dis-je. Comme un naufragé. Il n'aura qu'à nous rattraper le lendemain.

— Sinon, on pourrait lui tailler un dispositif de PPC* dans un morceau de bois. Ou lui préparer un nœud.

Je titube vers les arbres, à deux doigts de me pisser dessus. À mon retour, je constate qu'Al a refermé sa tente, une façade aveugle. Je m'éloigne à la recherche de brindilles et d'aiguilles, me refusant à allumer ma lampe frontale, au cas où Papa me surprendrait. Soudain, tout me revient, le rituel du matin, préparer le feu, le café. Souriant comme un idiot, je dois me retenir d'aller chercher Al, pour qu'elle me rejoigne ou, je ne sais pas, qu'elle admire mes talents de trappeur canadien.

Au lieu de cela, j'empile les aiguilles en un tas aéré, j'arrange les brindilles en tipi, je prépare le petit bois et je sors mon briquet de ma poche. Encore un gadget qui ferait se retourner Papa dans sa tombe – dans une tombe, au moins, il ferait moins de bruit. Ce soir, je sortirai peut-être mon étui à joints, histoire de l'achever. Le Bic brûle les aiguilles ainsi que mon pouce et les brindilles s'embrasent. J'ajoute le petit bois, façon cabane de rondins. Très vite, mon feu passe en catégorie 3. Je brandis le poing en signe de victoire.

Envoûté par les flammes, j'oublie la gamelle. Je ne me rends même pas compte qu'Al est levée avant qu'elle m'enfonce le pied d'un fauteuil dans le flanc.

— C'est mieux que de rester accroupi comme un homme de Néandertal.

Je prends le fauteuil et le déplie. Papa émet un ultime ronflement. Enfin, le silence que j'attends depuis hier soir nous enveloppe. Debout près des fauteuils, nous dressons l'oreille, aux aguets.

* Dispositif médical à pression positive continue utilisé pour le traitement de l'apnée du sommeil.

— Tu crois qu'il a passé l'arme à gauche ? murmure Al.

— Toute la nuit, j'ai cru qu'il rendait son dernier souffle.

— Et moi qui pensais que tu l'étranglais.

— L'idée m'a effleuré.

Elle sourit. Dans l'aube naissante, ses dents sont éclatantes. Elle s'affale dans son fauteuil.

— T'as oublié la gamelle ? C'est quoi, ce bordel ? Je me lève et le café n'est pas prêt ?

Aussitôt je vais au Duluth, que nous avons rangé sous les branches basses d'un épicéa. Puis je me rends compte de ce que je viens de faire.

— Tu te prends pour une princesse ou quoi ?

— Ne le laisse pas chauffer trop longtemps.

La gamelle, que Papa a bricolée dans notre chambre d'hôtel à Minneapolis – transvasant le café dans des sachets hermétiques avant de se pencher sur la boîte avec un couteau suisse et un cintre déformé – est intacte. Rouge et rutilante, elle n'a pas encore été léchée par les flammes, noircie par la suie. Je gagne l'extrémité du bloc de granit pour l'immerger dans l'eau, si froide qu'elle me brûle les doigts. Le temps que je la rejoigne, Al a remis du bois dans le feu et sorti le café.

— Je vais m'en occuper, sinon tu vas encore chialer, dit-elle en s'emparant de la gamelle.

J'en reste bouche bée. Al sourit encore lorsque le zip de la deuxième tente déchire l'air. Papa apparaît dans toute sa splendeur, vêtu d'un slip à la blancheur aveuglante. Il étire ses membres courbatus, se gratte en contemplant le ciel.

— Une matinée pour accomplir de grandes choses !

Il se baisse pour attraper ses vêtements, nous révélant son pâle fessier.

— Nom de Dieu, dit Al.

— Une vision qui pique les yeux !

À croire que nous n'avons jamais cessé de nous retrouver ainsi. Avant que Papa réapparaisse, je me tourne vers Al et chuchote :

— T'as appelé Maman ?

Cernée, par la fumée, Al attise le feu, un bâton carbonisé à la main.

— J'étais sûre que tu t'en occuperais.

— Toi non plus, tu n'as pas voulu lui en parler ?

Elle secoue la tête.

— Elle aurait pété un plomb, pas vrai ?

— Elle ne sait pas où on est ?

— J'ignore ce que lui a raconté le paternel.

Al bascule en arrière et s'étire en faisant rouler ses épaules.

— Ce n'est pas dur à deviner, dis-je.

Le paternel en question ressort de sa tente, enfonce un bonnet de trappeur sur son crâne et arbore un sourire satisfait, comme s'il avait inventé cet endroit et nous, aussi.

— Incroyable, non ? Personne à des kilomètres à la ronde.

— Un million d'acres, dis-je.

— Je sais !

À l'évidence, ce chiffre lui met du baume au cœur. Il gagne le feu d'un pas lourd en s'assénant de grandes claques sur les bras.

— Regardez-moi ce ciel ! Aussi pur que la conscience d'une vierge !

— Transparent comme du verre, dit Al. C'est suffisant.

— Ou de la vodka.

Je scrute le bonnet mité qu'il continue d'ajuster. D'où sort ce truc et pourquoi ne l'a-t-il pas confié à la compagnie aérienne avec ses autres affaires ?

— Sacré couvre-chef.

Papa retire le bonnet qu'il vient de passer cinq minutes à positionner sur sa tête et l'admire un instant avant de le remettre en place.

— J'adore ce truc.

— Irrésistible, dit Al.

— Et ta casquette des Packers ?

— C'est pour l'été.

Un premier aveu quant à l'incongruité de la saison.

Al frissonne et se rapproche du feu. Papa désigne la gamelle du menton.

— Faudrait la retirer avant que ça déborde.

— Je sais y faire.

Je soulève la gamelle en glissant une branche sous la poignée. Papa attrape sa gourde et verse un filet d'eau sur le café.

— Pour couler le marc, déclarons-nous en chœur.

Il lève les yeux.

— Et ça marche !

Comme toujours, je remplis les tasses et c'est le meilleur café du monde. La gamelle, du moins l'un dc ses côtés, ressemble un peu plus à quelque chose que nous avons trimballé toute notre vie. Quand je la fais pivoter pour que les flammes finissent le travail, Papa me gratifie d'un sourire.

Ragaillardis par le café, nous préparons des flocons d'avoine que nous avalons aussitôt. Je m'occupe de la vaisselle, les doigts engourdis par le froid, puis je mets les bols à sécher près du feu. Entretemps, Al et Papa ont replié les tentes. Le Duluth et les sacs étanches attendent près des canoës, comme si nous devions partir de toute urgence.

La lumière grimpe dans le ciel, la rosée s'évapore dans l'herbe, des volutes de brume flottent sur le lac. Je me réchauffe les mains au-dessus des braises mourantes, saisi par la beauté de ce paysage archaïque qui s'anime au contact du soleil. Seul un huard manque au tableau.

L'appel du huard a bercé mon enfance.

La dernière fois que Papa est venu dans le Montana, il est resté deux jours dans un hôtel et m'a pris à part pour me tendre les clés de son pick-up Toyota vieux de trente ans.

— Pour que tu puisses continuer de visiter nos coins préférés.

J'ai arboré la même expression stupéfaite que j'affiche en cet instant, face à la matinée idyllique.

— Et Al ?

J'étais persuadé qu'il s'était trompé. Papa a secoué la tête.

— Al va avoir autre chose à faire dans les mois à venir.

Si Papa l'avait vue venir, la passion soudaine d'Al pour les garçons m'a pris complètement par surprise. Maman avait déjà plus ou moins disparu. Après le divorce, elle s'était absorbée dans son travail et semblait ne plus quitter sa blouse, aussi errais-je dans les pièces vides, ne sachant à quoi occuper mes journées. Un matin, j'ai saisi les clés, j'ai hissé mon canoë cabossé sur le pick-up cabossé et j'ai roulé en direction de la Blackfoot River. À Clearwater, j'ai mis le cap sur le nord, Swan Valley, sans destination précise en tête. Arrivé à Seeley Lake, j'ai eu l'impression de reprendre mon souffle pour la première fois depuis que j'avais fui la maison silencieuse. Penché sur une carte, j'ai repéré un lac, une flaque bleue à l'écart d'une route forestière sinueuse.

J'appuyai sur la pédale d'embrayage, empoignai le levier de vitesses, écrasai l'accélérateur et me dirigeai vers la flaque. Je bifurquai sur une piste qui semblait prometteuse au départ mais se révélait à chaque tournant toujours plus accidentée et ravinée, avant de s'achever dans une coulée creusée par un ruisseau. Un panneau indiquait ROUTE FERMÉE, une information que j'aurais aimé avoir plus tôt.

D'après la carte, le lac se trouvait quelque part sur ma gauche, en contrebas d'une colline. J'enclenchai le frein à main, défis les cordes du canoë, le nœud de camionneur que m'avait enseigné Papa se dissolvant entre mes doigts. Il serait capable de construire une maison rien qu'avec de la corde. J'attachai la pagaie et la canne aux plats-bords, fourrai la boîte à mouches dans ma poche et passai la tête sous le barrot, faisant glisser le joug sur mes épaules. Je traversai la ravine, puis je dévalai la colline, zigzaguant entre les troncs et les broussailles. À moitié sourd et aveugle, la tête enfouie sous le canoë, j'essayai d'éviter les pierres et les racines, sans vraiment savoir où j'allais. Si je m'étais trompé de chemin, je risquais de mettre longtemps à le découvrir, en me rendant compte beaucoup trop tard que je n'avais pas vu la couleur d'un lac.

Mais je ne m'étais pas trompé. Quand je fis basculer le canoë en arrière pour inspecter les alentours, j'aperçus l'éclat argenté de l'aube à travers un entrelacs de branches et d'aiguilles.

Je glissai à gauche d'une petite pointe qui s'avançait dans les flots. Le lac s'étirait vers un horizon infini de pins tordus, de mélèzes, de sapins et d'épicéas semblant tout droit sorti du parc national des Boundary Waters. Des volutes de brume flottaient à la surface, exactement comme aujourd'hui. J'embarquai dans le canoë, troublant le miroir jusqu'alors intact. Au lieu de monter une ligne, je laissai ma canne attachée au barrot central, poussai la coque en plongeant les mains dans le fond caillouteux et plantai ma pale dans l'eau, comme si Al, Maman et Papa étaient encore avec moi. Lorsque retentit le cri d'un huard, je crus qu'ils étaient bel et bien là. Je lançai un coup d'œil en arrière pour m'assurer que les Swans se dressaient encore dans le ciel, une preuve que je n'étais pas monté au paradis après avoir été tué par un grizzly m'ayant surpris dans un buisson de myrtilles. Déstabilisé par le cri, je contournai la pointe, craignant plus ou moins de découvrir que j'avais pénétré dans un univers parallèle. Le huard flottait à une vingtaine de mètres de moi ; il allongea le cou et continua de crier, l'air de me demander ce que je foutais là. Sur la rive, une réponse s'éleva d'entre les herbes et les roseaux : j'étais tombé sur un couple reproducteur, à peu près aussi rare dans le coin que les ptérodactyles.

Je m'éloignai, veillant à ne pas les déranger, malgré quoi ils continuèrent d'appeler. Sans quitter des yeux la cime des arbres presque noirs sur la berge opposée, je pensai aux lacs de Papa, les endroits qu'il explorait quand il était enfant, où il nous a emmenés dès que nous avons été en âge de tenir une heure dans un canoë. Selon lui, les lacs plats, c'était pour nous entraîner, bientôt nous affronterions les rivières du Montana. Maman souriait en levant les yeux au ciel et chargeait la voiture avant de s'installer sur le siège passager, une salade aux œufs sur les genoux. Un énième trajet de vingt-quatre heures, le début d'une énième aventure, à camper au bord d'un lac ou d'une rivière. Maman souriait toujours, même quand son travail l'empêchait de nous accompagner, ce qui arrivait de plus en plus souvent. Alors elle nous regardait partir, debout dans l'allée. Je lui demandais si elle était triste, si on allait lui manquer pendant que Papa patientait derrière le volant et qu'Al rêvassait sur la banquette arrière.

Elle me poussait gentiment vers la voiture, allant parfois jusqu'à me tapoter l'épaule.

— Tu plaisantes ? Je vais enfin avoir la paix.

Une phrase que je ressassais toute la durée du trajet, chaque nuit passée dehors, bercé par le murmure des pins, le clapot des vagues sur la plage, contemplant les millions, les milliards d'étoiles tandis qu'Al et Papa respiraient paisiblement à mes côtés. Elle n'était pas sérieuse, songeais-je en caressant les cals naissants sur mes doigts, dans le creux de ma paume, elle jouait les dures. Pourtant j'étais hanté par l'idée que nous ne lui manquerions pas.

Le cri des huards abolissait le temps. Je passai la journée sur le lac, qui regorgeait de truites cutthroats géantes, puis je rentrai à fond de train, un vrai cauchemar pour les flics, j'étais si pressé de partager ma découverte avec Al, un lieu miraculeux où le passé se confondait avec le présent, où Papa pourrait encore être avec nous.

Mais seule Maman était à la maison, toujours en blouse, debout devant le frigo ouvert, espérant peut-être y trouver un plat qu'Al et moi aurions eu la décence de préparer pendant qu'elle abattait une journée de douze heures. Un miracle aussi peu probable que mon nouveau lac.

— Maman, tu ne vas pas me croire…

Aussitôt, elle m'interrompit :

— Où est Al ?

Je haussai les épaules.

— Maman…

— Je rentre et je trouve la maison vide, pas d'enfants ni de mot, pas de message, pas de dîner. Absolument rien. Comme si vous aviez été embarqués par une troupe de cirque itinérant.

Je lui dis que j'étais désolé, mais elle balaya mes excuses d'un revers de la main.

— Laisse tomber. Dieu sait que j'ai l'habitude.

Une phrase qui concluait la plupart de nos échanges, maintenant. Je fis une dernière tentative.

— J'ai trouvé un…

— Tu n'étais pas censé me prévenir, quand tu prenais le pick-up ?

Je clignai des yeux, n'ayant aucun souvenir de cette règle. Mais les règles avaient changé, à l'instar de tout le reste. Elle ne me donna même pas le temps de répondre.

— Bon, tu es allé où ? Raconte-moi ta grande aventure.

On aurait dit Papa, cependant je me gardai de le lui faire remarquer. Après le divorce, elle l'avait surnommé Superman, et pas d'une manière qui vous donnait envie d'être Clark Kent, non, c'était plutôt, si on se plaignait de quelque chose, “Eh bien, Superman n'est plus là, mon grand, va falloir faire avec.” Soudain je compris qu'évoquer le lac, les huards, reviendrait plus ou moins à parler de Papa.

— Je suis allé à la Blackfoot.

Une réponse que je risquais de payer cher. Elle voulait toujours tout savoir, où, quand, comment, l'heure estimée d'arrivée, les coordonnées GPS. Au cas où elle devrait lancer des recherches. Un jour où elle refusait de me lâcher, j'avais fini par hurler, “Qu'est-ce que j'en sais ?” Elle m'avait dévisagé, comme si je venais de muter sous ses yeux. “Mon Dieu, tu pourrais être lui.”

Cette fois, pourtant, elle ne me harcela pas.

— Tu ne sais pas non plus où est ta sœur, j'imagine ?

Je secouai la tête. Une réponse donnée au hasard aurait été moins gênante que le silence qui s'abattit alors sur la cuisine. Plusieurs secondes s'écoulèrent avant que nous déclarions de concert :

— Erik.

Nous éclatâmes de rire.

— Le mystérieux M. Baumgardner, ajouta Maman.

Ensuite, nous préparâmes un gratin de pâtes au thon, un genre de calumet de la paix, aussi décidai-je de ne plus mentionner le lac, qui ressemblait à tous les autres lacs que nous avions visités quand nous étions encore une famille.

Ce soir-là, Al pénétra dans la chambre sur la pointe des pieds et je ne lui racontai rien, même si j'en mourais d'envie. Elle se donnait trop de mal pour ne pas faire de bruit, tournant la poignée de sorte qu'elle ne grince pas, soulevant le drap avec une précaution telle qu'on l'aurait crue venue examiner un corps. Je ne voulais rien partager avec cette nouvelle sœur trop furtive. Si je me comportais comme si elle n'existait pas, peut-être l'ancienne Al reviendrait-elle.

Je roulai face au mur, faisant bruisser mes couvertures pour lui signaler que j'étais réveillé ; elle pouvait me confier ses secrets et recueillir les miens. Elle en profita pour se dévêtir et se glisser entre les draps, prudente, empressée. J'aurais pu jurer qu'elle retenait sa respiration. Peut-être m'écoutait-elle en s'efforçant de rester silencieuse. À un moment ou un autre, elle serait obligée de respirer et prendrait une inspiration plus sonore que si elle ne s'était pas retenue.

Mais voilà que j'entends Al et Papa, ils m'appellent, disent des choses comme, "Le temps file, Pierrot." Papa agite la main devant mon visage et me pousse doucement du bout de son orteil. Ramené au présent, je lève la tête, détourne les yeux, je n'aime pas la manière dont ils m'observent, ni la façon dont Al déclare :

— Tu vois, il va bien.

— Tu tourbillonnais ? demande Papa à mi-voix.

Le vortex tourbillonnant, c'est ainsi que Maman appelle mes transes, quand je me soustrais au monde, happé par mes pensées. Je me redresse et m'éloigne des braises. Les canoës sont déjà chargés. Papa continue de me fixer, comme si je venais de faire une attaque.

— J'ai vu des huards, dans le Montana, dis-je enfin. Il y a un lac…

— Bien sûr, mon grand, bien sûr. Ici, les huards ont migré vers le sud. Nous aussi, on devrait s'agiter les sabots…

— Ou les ailes, plutôt, dit Al.

Papa secoue la tête.

— Si tu pagayais en solo, aujourd'hui, Al ?

— Avec grand plaisir.

Nous sommes retombés en adolescence, nous ne pouvons pas nous en empêcher. Avant, Al prétendait que je feignais mes absences pour attirer l'attention de nos parents, "Même si c'est juste parce qu'ils te croient un peu timbré."

J'ai fini par lui parler des huards, du lac parfait, des truites qui grouillaient sous la surface et se jetaient sur la moindre fourmi. J'étais rentré tard, encore une journée sur l'eau. En apprenant que j'avais mangé un burger à Seeley, Maman s'était emportée devant son dîner pour trois froid et intact. Une fois la tempête passée, la cuillère bien tassée de culpabilisation avalée, j'avais demandé où se trouvait Al, si elle avait disparu à son tour.

— Elle est à l'étage. Elle a enfin compris que le corps avait besoin de sommeil, aussi, a répondu Maman en m'adressant un regard noir.

Ignorant le "aussi" dans sa phrase, je lui ai souhaité une bonne nuit et j'ai gagné la chambre.

— Où étais-tu passé ? Maman a pété un plomb, a murmuré Al lorsque j'ai refermé la porte derrière moi.

Soudain c'était comme si un barrage cédait, je lui ai raconté le lac, les huards, les truites. Sans cesser de parler, je me suis assis sur le bord du lit, j'ai retiré mon jean, mes chaussettes encore humides, mon T-shirt et j'ai repoussé le drap. J'avais encore l'odeur du lac sur la peau, le chant des huards dans les oreilles.

— On se serait cru dans le Minnesota, Al. Ou au Canada. Tous ces endroits où Papa nous a emmenés.

J'ai marqué une pause pour reprendre mon souffle, j'étais hors d'haleine, à croire que j'étais rentré en sprint.

— Al ?

Aucun bruit ne s'élevait de l'autre côté de la chambre, hormis le léger chuintement que produit Al si elle dort sur le flanc, à cause de son nez cassé, une mauvaise tête au foot. Mon enthousiasme est retombé et je me suis demandé où était passée ma sœur, à quoi elle occupait ses journées, ses soirées. Le lendemain, elle dormait encore quand je suis reparti au lac, résolu à faire seul tout ce que j'avais espéré partager avec elle.

À présent, déjà dans son canoë, Al s'élance.

— Ne te presse surtout pas, Trig, dit Papa. Vraiment. Le monde n'a rien de mieux à faire que de t'attendre. En revanche, je ne suis pas certain que ta sœur soit aussi patiente.

Je jette un dernier coup d'œil par-dessus mon épaule, m'assurant que nous n'avons rien oublié.

— On a tout pris, Trig.

La gamelle à la main, il s'apprête à éteindre le feu. J'entends siffler la fumée, Papa remuer la boue cendreuse. Il éclabousse une dernière fois les braises et nous avançons vers l'autre canoë. Exceptionnellement, il me laisse le choix entre la proue et la poupe. Plus exceptionnellement encore, je m'installe à la poupe. Je suis prêt à suivre Al où qu'elle aille, même si je sais que Papa mène cette danse.

7

Très vite, je comprends pourquoi Papa m'a laissé la place du pilote. Après quelques coups de pagaie vigoureux, juste de quoi nous éloigner du rivage, il coince sa pale sous le pontet et s'empare de sa canne spinning. Je n'avais même pas remarqué qu'il l'avait sortie et montée.

— Des filets de brochet pour le dîner, ça te tente, Trig ? (Il exécute un lancer.) Je retirerai les grosses arêtes.

Pourtant je n'ai émis aucune de mes anciennes plaintes. Sa cuillère, que je n'ai pas besoin de voir pour deviner qu'il s'agit d'une Daredevil, sa fournisseuse officielle de dîner la plus vieille et la plus fiable, fend la surface à environ une année-lumière de nous. Le fil se dévide, la cuillère coule, Papa freine la bobine et regarde la ligne se tendre, le scion vibrer sous l'effet des oscillations du leurre. Il cale le talon de la canne sous un genou, laisse le corps reposer en travers de l'autre. Nous adoptons une vitesse de traîne et regardons Al qui s'éloigne.

— Elle va disparaître avant même qu'on ne s'en rende compte, dis-je.

— Qui ça ? demande Papa.

À croire qu'il était dans ma tête pendant que je songeais à Maman.

— Qui ça ? À ton avis ?

— Al ? (Visiblement je me suis exprimé dans une langue étrangère.) Elle a déjà dû lancer sa ligne. On a fait un petit pari.

Vraiment ? Déjà ?

— J'imagine que j'en fais partie ? (Je regarde ses épaules s'élever, s'abaisser, la vibration régulière de sa canne.) Je suis devenu un inconditionnel de la pêche à la mouche.

— À San Francisco ?

— Il y a des rivières en Californie, Papa.

— Et tu dois faire combien de kilomètres pour les atteindre ?

Je secoue la tête.

— Il y a un coin, sur la McCloud. Une trotte, mais elle en vaut la peine. (Avant de perdre mon emploi, je n'y étais pas retourné depuis l'université.) Tu adorerais.

— Une trotte, répète-t-il. Combien d'heures ?

Il ne me lâchera pas. Je pourrais mentir, me décaler vers le sud, gagner quelques heures, cela ne ferait aucune différence. Aux yeux de Papa, la Californie équivaut à l'enfer.

— Six heures. Je campe sur place.

— Six heures pour une partie de pêche ?

— Papa, on venait ici en voiture chaque été, avant. On passait plusieurs jours sur la route.

Il rit.

— Et on restait plusieurs semaines, pas seulement un week-end volé.

Et c'était ta région préférée, me dis-je en mon for intérieur. Contrairement à la Californie, cet État de nantis qui faisaient grimper le prix des terrains avec leurs manoirs vides cinquante semaines par an, détruisant ton rêve d'une cabane dans les tréfonds de Rock Creek. Le jour où j'ai emménagé à San Francisco, j'aurais tout aussi bien pu lui enfoncer un pieu dans le cœur, même s'il avait déjà quitté le Montana, à l'époque.

— Aucun problème, finit par dire Papa, je t'ai pris une canne spinning.

Une clameur retentit à l'autre bout du lac, pas un cri de huard, mais tout aussi reconnaissable : le cri de victoire d'Al. En plissant les yeux, j'arrive à discerner sa pagaie sur ses cuisses et sa canne, qu'elle tient haut.

— Et merde, murmure Papa.

Je pagaye de plus belle et le canoë bondit en avant.

Le temps que nous la rejoignions, Al a déjà placé le poisson dans une épuisette, un brochet de taille moyenne, de quoi nous régaler tous les trois.

— Vous avez parié sur quoi ? dis-je.

— Première prise, dit Al. On pourrait aller plus loin : taille, quantité, variété d'espèces.

— Tu feras comment, avec une chaîne à poissons pleine ? demande Papa. Les écailles visqueuses claqueront contre tes cuisses dans les portages. Tu seras transformée en leurre à ours avant même qu'on atteigne Pickerel.

— T'as la frousse ?

Papa grogne et fait siffler sa cuillère. Je me remets à pagayer pour éviter qu'elle ne se pose au fond du lac. Le canoë s'éloigne d'Al et de son épuisette pleine, pas assez vite, hélas, pour que j'échappe au bruit sourd du manche de son couteau s'abattant sur l'effrayante tête d'alligator du brochet. J'imagine les muscles compacts se raidir, le tressaillement suivi de la libération. Aucun de nous ne supporterait de traîner des poissons vivants sur une chaîne, les noyant dans l'eau qu'ils ont passé leur vie à respirer.

— En leurre à ours ? dis-je à Papa.

La veille, nous avons dormi près des provisions sans prendre la peine de les suspendre à un arbre.

— Ils hibernent, Trig. T'es encore dans le vortex ou quoi ?

Il desserre le frein, sort un peu de fil.

— Tu en es sûr ? Par ce temps ? Il faisait au moins 15 °C hier.

— Si ça peut te rassurer, ce soir, on mettra la bouffe à l'abri, mais les ours sont partis en même temps que les touristes. Ceux qui ne dorment pas encore se sont enfoncés dans la cambrousse pour piller les réserves des écureuils et prendre quelques kilos de plus.

— La cambrousse, ce n'est pas là où on va, justement ?

Sa poitrine se gonfle d'un long soupir patient. Il expire.

— Il y a seulement des ours noirs, ici, Trig. Juste des ours noirs.

Nous avons grandi parmi les grizzlys et les pauvres ours noirs nous sont toujours apparus comme une blague. Chaque fois qu'on visitait la région, on se moquait de leurs gros culs et de leurs avertissements pathétiques. Quand ils prenaient la fuite, ils ressemblaient à des ballons de plage en déroute.

À peine un kilomètre plus loin, Al crie de nouveau. Je cesse de pagayer.

— Continue, Trig. Elle nous rattrapera au portage.

— Qui se trouve où, exactement ?

— Pas tout près.

Je regarde Al plonger son épuisette dans l'eau et me remets à pagayer.

— Pas tout près ? Combien d'heures ?

— C'est malin.

— Sérieusement, on va où ? C'est classé top secret ou quoi ? On peut consulter les cartes ? Histoire d'avoir une idée de notre itinéraire ?

Il me dévisage.

— Quoi ? Bien sûr qu'on peut consulter les cartes. Il n'y a jamais eu de secrets entre nous.

— Jamais ?

Il n'y a que des secrets entre nous.

Papa plisse le front et baisse les yeux, feignant la perplexité. Je continue de pagayer, afin d'éviter que la cuillère ne se coince dans les herbes. Les secrets. Par où commencer ? Le divorce peut-être ? Le jour où Papa et Maman nous ont assis dans le salon pour lâcher leur bombe ? Papa allait "s'absenter un moment". Ils ont omis de préciser qu'il retournait vivre dans le Wisconsin et que nous le verrions seulement un mois par an, préférant réserver ces révélations pour plus tard, quand le choc se serait dissipé.

— Maman sait qu'on est là ? Ou c'est un autre "non-secret" ?

— Dory ? (J'ignorais que nous avions plusieurs mères.) Vous ne lui avez rien dit ?

Je ne parviens pas à réprimer un sourire.

— On n'aime pas spécialement se jeter dans la gueule du loup.

— Sans déconner. Moi non plus, même si j'ai mis du temps à le comprendre.

Pourtant, nous l'avons rarement vu se faire mordre. Et Maman n'était pas un loup. Sauf si on ne se conformait pas à ses attentes. Alors elle en devenait un. Al essuyait ses coups de crocs un jour sur deux, après le départ de Papa, qui a dû sentir leur piqûre plus souvent que nous l'imaginions. Moi, j'ai juste écopé d'un poinçon occasionnel, à peine une égratignure, un rappel à l'ordre quand je m'égarais ou que je suivais les pas d'Al. Ou pire, de Papa.

Mais il a perçu mon angoisse et elle lui déplaît.

— Qu'est-ce qu'il y a ? Tu veux faire demi-tour pour lui passer un coup de fil ?

— Je pensais juste que…

— À quoi bon lui dire qu'on est ici ? Tu sais bien qu'elle va piquer une crise.

— Je t'ai déjà dit que oui.

J'espère que mon ton n'est pas aussi geignard que je le pense, j'ai l'impression d'avoir treize ans, comme si j'avais été projeté d'un canon à remonter le temps et que j'avais perdu quinze années d'un seul coup. Chaque fois, c'est pareil. Pour Al aussi. Une des raisons pour lesquelles nous avons laissé se tarir ces aventures, le souhait de ne pas revivre notre adolescence. Le grand bourbier familial, ainsi que l'appelle Al.

— Pourquoi ce voyage, papa ? Si on n'est pas censés en parler à Maman ? Qu'est-ce qu'on fait là ? (Je tente un sourire.) Puisqu'il n'y a pas de secrets entre nous.

Soudain, sa canne bondit en avant. Il la rattrape de justesse, la plaque contre le plat-bord puis la tire vivement en arrière. Trop tard. Quelque part dans les profondeurs, un brochet chanceux venant de refermer la mâchoire sur du vide se demande où est passé son repas.

— Je ne suis pas au top de ma forme, dit Papa, le souffle court.

— On aimerait vraiment une réponse, papa.

— Il vous faut une raison pour partir à l'aventure, maintenant ? Depuis quand ?

Il ramène le fil pour vérifier que le leurre est toujours accroché à l'extrémité. Vu la manière dont la canne se ploie, il est évident que la cuillère est encore là. J'arrête de pagayer, nous laissant dériver.

— J'ai toujours adoré venir ici, dis-je. Mais oui, j'aimerais savoir quelle mouche t'a piqué, pourquoi maintenant, si tard dans la saison.

Il regarde la cuillère zigzaguer dans l'eau transparente.

— Ma mère est morte, il y a deux ans.

— J'étais à l'enterrement, papa, tu ne t'en souviens pas ?

Il se tourne, l'air surpris, comme pour dire, Vraiment ? Et se ressaisit aussitôt.

— Je ne suis pas en train de te faire une annonce.

Nous restons silencieux quelques instants. Il lance la cuillère. Je pagaye en gardant un œil sur Al, qui avance au ralenti, concentrée sur sa ligne.

— Je me suis retrouvé tout seul dans le Wisconsin. (Il semble s'adresser à l'eau, aux arbres.) Ma présence là-bas n'était plus justifiée et mon boulot… disons que j'aurais préféré démissionner plutôt que d'avoir à le supporter une journée de plus. T'as déjà installé des panneaux solaires ? À soixante ans ?

— Non, mais je tâcherai d'y penser le moment venu, dis-je avec un petit rire.

— On se pose des questions, c'est tout.

Je nous rapproche de la rive, au cas où la cuillère glisserait au-dessus d'un repaire de brochets.

— C'est tout ? dis-je après quelques coups de pagaie.

— C'est un truc de San Francisco ? Parler de ses sentiments, ce genre de délire à la con ?

— C'était juste une question, papa.

Il hésite avant de répondre.

— Soudain, plus rien n'avait de sens. Voilà. Ma vie n'avait plus de sens. Par ma faute.

Je pagaye comme un métronome, nous maintenant à une vitesse de traîne.

— Toi… Comment j'ai fait pour en arriver là… (Il tapote la canne contre sa cuisse.) On était presque devenus des étrangers. À l'enterrement, tu n'étais qu'un inconnu de plus, un ami de ma mère, une figure du passé.

— Papa, moi aussi, j'ai déménagé. Les études, le boulot. Ce genre de choses arrive.

— Je suis parti bien avant.

— Oui, mais Al…

— Je sais, je sais. Il s'appelait comment, déjà ?

— Lequel ?

Son rire résonne sur le lac.

— L'homme de sa vie numéro 74.

Une brise vient troubler l'eau, les reflets. Papa continue de parler face au vent, presque inaudible.

— Tu vis seul dans une maison vide, les membres de ton ancienne famille, celle où tu es né, sont morts, et ton autre famille, celle que tu as fondée, vit à mille kilomètres de là, tu ne la fréquentes plus, pas vraiment, et tu sais que c'est ta faute.

Je lève ma pale avant de l'immerger avec délicatesse, comme si je manipulais du verre.

— Donc… (Il laisse échapper un soupir qu'il semble retenir depuis trop longtemps.) J'ai pensé qu'il était temps d'agir, de sortir de ma tanière, j'ai voulu vous revoir là où on était heureux.

— Si tard ? On aurait pu…

— Plus tard, ç'aurait été trop tard, tu comprends, Trig ? Si t'attends un beau jour, tu attends toujours.

Je me tais, priant pour qu'un poisson morde, un maskinongé ferait l'affaire, n'importe quoi susceptible de nous ramener à la surface. Hélas, rien ne bouge sinon Al, derrière nous. Elle pousse un nouveau cri. Papa jette un œil par-dessus son épaule.

— Quelle idée, d'avoir parié avec elle. Où avais-je la tête ?

— Nulle part, à mon avis, dis-je.

— Pas faux.

Il reste silencieux jusqu'à ce que nous accostions la plage du portage, après avoir traversé un passage étroit débouchant sur une dernière baie. Nous mettons pied à terre, titubant sur nos jambes trop raides.

— Ne t'inquiète pas, Trig, dit-il alors. Je voulais juste vous revoir. Rien de plus.

Penché sur les sangles à cliquet, je me demande pourquoi nous prenons la peine d'arrimer notre paquetage sur des eaux si calmes.

— Ça te va, comme explication ?

— Ça me va. (Tout à ma tâche, j'ajoute :) Je n'imaginais pas que c'était si dur pour toi, là-bas. Je pensais que tu passais ton temps à pagayer, à pêcher, à faire des feux de camp.

— Plus ou moins, dit-il dans un petit rire. M'occuper de ta grand-mère, c'était un peu comme pagayer. La prendre dans mes bras dans les portages, brancher son oxygène sur la prise la plus proche. Ce genre de truc.

— Je ne me rendais pas compte…

— Tu avais ta propre vie, rien de plus normal.

Al crie quelque chose, des mots que nous ne pouvons déchiffrer. À son intonation, nous devinons qu'elle est en train de nous chambrer.

— Qu'est-ce que tu racontes ? demande Papa sitôt qu'elle approche.

— Trois brochets et un doré jaune ! (Elle donne un dernier coup de pagaie et j'attrape la proue de son canoë pour la tirer sur le rivage.) J'ai gagné sur tous les plans : première prise, taille, quantité, variété d'espèces.

— T'es un vrai prodige, dit Papa.

— Je sais ! répond-elle en gloussant.

— Dès que le camp sera monté, on verra comment s'en sort Monsieur Californie avec sa canne casting, dit Papa.

— Pfff, une canne casting.

Je hisse un sac sur mon torse, en attrape un autre, glisse mon bras sous la bretelle, chancelle en cherchant la deuxième. J'avance en crabe, moulinant des bras, jusqu'à ce que Papa me stabilise et remonte l'autre bretelle sur mon épaule.

— Belle scène.

— Il est long, ce portage ?

Papa se frotte la mâchoire.

— Oh, trois fois rien. Une centaine de mètres ? Deux cents ?

En réalité, le portage s'étire sur plus d'un kilomètre. A-t-il seulement la moindre idée d'où nous allons, hormis plus loin ?

8

DORY

ELLE POSE LE TÉLÉPHONE sur ses genoux et le regarde fixement, comme si elle possédait des pouvoirs supérieurs à ceux d'Apple ou Samsung. Al qui s'évanouit dans la nature ? Rien d'alarmant. Un nouveau mec, une nouvelle aventure. Une fois, elle a eu le temps de faire un aller-retour en Thaïlande avant même que Dory ne se rende compte qu'elle était partie. En Thaïlande.

Mais ce n'est absolument pas le genre de Trig. Dory continue de scruter l'appareil, consciente qu'elle laisse un message se résumant à un silence prolongé. Elle a beau fouiller sa mémoire, elle ne pense pas qu'il l'ait déjà laissée sans nouvelles. Lorsqu'elle se remémore leur dernière conversation, son licenciement, son potentiel retour à Missoula, elle ne peut s'empêcher de s'inquiéter.

Bill les a peut-être embarqués dans une de ses fameuses aventures, même si elles se sont taries il y a longtemps. Pour autant que Dory sache. Non, elle en aurait eu vent. Trig l'aurait prévenue, à sa manière habituelle, en marchant sur des œufs, pour la protéger. De quoi, de la vie ? S'ils étaient partis avec Bill, Trig lui en aurait parlé. Surtout si Al était de la partie aussi. Par le passé, il racontait à Dory tout ce qu'il faisait à l'école, des anecdotes sur la natation, le foot, le moindre contrôle ou exposé. Un flux d'informations non filtrées qu'elle n'écoutait que d'une oreille – aujourd'hui, elle a du mal à y croire –, occupée à dérouler elle ne savait quoi sur son téléphone à la con alors que lui déroulait sa vie pour elle, chaque doute, chaque miracle, chaque victoire. Comment avait-elle pu être naïve au point de croire que cela durerait toujours, et peu importe si elle ratait un détail de temps à autre ?

De nouveau, elle compose le numéro d'Al et tombe aussitôt sur la messagerie. Elle ne sait plus si cela signifie que le téléphone est éteint ou que la batterie est morte. Peut-être est-ce seulement le cas quand le téléphone sonne avant que la messagerie ne se déclenche ? Trig le lui a expliqué une bonne centaine de fois, avec une patience infinie.

Elle fait défiler ses contacts. Elle sait parfaitement ce qu'elle s'apprête à faire et s'en veut déjà. Le numéro de Bill, une suite de chiffres qu'elle connaît encore par cœur, même s'ils ne vivent plus ensemble depuis plus de dix ans. Elle se ravise et éteint le téléphone. Que lui dirait-elle s'il décrochait, après toutes ces années ? Je ne sais pas où sont les jumeaux ? Quand leur a-t-il parlé pour la dernière fois ? Elle entend déjà son rire ironique : “Eh bien, s'ils te font signe, n'oublie pas de leur dire que leur géniteur est encore en vie, tu veux ?”

9

Ce soir-là, Papa découpe les poissons d'Al, la tâche du perdant. Veillant à retirer les grosses arêtes pour moi, il trempe les filets dans l'œuf. Al les roule dans la farine de maïs et je les dépose dans la poêle, les uns après les autres. L'eau à la bouche, nous les regardons se racornir et grésiller. Le dîner se mue en frénésie, le grand air, le climat, l'exercice nous a transformés en véritables sauvages. Une fois rassasiés, nous basculons en arrière dans nos fauteuils, le visage tourné vers la multitude d'étoiles, la nuit transformée en vaste scintillement. Papa dit que nous avons une bonne chance d'apercevoir une aurore boréale d'ici à la fin du voyage, ce qui m'amène, de manière quelque peu détournée, à aborder le sujet de notre organisation pour la nuit – blanche, ainsi que le fait remarquer Al.

Penché en avant, Papa nous regarde tour à tour.

— Qu'est-ce que vous voulez dire ?

— Papa, dis-je, à côté de toi, une tronçonneuse, c'est une berceuse.

— Je ronfle ?

Il ne parvient pas tout à fait à dissimuler son sourire.

— On aurait dû acheter une troisième tente.

Papa lève les yeux au ciel.

— Si tu le dis, Richie Rich. Je te rappelle qu'on se contentait d'une seule tente, avant. Deux, c'était déjà trop, à mon avis.

— L'ancienne tente était immense !

Nous discutons pied à pied jusqu'à ce que je parvienne à le convaincre que je l'abandonne uniquement parce que je veux dormir, non pas en raison d'une animosité latente ou quoi que ce soit dans le genre. Il se lève et s'étire, faisant craquer ses articulations.

— Tu n'as plus qu'à me rejoindre, Al, dit-il.

Elle lui lance un regard capable de fondre l'acier.

— Jamais de la vie. Plutôt crever.

Papa semble avoir reçu une enclume en pleine face. Soudain, il fait chaque seconde de son âge.

— Très bien, je vais me coucher. J'essayerai de ne pas faire de bruit.

— Bonne nuit, dis-je.

Je reste assis à contempler les flammes tandis qu'il se livre à ce qu'il appelle ses ablutions nocturnes. Al et moi nous attardons près du feu malgré nos muscles endoloris, la fatigue intense qui s'abat sur nous. Enfin, comprenant que chacun attend de voir l'autre céder en premier, nous nous levons, nous dénouons nos membres et nous nous éloignons dans des directions opposées, deux minuscules faisceaux de lumière balayant la nuit, pour nous livrer à nos propres ablutions – dernier pipi, brossage de dents. Le temps que je sorte mes affaires de mon sac étanche, Al est déjà agenouillée devant la deuxième tente, la main sur le zip.

Je me plante à côté d'elle avec mon duvet et mon tapis de sol.

— Quoi ? dit-elle.

— Comment ça, quoi ?

— Tu ne crois quand même pas que tu vas dormir avec moi, j'espère ?

Je m'esclaffe, puis je me demande si elle est sérieuse.

— Cette tente est l'autre tente, Al, pas ta tente.

— La notion de possession, ça te dit quelque chose ?

— Tu n'auras qu'à me traîner en justice à ton retour. Dans l'immédiat, pousse-toi.

Elle remonte le zip et glisse la moitié supérieure de son corps dans la tente, bloquant l'entrée.

— Je suis censé faire quoi, exactement ? Dormir à la belle étoile ?

— Tu le faisais bien quand on était gosses.

— J'avais un hamac, Al. Un hamac qui se trouve probablement à l'aéroport O'Hare, à l'heure qu'il est.

— Franchement, t'exagères, dit-elle avant de rentrer complètement dans la tente.

Ensuite, c'est la bousculade habituelle, nous échangeons des coups de coude, nos têtes et nos jambes frôlent le nylon. Une fois installés, nous reprenons notre souffle, allongés dans le noir. La voix d'Al s'élève dans le silence.

— Alors, t'as réussi à avoir des infos ?

Je pousse un soupir que j'imagine embuer l'air.

— Il a le blues. Il se pose des questions sur sa vie. Il se rend compte qu'il est seul.

— Ah, l'introspection. Jamais une bonne idée.

— Parce que t'as déjà essayé ?

— Je te tuerai, dit-elle en m'assénant une bourrade.

— Moi d'abord.

Nous essayons de rire, mais Al redevient sérieuse.

— Et il ne s'en rend compte que maintenant ? dit-elle. Mieux vaut tard que jamais.

— C'est juste que…

— Trig, m'interrompt-elle. (Je la sens lever la main, un geste de flic.) Ne le défends pas. Arrête. Il a fait les choix qu'il a faits.

— On ne sait pas tout.

— On en sait largement assez.

C'est un peu comme marcher sur une piste si familière que nous n'avons pas besoin de lumière, ni de la lune ni des étoiles. Je fais un pas de côté, je refuse d'aller plus loin. Le silence s'abat sur la tente. Après un temps, craignant qu'Al ne se soit endormie, je lâche un autre soupir.

— Nous voilà réunis. Ah, le bon vieux temps.

— Et je suis comblée, crois-moi.

— J'espère que tu ne vas pas me confondre avec Brent.

— Dans tes rêves. (Elle fait crisser son duvet.) Qu'est-ce que t'as contre Brent, au fait ? Ce n'est pas comme s'il avait compté.

— Il n'a pas compté pendant plus d'un an, quand même. (Nous parlons tous les deux à voix basse.) Sacré record.

— Je refuse de m'inscrire sur Tinder, dit-elle. Je tiens à ma dignité. Du coup, je m'accommode de peu.

Je réprime un gloussement.

— Tu t'accommodes de peu ? Vraiment ? Je dirais que tu t'accommodes de beaucoup. (Même Al ricane.) Depuis le fameux Erik B.

— Erik qui ? Quoi ? Tu ne sais absolument rien sur Erik Baumgardner et moi !

Je m'étrangle de rire.

— J'en sais plus que tu ne le penses, Al. Ça tient en deux mots : porche, balancelle.

— Quoi ?

Je suffoque.

— J'ai bien cru que le toit allait s'effondrer.

À son tour, elle pouffe. Elle a beau être juste à côté de moi, je ne peux pas la voir, toutefois je n'ai aucun mal à la visualiser : les yeux écarquillés, les doigts devant la bouche.

— Tu n'entendais pas les chaînes grincer et cliqueter ?

— Tu m'espionnais ?

— Tu délires ! (Elle m'envoie son coude dans les côtes.) Je suis sorti voir ce qui se passait. Je croyais que la maison allait s'écrouler.

— Tu nous as vus ?

— Je ne savais pas qu'on pouvait faire ça. Pas sur une balancelle, en tout cas.

— C'était pas évident, j'avoue.

Elle s'esclaffe et je plaque une main sur sa bouche. Pour être plus précis, je plaque une main sur son oreille, puis sur son nez, enfin sur sa bouche. Elle lèche ma paume, l'enduisant de bave, une de nos vieilles tactiques, et nous rions si fort que nous avons du mal à respirer. N'empêche, je me rappelle chaque détail, le halo du lampadaire ayant suffi à rendre visible une scène dont je n'imaginais pas être témoin un jour, cette manière qu'elle avait de le griffer, le poussant aux confins d'un désir qu'il ne soupçonnait même pas. Le choc que j'avais ressenti résonne encore aujourd'hui. Hors d'haleine, Al me mord et je m'écarte d'elle.

— Impossible qu'il dorme avec un boucan pareil, dis-je.

Une voix s'élève dans la nuit.

— En effet, il ne dort pas.

— Merde, chuchote Al.

— Désolé, elle m'a mordu.

— Plus. Un. Mot.

Nous sommes si pétrifiés que nous l'entendons changer de position. Une minute plus tard, il se met à ronfler.

— Il fait peut-être semblant, dis-je à voix basse.

Al m'assène une bourrade.

— J'en doute. Il ne s'est jamais réveillé pendant mes ébats avec Erik.

En réalité, Papa était parti bien avant qu'Erik n'entre en scène.

Nos rires s'estompent, nous nous laissons aller en arrière. Erik. Un vrai bouffon. À la fin, je ne pouvais plus le voir. Ni le sentir. Et Al qui rentrait de plus en plus tard.

— Et toi, Trig ? demande-t-elle, la voix assoupie.

— Et moi quoi ?

— Maman surveillait tous mes faits et gestes. Elle était à deux doigts de me graver un "A" sur le front*. (Les disputes. Cris, rugissements, portes qui claquent.) Mais toi, tu avais la paix. Pas touche à Triggy, l'enfant prodige.

— Pff. Triggy le geek, plutôt.

Elle rit, juste assez pour me signifier que je n'ai pas tout à fait tort.

— Tu étais si discret. Si secret. Je n'ai jamais entendu grincer la balancelle. Depuis que tu es parti en Californie, je ne t'ai même jamais entendu parler d'une fille.

* Référence au roman *La Lettre écarlate*, de Nathaniel Hawthorne, dans lequel une femme adultère se voit condamnée à porter sur la poitrine la lettre "A" (totem n°197).

— C'est plus calme, de mon côté. Moi aussi, je m'accommode de peu.

Elle rit, cependant je sens qu'elle sombre, je la connais par cœur. À mon tour, je m'abandonne au sommeil.

10

— SACRÉE NUIT, dit Papa le lendemain matin.

Il se lève et jette son marc dans le feu. Al s'abîme dans la contemplation de sa tasse, qu'elle tient serrée entre ses genoux. Papa disparaît entre les arbres pour "éliminer le café".

— Incroyable, tout ce qu'on entend la nuit en pleine nature, non ? lance-t-il en s'éloignant. On en apprend, des choses.

Il se met à siffler, *Lay, Lady, Lay* je crois. Al se tourne vers moi, aussi écarlate que le soleil qui pointe sur la rive opposée. Je remue les braises avec un bâton.

— Il bluffe. Impossible qu'il nous ait entendus. Vraiment. Il est sourd comme un pot.

— "On en apprend, des choses", répète-t-elle avant de se lever. Heureusement que je navigue en solo aujourd'hui.

— C'est mon tour.

— Non. (Elle s'éloigne pour démonter la tente.) Je refuse de pagayer avec Papa.

Après une autre journée à franchir lac après lac, trois portages, le mur sombre des arbres traversé de temps à autre par les derniers chatoiements rouge et or des feuillus – iridescents et filiformes, leurs reflets tremblotent à la surface de l'eau – nous accostons une vaste plage sablonneuse. Al ne proteste pas lorsque je déroule mon duvet et mon tapis de sol près du sien dans la tente. Papa vide la prise du jour, Al rassemble du bois et je confectionne un feu. Ensuite, Papa nous sert une petite goutte et nous dévorons une montagne de brochets et de dorés jaunes qui nous laisse aussi stupéfaits que la veille, les épaules douloureuses tandis que le soleil écarlate approche de l'horizon.

Une fois de plus, Papa se retire en premier. J'ai si chaud près du feu – avec mon col en laine, ma casquette légère enfoncée sur les oreilles, mon bâton dans les braises, les étoiles au-dessus de ma tête – que je ne peux me résoudre à bouger, encore moins à me faufiler sous la tente refroidie par la nuit.

— Tu n'as qu'à me border là, dis-je. Je serai parfaitement bien.

Al murmure quelque chose, à moins qu'elle ne soupire.

— L'alcool nous transforme en pâte à modeler.

J'ai beau acquiescer, je n'aime pas spécialement le whiskey. De l'eau de mare tourbée. Mais la petite goutte me permet de m'octroyer mon propre péché mignon, Papa n'aimant pas spécialement l'herbe. Je me force à me redresser, déboutonne mon manteau, ouvre ma veste. Al incline la tête en arquant un sourcil. De manière quelque peu théâtrale, je jette un coup d'œil à droite et à gauche avant de brandir un étui argenté dont j'extrais le premier joint de l'aventure.

Al sourit et je l'allume, lui offrant la première taffe. Nous l'avons presque terminé lorsque la voix de Papa retentit dans le noir.

— Je suis peut-être sourd, mais j'ai un très bon odorat !

Al recrache la fumée par le nez.

— Enfoirés de hippies ! ajoute-t-il.

— Et fiers de l'être ! répond Al entre deux quintes de toux.

Papa éclate de rire. Quelques minutes plus tard, il se met à ronfler.

Al et moi rêvassons devant le feu qui s'étiole. La morsure du froid commence à se faire sentir. Enfin, Al grogne et se lève péniblement de son fauteuil, un peu à la Papa. Plantée devant moi, elle me tend la main pour me hisser debout.

— Personne ne va te border. Tu ne m'as pas tout raconté, hier soir. J'attends la suite.

— Quoi ? Je t'ai tout dit, j'ai parlé des heures.

— N'importe quoi.

— Tu as dû t'endormir.

Elle m'aide à me redresser et je grogne à mon tour, les jambes moulues à force d'être pliées sous le siège du canoë.

— Je n'ai omis aucun détail, je me suis même tellement chauffé que j'ai été forcé de “m'accommoder”, comme tu dis.

— Arrête, t'es dégueu.

Je ris. Nous nous livrons à nos ablutions nocturnes avant de nous diriger vers la tente.

— Moi d'abord, dit Al devant la fermeture. On ne peut pas entrer en même temps. Si tu t'assois sur moi, si tu me marches dessus une seule fois, t'es mort.

À peine venons-nous de nous installer, bercés par les doux râles de Papa, qu'elle se remet à parler.

— Donc, moi, j'avais Erik. Et toi ?

— Je ne l'ai jamais touché.

— T'es vraiment dégueu. (Je lui adresse un sourire qu'elle n'a aucune chance de voir.) Et manifestement, tu évites le sujet, aussi.

Je n'ai pas envie d'avoir cette conversation, toutefois la pénombre, notre proximité me rappellent notre ancienne chambre, en plus sombre et plus sûre.

— Tout a commencé à San Francisco.

Al pousse un cri de surprise.

— Rien avant ?

— Pas même un baiser.

Elle s'exclame de nouveau et me tapote la cuisse, un geste de réconfort, Là, là.

— Pas même un baiser ?

— Sauf si tu comptes Tiffo McGuire, au bal du lycée. Elle maniait sa langue comme un bélier. Et elle a vomi presque tout de suite après.

Al éclate de rire.

— Dégueu, répète-t-elle.

— Je ne comprenais pas pourquoi tout le monde en faisait tout un foin.

— Quelle idée, d'aller au bal ensemble.

— C'est la seule chose qui a empêché la soirée de virer au cauchemar total.

— Que fais-tu d'Erik et de Tiffany ?

— Tu t'accommodais de peu.

Ses tapotements se muent en bourrade.

— Je savais que tu m'espionnais !

— Tu n'as pas laissé grand-chose à l'imagination.

J'entends ses cheveux balayer son duvet et devine qu'elle secoue la tête.

— On s'égare. Une fois de plus. Bien joué.

Je prends une profonde inspiration, j'expire.

— J'ai rencontré une fille dans un bar, à l'université. Je ne la connaissais ni d'Ève ni d'Adam.

— Et ?

Elle semble moins endormie que la veille, je vais peut-être devoir aller jusqu'au bout, cette fois.

— On est allés dans sa chambre. Mon coloc fricotait avec la sienne.

— Bravo, direct dans la cage aux lions.

— On s'est livrés à une séance de pelotage plutôt soutenue. Elle ne maniait pas sa langue comme un bélier et je me rappelle avoir pensé, Je commence à comprendre pourquoi tout le monde en fait tout un foin.

— Je n'ai pas besoin de chaque détail, Trig.

— Si, tu vas voir. (Les yeux grands ouverts dans le noir abyssal, je me rappelle les caresses, mon excitation si intense que c'en était presque effrayant.) J'étais tellement naïf que je n'ai même pas pensé à la déshabiller.

— Tu n'es pas censé y penser. Les choses se font naturellement, a priori.

— En tout cas, c'est devenu sérieux. Vraiment. On entendait nos colocs de l'autre côté du mur. Ils avaient pris de l'avance, mais on n'allait pas tarder à les rattraper.

— Bien joué, dit Al en ricanant.

— C'est précisément ce que je lui ai dit, On ne va pas tarder à les rattraper. Et la fille répond, Si on gagnait à la première taille ?

— La taille ?

— Elle ne plaisantait pas.

— La vache, Triggy, sacrée soirée…

— Soudain c'est à moi de lui rendre la faveur. Elle attend, et vu que j'ai zéro expérience, je l'imite, comme j'ai passé toute la soirée à le faire. Je défais sa ceinture, je déboutonne son jean. Elle avait l'habitude, c'était clair, tu me suis ?

— Je te suis Trig, pas de souci.

— Tu sais à quoi je pensais ?

— J'ai ma petite idée…

— Non, je pensais à toi…

— Oh putain, je t'en supplie, ne me sors pas un truc malsain…

— J'aurais aimé que tu m'expliques un ou deux trucs, comment ça marche, tout ça…

— Je suis ta sœur, Trig.

— Je sais, n'empêche.

— Ç'aurait été super bizarre. “Alors Triggy, voilà comment fonctionnent les filles.”

— Je n'attendais pas une démonstration, non plus.

— Dieu merci. (Nous gloussons, un peu groggy, puis Al revient à la charge :) Donc, la tension monte et…

— J'avais un portemanteau dans le pantalon.

Elle éclate de rire.

— Un portemanteau ? T'es grave !

Je lui plaque une main sur la bouche, elle la repousse et se tait. La scie circulaire de Papa continue de tourner.

— T'es complètement tordu, chuchote-t-elle. Pas étonnant que tu ne m'aies jamais parlé de filles ni raconté d'anecdotes sur ta vie amoureuse.

Je m'apprête à protester, mais elle se fait pressante.

— Finis l'histoire, arrête de gagner du temps.

— Vraiment ?

— Vraiment.

— D'ac, j'en étais où ?

Elle m'assène une bourrade.

— OK, OK.

— Et ne t'avise pas de me reparler de portemanteau. Je maîtrise l'anatomie humaine. Tu déboutonnes son jean…

Je prends une profonde inspiration.

— Je glisse ma main entre ses jambes, je suis sur le point de découvrir cet univers que tout le monde connaissait sauf moi…

Je me tais et secoue la tête – jamais je n'ai été si près d'avouer la vérité à quelqu'un.

— Et ? Et ? T'as pas intérêt à t'arrêter maintenant.

— Je n'ai rien découvert de nouveau.

— Non, j'imagine que c'est toujours plus ou moins la même chose.

— C'était *exactement* la même chose.

Elle observe un silence perplexe avant de pousser un cri de surprise.

— Tu veux dire…

J'opine, un geste qui se perd dans la noirceur cosmique de la tente.

— En tous points.

— Et… donc… Une fois que tu as compris que…

Silence. Les ronflements de Papa semblent de plus en plus lointains.

— Je ne savais rien sur rien.

— Donc tu as…

Une fois de plus, je secoue la tête. Un geste complètement vain.

— Je ne savais pas quoi faire. Jusque-là, l'expérience était bien plus satisfaisante que ma session avec Tiffo, mais, enfin tu vois…

Les ronflements de Papa, encore. Incroyable qu'il survive à ça.

— Tu n'as pas pu ?

— Non, pourtant c'était la personne la plus sympa que je rencontrais depuis que j'avais quitté la maison.

— Rassure-moi, il y en a eu d'autres après ? Tu n'as pas été traumatisé au point de tirer un trait sur le sexe ?

— Bien sûr.

— Des femmes ?

— Oui.

Al réfléchit quelques secondes.

— Et c'était mieux qu'avec Tiffo ?

— Crois-le ou pas, je fais rarement vomir mes partenaires.

Elle rit.

— Des hommes, aussi ?

— Non. Mais Eric, ma première, si j'ose dire, et moi sommes devenus très proches. C'était plus ou moins mon seul ami à l'université. Jusqu'à son diplôme. Il se demandait souvent qui craquerait en premier, lequel de nous deux changerait son fusil d'épaule.

Al laisse le silence se prolonger avant de parler.

— Ce serait plutôt cool, en fait. D'expérimenter avec une autre femme. De savoir précisément quoi faire pour lui donner du plaisir.

J'émets un petit rire.

— Je ne sais même pas ce qui me donne du plaisir, à moi. Vu que j'ai dormi avec toi quasiment toute ma vie…

— Un peu bizarre, comme remarque.

— T'es la seule personne avec qui j'ai jamais discuté au lit.

— De plus en plus bizarre.

— Presque chaque soir de ma vie.

Elle marque une pause, perdue dans ses pensées.

— Il y en a bien quelques-unes qui m'ont tapé dans l'œil.

— Quoi ? Des femmes ?

— Bien sûr.

Je me tourne vers elle, comme si je pouvais la voir, scruter son visage. Qui est-elle vraiment ? Bercé par ses murmures, je retombe en enfance, cette époque où nous étions si proches, et je m'abandonne au sommeil.

II

La nuit est agitée, on se bouscule chaque fois qu'on change de position, jusqu'à ce que, à je ne sais quelle heure, Al roule sur le flanc et cogne ses genoux contre les miens.

— On ne va pas y arriver, grommelle-t-elle.

— Chut !

Réveillé depuis plusieurs minutes déjà, je suis aux aguets. Dehors, des pas lourds font craquer les broussailles.

— Il y a quelque chose dans les bois.

Nous tendons l'oreille. Les pas vont et viennent. S'immobilisent devant la tente. Mon cœur bat la chamade, assez fort, peut-être, pour faire fuir la créature. Quand j'étais enfant, la nuit dans la tente, j'ai découvert que le moindre écureuil pouvait se muer en grizzly affamé.

On se tient par la main, je ne m'en rends même pas compte avant qu'Al me broie les doigts. Nous n'avons pas pensé à suspendre nos provisions, ni à nettoyer les restes de poisson, le b.a.-ba pour éviter les ours, ces règles qu'on nous rabâche depuis le premier jour où nous avons posé le pied dans une forêt. Trop tard.

Toutes ces pensées me traversent l'esprit en une fraction de seconde, mon cerveau tourne à cent à l'heure, et je ne trouve rien de mieux à faire que broyer la main d'Al en retour. Nous voulons désespérément retourner dans l'utérus.

Plus un bruit, pas un coup de patte ni un reniflement, à croire que la créature s'est envolée, aussi silencieuse qu'une chouette. Soudain la voix de Papa retentit dans le noir, un mot que nous ne l'avons pas entendu prononcer depuis très, très longtemps. Une question.

— Dory ?

— Maman ? murmure Al.

— Je ne sais pas où sont les enfants, Dor'.

Dans la pénombre, je ne distingue pas le visage d'Al.

— On est là, papa, dis-je.

Je lâche la main d'Al pour m'attaquer aux zips de la tente.

— Je les ai cherchés partout.

— Il fait une crise de somnambulisme, dit Al.

— Papa ?

Où est passée ma putain de lampe frontale ? Dehors, les étoiles brillent juste assez pour que j'entraperçoive l'éclat blanc de son caleçon long.

— Papa ?

La tente s'illumine. Al a retrouvé sa lampe et sort à quatre pattes.

Papa se tourne vers moi, les quelques mèches qu'il lui reste dressées sur le crâne, comme s'il était passé dans un mixeur. Il cligne plusieurs fois des yeux.

— Trig ?

— Ouais, papa, c'est moi. Et Al.

Son regard se pose sur Al, puis il s'écarte du faisceau de la lampe, qu'elle a braqué droit sur lui. Elle se tient juste derrière moi, pressée contre mon bras, mon épaule.

— D'accord, bien sûr, oui.

Il secoue la tête et se frotte le visage. Al abaisse sa lampe, dont l'éclat vient baigner les pieds de Papa, nus sur le sol givré.

— Ça va, papa ? dis-je.

— La vache. Je… j'ai fait un drôle de rêve. (Il contemple ses pieds.) Je n'ai pas de chaussettes, dit-il, incrédule. Vraiment un drôle de rêve.

J'enfile mes chaussures à la hâte.

— Retourne vite dans ta tente, sinon il faudra te scier les orteils à la lueur du feu.

Je le raccompagne tandis qu'Al nous éclaire le chemin.

Papa s'agenouille. Sa tente est encore ouverte. Je passe un bras à l'intérieur, plonge la main dans son duvet. Encore tiède. Il n'est pas resté dehors longtemps.

— Va te réchauffer.

— Bonne idée.

Al continue de nous éclairer, à cette distance, la lumière est diffuse, mais le faisceau balaye le sourire de Papa, une vision qui me rassure.

Je le regarde se glisser dans son duvet. Il roule sur le flanc et se frictionne les bras.

— Si t'attends un beau jour, t'attends toujours, pas vrai ?

Il sourit encore, je m'apprête à lui demander de quoi il parle, puis je me ravise.

— Exactement. Et maintenant, tu ne bouges plus, fini les rêves.

Il me lance un clin d'œil.

— Je vais faire de mon mieux.

— Sers-toi de ton truc, là, la suite de Fibonacci.

Lorsque nous étions petits, il nous avait confié sa technique infaillible pour lutter contre les insomnies, une suite de chiffres qu'il déclinait à l'infini, additionnant les deux derniers jusqu'à ce qu'il s'endorme. 0+1, 1, 1+1, 2, 1+2, 3, 2+3, 5, 3+5, 8, 5+8, 13, 8+13, 21… Difficile d'imaginer méthode moins reposante, pourtant il ferme les yeux et se met à compter. Ses lèvres remuent à peine.

— Fais-nous signe si tu as besoin de quelque chose, dis-je en baissant le zip.

— 34, 55, 89…

Je m'attarde quelques instants devant la tente, la tête renversée en arrière. La voie lactée, une traînée de crème dans l'encre noire de la nuit.

Enfin, je regagne l'autre tente. Al essaye de m'éclairer le chemin, elle m'éblouit plus qu'autre chose.

S'ensuit le remue-ménage habituel, je retire mes chaussures, rampe sous le double toit, la moustiquaire, me faufile dans le duvet, faisant crisser le tissu. Al patiente sans protester.

— Tu savais qu'il était somnambule ?

Elle éteint sa lampe.

— Voilà qui va donner du piquant à nos nuits.

J'opine, revoyant l'air perdu de Papa.

— Je n'en avais aucune idée.

— Moins piquant que de tomber sur un appareil génital auquel on ne s'attend pas, mais…

— Al, s'il te plaît.

— Quoi, je n'ai pas encore digéré le choc.

— Je suis sérieux. S'il se met à errer la nuit, on sera obligés de dormir avec lui.

— Pas moi.

— On se relayera.

— Trig, dit-elle, la voix altérée. Je ne passerai pas une seconde dans la même tente que lui. (Je retrouve l'Al butée d'antan, toute en demandes et en déclarations. L'instant d'après, elle se radoucit.) Je préfère te prévenir.

— C'était peut-être exceptionnel. Et le reste, Al, t'en penses quoi ?

— Le reste ?

— Tu n'as rien remarqué ?

— À propos de Papa ? Non, j'essaye de lui prêter le moins d'attention possible.

— D'accord, je vois, laisse tomber.

Al et son intimité, ses privilèges. "Pas moi." Je lui tourne le dos, faisant à nouveau crisser mon duvet. Tout est silencieux, hormis les ronflements lointains de Papa, plus assourdis, plus détendus, à peine un bruit de fond.

Je les écoute un long moment, ainsi que la respiration régulière d'Al, avant de commencer.

— 0, 1, 1, 2, 3…

12

Malgré ses déambulations nocturnes, Papa se lève juste après moi. Il semble n'avoir conservé aucun souvenir de la nuit.

— T'as déjà fait tes valises, à ce que je vois, dit-il avec un sourire lorsque Al se traîne hors de la tente, la natte défaite, les yeux cernés, les paupières lourdes.

Elle lui fait un doigt d'honneur tandis que je remplis sa tasse, qu'elle saisit sans un mot avant de s'enfoncer dans les arbres pour s'octroyer quelques instants de paix. Juste avant de disparaître, elle se tourne.

— Ces tentes ne sont pas assez grandes pour deux personnes. Elles ne sont même pas assez grandes pour une personne.

Papa hausse un sourcil.

— Vous vous êtes disputés ?

— Chaque fois que l'un de nous bougeait.

De retour près du feu, elle se sert un deuxième café, histoire de lancer la machine.

— La coloc' a assez duré, décrète-t-elle, Trig devrait dormir dans le hamac, à la belle étoile, comme avant.

— Super idée, dit Papa.

— C'était en été, dis-je. La tente était un vrai sauna.

— Tu ne seras pas mieux avec moi, on est serrés comme des sardines, là-dedans, dit Al.

Vu la nuit que nous venons de passer, l'idée ne semble pas si mauvaise. Puis je me souviens.

— Le hamac était dans le Duluth.

Papa secoue la tête.

— J'ai mis les vêtements imperméables dans le Duluth. Je ne me rappelais plus où allait le hamac, j'ai fini par le fourrer dans mon sac en toile.

Al et moi échangeons un regard. Il ne se rappelait plus où allait le hamac ? Avant, il rangeait systématiquement les affaires dans le même ordre, ainsi, quoi qu'il arrive, que nous montions le camp de nuit, qu'il vente ou qu'il pleuve, nous saurions les retrouver – les piles ne sont pas éternelles et les lampes frontales s'égarent. Il se préparait toujours au pire, à tâtonner dans la nuit noire. En réalité, notre présence ne faisait aucune différence. Les vêtements imperméables allaient au sommet du paquetage, pour être aisément accessibles. Le hamac juste en dessous.

Ce soir-là, après une autre longue journée à pagayer et à porter les canoës, en route vers je ne sais où, un autre dîner de poissons, une autre petite goutte, je demande :

— On pourra jeter un œil sur les cartes, quand on aura installé le hamac ?

Papa lève la tête, les yeux luisants dans la lumière du feu.

— Il fait presque nuit, Trig. Super timing, comme d'hab'.

— On a les lampes frontales.

Il grimace.

— Juste pour avoir une idée d'où on va.

Prenant soin d'éviter mon regard, il saisit un bout de bois, le place avec délicatesse sur les braises.

Je prends une profonde inspiration, puis une autre, pourtant je suis incapable de me taire.

— Il n'y a pas de cartes, je me trompe ?

Al se tourne vers moi, mais je continue de scruter Papa qui, concentré sur le feu, secoue lentement la tête, un geste presque imperceptible – la pampille de son bonnet remue à peine.

— Elles étaient dans le Duluth.

Je sais précisément où. Dans le compartiment à l'avant.

— Tu veux dire qu'on… dit Al. On avance à l'aveugle depuis le début ?

Papa secoue la tête, plus fermement cette fois.

— Je ne vous ferais pas une chose pareille.

En mon for intérieur, je pense : n'est-ce pas ce que tu as toujours fait ?

— Vraiment, dis-je, plus une déclaration qu'une question.

— Je sais où on va. J'ai tout planifié. Demain matin, je vous dessinerai un plan.

En traînant un bâton dans le sable. Nous en avons vu des centaines, de ces fameux plans.

— Est-ce que j'ai raté un seul portage, Trig ? Un seul emplacement ?

— Comment veux-tu que je le sache, je ne sais même pas où on va ?

— Moi, je sais.

— Et s'il y a du brouillard ? De la pluie ? De la neige ?

Enfin, il détache ses yeux du feu et les pose sur moi.

— Les cartes n'empêchent pas ce genre de désagréments.

— Donc on est juste censés te suivre ? Sans savoir comment rentrer ?

Il semble surpris.

— Rentrer ? Tu crois que je vous emmène où, Trig ?

— Je n'en ai pas la moindre idée. Vu qu'on n'a pas de carte…

Il tente un sourire, se ravise.

— T'es dans le vortex, Trig. Et il tourbillonne.

Je cligne des yeux. Le vortex tourbillonnant. Un des plus dangereux.

— On est sur l'eau, Trig. Ensemble. On ne risque rien. On ne va pas se perdre ni tomber sur un ours. On pagaye à l'aller, on pagaye au retour. Une bonne vieille boucle.

— T'inquiète pas, Trig, renchérit Al.

Ils emploient tous deux le même ton rassurant, gaffe-à-ne-pas-froisser-Trig.

— Ça suffit, dis-je en levant les mains. On n'a pas de carte, d'accord. Au moins, je suis au courant, maintenant. (Je lance un bref coup d'œil à Al.) Au royaume des aveugles, les borgnes sont rois.

Ils échangent un regard dont je connais la signification : tiendra-t-il le choc ?

— Il tiendra le choc, dis-je en glissant la main dans ma veste.

Je sors mon étui à joints. Sitôt qu'il aperçoit le boîtier argenté, Papa se lève.

— Bien sûr qu'il tiendra le choc. Demain, je dessinerai un plan.

— Dans le sable ?

Il opine.

— Parfait, je l'emporterai partout avec moi.

Il retire son bonnet de trappeur, le lance dans ma direction.

— Tiens, si tu comptes dormir dehors.

Je l'attrape au vol et le visse sur mon crâne. C'est une première, un peu comme si nous avions échangé nos places et que j'étais en charge de l'aventure, à présent. Papa s'éloigne dans la pénombre.

Al marche sur des œufs, elle ose à peine me parler, sinon pour me soutirer un rire, égrenant quelques blagues.

— Ne te fais pas de souci pour moi, Al. Je vais bien.

Elle acquiesce, un sourire aux lèvres.

— N'empêche, pas de cartes ?

— Il connaît le chemin, répond-elle.

— S'il s'en souvient. Et s'il ne fait pas une crise de somnambulisme en pleine nuit, disparaissant à tout jamais.

— Du calme, T. Occupons-nous du hamac.

Elle m'aide à le suspendre, continuant de me ménager. Nous enroulons les sangles autour des troncs avant de les passer dans les attaches du hamac.

— Tu le veux bien tendu ou un peu relâché, pour ta scoliose ?

— Juste assez souple pour pas que je tombe.

Je vais chercher mon tapis de sol, mon duvet, mon petit oreiller de camping.

— Papa a vu ton oreiller ?

— Non, et je ne veux pas qu'il le voie.

Avant, nous devions nous accommoder d'un T-shirt roulé en boule, les oreillers étant beaucoup trop bourgeois. "C'est censé être une aventure, bon sang."

La voix de Papa retentit dans les ténèbres par-delà les flammes vacillantes.

— T'es bien installé, champion ?

— Ouais. Vous n'aurez qu'à me dégager au pic à glace demain. Appelez-moi Ötzi.

Nous l'entendons fermer sa tente.

— Faites de beaux rêves, les enfants.

Il sifflote les premières mesures de la berceuse de Brahms.

— Tu l'as dit !

Veillant à ne pas nous aveugler avec le faisceau de nos lampes, Al et moi sourions avant de regagner le feu. J'envisage de tendre une bâche au-dessus du hamac, pour être protégé du gel si la température chute dans la nuit, mais Papa est déjà couché et Al s'affale dans son fauteuil, alors je l'imite.

Hypnotisés par les flammes, nous restons silencieux.

— Tout va bien se passer, t'inquiète pas, dit Al après un temps.

La lumière des braises oscille et fluctue, un éclat quasi aquatique.

— Trig ? Tout va bien se passer, comme toujours, d'accord ?

J'acquiesce.

— Bien sûr, Al. Toi et moi contre le monde entier.

— Pauvre monde…

— Il n'a aucune chance.

Notre bon vieux mantra.

— Autant fumer ce foutu joint, alors.

Je l'allume et le lui passe, mes doigts effleurant les siens.

Sitôt que Papa commence à ronfler, je rassemble mon courage et dis :

— Alors, tu ne trouves vraiment pas qu'il est un peu à côté de ses pompes ?

Al se penche vers moi.

— Plus que *d'habitude*, tu veux dire ?

— Le hamac est toujours rangé dans le Duluth. Toujours. Les vêtements imperméables aussi.

— Quoi ?

— Le hamac aurait dû se trouver dans le Duluth. (Al me regarde, une moitié du visage plongée dans la pénombre, l'autre éclairée par les flammes.) Mais les cartes ? Elles vont dans le Duluth, elles ?

— C'est leur place. Dans le compartiment à l'avant.

— Non, pas quand on est sur l'eau. Il les garde à portée de main, pour les consulter à tout moment. Il glisse la carte du jour dans un sachet hermétique qu'il cale sous la sangle des sacs, devant lui, afin de s'assurer qu'on ne se déroute pas. Les cartes, c'est son obsession.

— Tu crois qu'il ne les a pas prises exprès ?

Nous l'écoutons ronfler.

— Ou bien il les a oubliées.

— Il n'oublierait jamais ses cartes, dit-elle. T'as raison, c'est son obsession.

— Et tout ce foin avec ses bagages, à l'aéroport ?

Elle me tend le joint, me frôlant les doigts.

— Qu'est-ce que tu sous-entends ?

— Je ne sais pas. Ça fait plusieurs fois que…

— Quoi ? Tu crois qu'il a tout *oublié* ?

J'inhale une bouffée.

— J'en sais rien. (Je recrache la fumée.) Il ne sait peut-être pas où on est. Avant, on cherchait les portages pendant des heures, tu t'en souviens ? On vérifiait et on revérifiait sans cesse.

Aucun panneau n'étant autorisé dans les bois, les portages étaient la seule preuve que nous étions sur la bonne voie.

Al me regarde sans mot dire.

— On n'en a pas cherché un seul. On a pris les premiers qu'on voyait.

— Tu crois qu'il avance au pif ?

— Difficile à dire. Soit il connaît l'itinéraire par cœur, soit il est complètement perdu. La première hypothèse me semble de moins en moins crédible.

Al pose la main sur mon poignet, glisse ses doigts sur les miens et s'empare du joint. Elle avale la fumée, l'exhale avec lenteur.

— Bon, dit-elle, presque un soupir. Où qu'on soit, les brochets en valaient la peine. Et ces petits instants partagés, aussi.

Al qui se la joue introspective, on aura tout vu. Je souris en rangeant l'étui dans ma veste. Puis je tends la main et j'attends que ses doigts effleurent les miens.

13

Les jours suivants, mes nuits dans le hamac se déroulent sans accroc, le ciel reste dégagé, les journées sont courtes mais belles, la température ne chute pas de manière drastique à la tombée de la nuit. Pourtant le froid s'installe tandis que nous poursuivons notre fuite en avant ; la rosée se transforme en givre et je commence à tendre la bâche pour éviter d'en être recouvert au réveil. Chaque soir, Papa fait un énorme sacrifice et me donne son bonnet de trappeur, non sans me rappeler qu'il s'agit d'un prêt temporaire. Ensuite, je partage un joint avec Al et m'endors sans prêter attention au froid, sachant Papa à l'abri dans sa tente, Al à l'abri dans la sienne, qu'elle installe de plus en plus loin du feu, de lui, si près de moi que j'ai l'impression de dormir avec elle. Si près qu'on pourrait presque chuchoter. À l'aube, je suis le premier à laisser des traces, sauf si je croise celles de Papa, une pause pipi nocturne. Le temps que je rassemble assez d'aiguilles et de brindilles pour préparer le feu, j'ai les doigts complètement engourdis. Un de ces quatre, il faudra que je pense à m'en occuper la veille, mais après la fumette…

Ce givre qui pare de dentelle blanche notre campement, chaque jour plus isolé que le précédent, et fait crisser mes pas au réveil, ce givre où je vois des empreintes de cerfs, d'écureuils et d'animaux minuscules, des souris peut-être – autant de choses sympathiques, si nous avions une cabane où nous réfugier, un feu rugissant dans un âtre en pierre, des raquettes aux murs, une peau d'ours sur le plancher –, ce givre, vient un jour où je ne peux plus l'ignorer.

Alors j'attends près du feu. Face à moi, Al enfouit son visage dans sa tasse. Enfin, Papa titube hors de sa tente et s'éloigne pour pisser, se détendre le dos et les jambes. À son retour, la démarche un peu moins frankensteinienne, il se réchauffe les mains au-dessus des braises. Je brise la pellicule de glace au fond de sa tasse pour le servir et, tâchant de ne pas adopter un ton geignard ou accusateur, je déclare :

— On sera bientôt pris par la glace, Papa. De la vraie glace.

Il s'empare de sa tasse, avale une gorgée, sursaute.

— Mieux vaut attendre qu'il refroidisse, lâche Al sans lever les yeux.

— Merci.

— Papa ?

— On est presque arrivés, Trig.

— Parce qu'il y a une destination ?

— Le trésor enfoui, dit Al.

— Non, dit Papa. Rien à voir.

Il serre sa tasse entre ses mains, souffle sur son café, observe la vapeur qui se reforme.

Al m'adresse un regard en coin. Pas de trésor enfoui ?

— Une semaine et demie qu'on voyage, Papa. On va mettre aussi longtemps à rentrer. Si la température continue de baisser, on va être obligés d'hiverner ici, en mode survie.

— Inutile d'être si dramatique, Trig. Il est trop tôt pour ça.

Il me toise par-dessus sa tasse, Ne me dérange pas avant mon café.

— Parce que tu as prévu quelque chose ? On abandonne les canoës ? On fabrique des raquettes pour continuer à pied ?

— Une manière merveilleuse de fêter Noël.

— Noël ? Doux Jésus.

— Jésus dans sa crèche. (Al sourit et le moins qu'on puisse dire, c'est qu'elle ne m'aide pas.) Entouré des rois mages. Puisqu'on parle de miracles.

— Dans combien de jours on est censés atteindre ta destination mystérieuse ?

— Aujourd'hui, je pense. Ou demain.

— Et après, on fait demi-tour ?

Papa lance un clin d'œil à Al.

— Ne t'inquiète pas, Trig, tu la retrouveras, ta Californie. Sain et sauf.

Je suis à deux doigts de lui balancer mon café à la figure. Un jour de plus, très bien. Deux, et je rebrousse chemin. Seul s'il le faut.

Lorsque nous chargeons les canoës, il n'est plus question de carte dans le sable. À nouveau, j'embarque avec Papa. Al n'a pas navigué une seule fois avec lui. Je nous propulse sur l'eau en jetant un dernier regard en arrière, pour mémoriser la piste, quelque chose que j'aurais dû faire dès le début.

14

CHAD

IL PASSE SANS S'ARRÊTER devant la station, où rien ne l'attend hormis les habituelles corvées hivernales, nettoyer, polir, peindre, réparer, affûter. Les pêcheurs sur glace et les skieurs de fond, ces âmes courageuses, ne seront pas là avant un moment. L'hiver lui fait l'effet d'une paire de menottes glacées l'enchaînant à une succession de nuits sans fin, de journées courtes et grises où le moindre mouvement requiert des préparatifs, plusieurs strates d'habits, un effort intense pour s'arracher à la léthargie.

Comme chaque jour, il se dirige vers Nym Lake, le point d'embarquement, pour jeter un œil sur la seule voiture présente, la jeep Cherokee dont la carrosserie rouge criard disparaît petit à petit sous la crasse et la poussière. Une fois, il l'a même essuyée, afin qu'elle semble un peu moins abandonnée et n'attire pas les voleurs qui auraient décidé de prolonger leur séjour dans la région. Les frères Aukee seraient capables de briser une vitre rien que pour passer le temps. Tantôt, il pense qu'il va la trouver posée sur des parpaings, sans pneus, ni autoradio ni batterie. Tantôt, il éprouve une bouffée d'angoisse à l'idée qu'elle ait disparu, ses propriétaires ayant décidé d'écourter leurs vacances. Une décision raisonnable, pourtant la perspective le pousse à enfoncer la pédale d'accélérateur. Peut-être aura-t-il une chance de rattraper la fille avant qu'elle ne lui échappe à jamais.

Dieu merci, rien n'a bougé, la jeep attend sagement. Pour le moment, Chad ne se soucie pas de la météo. Quand le ciel s'assombrira, que le vent se lèvera sur la baie d'Hudson, il reviendra s'assurer qu'ils s'en sont sortis.

Il contourne le point d'embarquement, se demande où aller ensuite, puis il se rappelle avoir enregistré une copie de leur passeport et s'empresse de faire demi-tour, s'efforçant de ne pas dépasser la limite de vitesse. Une fois dans son bureau, il affiche leur dossier sur l'ordinateur. La voilà, la fine équipe, la famille Mathématiques. La fille est aussi grande que son frère, presque aussi large d'épaules. Ils sont nés en janvier. Pas de doute, ce sont bien des jumeaux.

Il zoome sur la photo et l'imprime, juste son visage, la promesse d'un sourire. Il glisse l'impression dans une enveloppe kraft qu'il pose sur la banquette de son pick-up. Toute la journée, elle l'accompagne, jusqu'à ce qu'il rentre chez lui et qu'il l'accroche au-dessus du poêle, suffisamment haut pour qu'elle ne prenne pas feu. Après plusieurs tentatives, il parvient à la placer de manière à ce qu'elle soit visible depuis n'importe quel endroit dans la pièce.

Il se sent pathétique. Bientôt, il va s'acheter des magazines érotiques ou surfer sur Pornhub, avec sa connexion Internet si faible qu'il aura la sensation de regarder un film muet, les mouvements seront saccadés, les acteurs des marionnettes au lieu de vraies personnes qui se connaissent peut-être, voire qui *s'apprécient*. Il n'arrive pas à détacher les yeux de son visage, ce soupçon de sourire, comme si elle lisait dans ses pensées, comme si elle le comprenait.

15

DORY

ELLE A APPELÉ TRIG tant de fois que sa messagerie est saturée, ainsi que l'en informe une voix guillerette suivie du signal de déconnexion. Dory n'a pas vraiment cherché à joindre Al. Elle pourrait se trouver n'importe où et fait rarement l'effort de la rappeler.

Mais Trig, qui a vu sa carrière virer au désastre, ainsi qu'il le lui a expliqué au cours d'un long coup de fil décousu, citant une somme semblant tout droit sortie d'une partie de Monopoly, la quantité d'argent que ses clients ont perdu par sa faute : "J'ai besoin de faire le point, tu comprends ?"

Non pas qu'il soit du genre à prendre des décisions radicales, quoique… Sait-on jamais ce dont les autres sont capables ?

Ils ne l'ont pas soutenu dans ses choix, la finance, la Californie, son souhait de mener "une vie confortable" au lieu de s'échiner à joindre les deux bouts dans le Montana. Il a quitté sa famille, il a connu un succès fulgurant, leur prouvant qu'ils avaient tous tort, puis sa vie s'est effondrée comme un château de cartes. N'importe qui aurait du mal à s'en remettre.

Peut-être a-t-il décidé de tout lâcher, de rallier la Terre de Feu en stop pour disparaître au bout du monde. Peut-être vit-il dans une baie isolée avec une petite amie latino, occupé à pêcher des homards, à boire des *cervezas*.

Mais… sans lui en toucher un mot ? Trig ?

Dory tape le numéro de Bill – dire qu'elle le composait sur un cadran, avant. Elle n'a aucune envie de l'appeler, pourtant elle s'en veut de ne pas l'avoir déjà fait. Elle tombe aussitôt sur la messagerie, sans même avoir droit à une sonnerie, rien qu'une phrase prononcée d'un ton suffisant : "Vous connaissez la musique."

— Oui, oui, je la connais. Je n'arrive pas à joindre les enfants. Je ne sais pas si tu es au courant, mais Trig a perdu son emploi. Il devait revenir ici pour panser ses blessures. Depuis, je n'ai plus de nouvelles. J'aimerais savoir s'il t'a contacté.

Elle raccroche avant de trop en dire, rappelle aussitôt. Le répondeur à la con, encore.

— Si tu es parti à l'aventure avec lui, ou eux, dis-le-moi. Je n'ai pas besoin de détails, je veux juste m'assurer qu'ils sont sains et saufs.

Cette fois, elle raccroche pour de bon et envoie valser son portable sur la table de la cuisine. Sains et saufs, avec Bill ? Jamais elle n'a entretenu pareil espoir. Elle déteste la position dans laquelle elle se trouve, une mère inquiète, seule dans sa maison vide, qui jadis était pleine de vie. L'impuissance ne lui sied guère. Où sont-ils passés ?

16

Ce soir-là, nous accostons une énième bande de sable près d'un énième bloc de granit et mettons pied à terre, les jambes flageolantes.

— Alors, c'est ici ? Le but ultime, la destination secrète ?

Papa plisse les yeux et regarde alentour, comme s'il cherchait un repère, un obélisque, une pierre tombale.

— Encorc unc journéc. Jc nous croyais plus prochcs.

Al dépose deux brochets sur la pierre.

— Plus proches de quoi ?

Il la fusille du regard.

— De là où je veux vous emmener.

Je saisis le Duluth et m'avance vers les arbres, jusqu'à un cercle de pierres noircies par le feu. Al et Papa me suivent avec les sacs étanches et s'affairent à monter les tentes. Ils installent le hamac, la bâche anti-pluie, des gestes répétés tant de fois que nous pourrions les exécuter les yeux fermés. L'air s'est refroidi, j'en suis persuadé, à moins que je n'exagère, aspiré par le vortex, en proie à une panique latente.

N'empêche, ils semblent complètement insouciants. Inconscients, même. Peut-être suis-je le seul à m'inquiéter parce que je dors à la belle étoile, alors qu'eux sont bien au chaud dans leurs tentes. Peut-être est-ce la faute aux étoiles qui, aussi belles soient-elles, vous donnent le sentiment d'être insignifiant. Ce vaste univers qui se fiche éperdument de vous, de la glace qui risque de vous piéger, des bourrasques arctiques prêtes à vous transpercer, de la neige qui menace de vous ensevelir, de la troupe de boy-scouts qui pourrait bien débarquer sur la plage une fois l'été venu pour trouver deux tentes en lambeaux, trois cadavres grisâtres en état de décomposition avancée.

Chaque fois que je me tourmentais ainsi, avant, Maman ajoutait trois mots au vortex tourbillonnant. Le vortex tourbillonnant de la mort, le plus dangereux de tous.

— Trig ? demande Papa. (À son ton, je devine qu'il n'en est pas à sa première tentative.) Tout va bien ?

Je suis assis près du foyer, penché sur le Duluth ouvert, comme si je m'apprêtais à choisir notre dîner.

— Oui, oui.

— Tu veux que je m'en occupe ?

Il me serait plus facile de répondre si je savais ce que j'étais en train de faire.

— Non merci. Où est Al ?

— Elle découpe son brochet.

Al s'est transformée en déesse des lacs. Papa ne se donne même plus la peine de pêcher. Quant à moi, je n'ai pas sorti ma canne une seule fois. Je me contente de pagayer, de manière désinvolte avec Papa, concentré, telle une machine à repérer les poissons, avec Al.

— T'en as pas marre, des brochets ? demande-t-il.

— Non, non.

— Parce que je ne serais pas contre un peu de changement. (Je ne suis pas certain de le croire.) Si tu sors ta canne et que tu nous attrapes de quoi préparer une fricassée, je me chargerai du reste.

Je l'observe. Al et lui auraient-ils partagé leurs inquiétudes à mon sujet ?

— Tout va bien, papa, je t'assure.

— Je sais, mais j'ai envie de varier le menu. Ça fait combien de temps que t'as pas mangé de crapets ?

— Je peux m'atteler au dîner, si tu veux prendre un canoë.

— Mon dos ne le supporterait pas. (Il déplie son fauteuil.) Je vais préparer le feu. Va voir si quelque chose mord à l'hameçon.

Au lieu de discuter – impossible d'avoir le dernier mot s'il a pris sa décision – je saisis ma canne et accroche une petite mouche popper au bout de ma ligne. Concentrée sur son brochet, Al ne fait aucun commentaire lorsqu'elle me voit grimper dans le canoë. Pas de doute, ils ont parlé de moi.

La surface du lac est aussi lisse que du verre… ou de la glace. Mais l'eau ne s'est pas encore figée et mes pagaies soulèvent de minuscules vaguelettes. Je ne m'aventure pas loin, près des arbres qui plongent leurs racines dans les profondeurs, un abri pour les petites bêtes que les grosses cherchent à dévorer.

Pendant mes années de haute voltige financière, je me suis désintéressé d'à peu près tout, la pêche et le camping compris. Le jour où mon employeur m'a intimé de quitter mon bureau "sur-le-champ !", j'ai été si choqué que j'ai foncé à l'appartement pour rassembler deux, trois affaires, fuir quelque part, n'importe où. Soudain, l'idée m'a paru ridicule. Je me suis immobilisé au milieu du salon, ma canne à la main, et j'ai balayé la pièce du regard. Comment en étais-je arrivé là ? Le vortex tourbillonnant de la mort ressemblait carrément au Valhalla quand j'ai appelé Maman pour lui faire part de mon nouveau plan, conçu en à peu près deux secondes et demie : retourner vivre dans le Montana pour échapper à mon loyer exorbitant. Plus je parlais, plus l'appartement m'apparaissait comme une prison et, sans m'interrompre, j'ai entrepris de jeter toutes mes possessions dans ma voiture. Chaque fois que je prenais l'ascenseur, la ligne était coupée. Maman me rappelait avant même que j'atteigne la rue.

Toutefois ce plan-là aussi semblait brouillon, désespéré, alors je me suis dirigé vers la McCloud, avant d'avoir raccroché. Une escapade dans mon endroit préféré, où je ne m'étais pas rendu depuis mes années solitaires à l'université. Histoire de faire le point. J'y ai vécu deux semaines, à l'état sauvage. Je me nourrissais uniquement de truites, ayant épuisé mes réserves d'herbe et de café. Puis Papa m'a envoyé son texto et Al m'a téléphoné, deux lignes de vie auxquelles je me suis agrippé tel un marin au bord de la noyade.

Dans le canoë, je pose ma pagaie, délicatement, comme si je craignais de briser quelque chose. Je prends plusieurs inspirations en surveillant les alentours. Si seulement les huards étaient encore là. Je ferme les yeux, prends quelques inspirations de plus, lentes et profondes, enfin je saisis ma canne et sors un peu de soie. La ligne fouette l'air au-dessus de ma tête, loin de toucher l'eau, de brouiller le miroir. Les gestes, les sensations me reviennent. Je rouvre les yeux et vois les arbres, à l'endroit, à l'envers.

Apaisé par le rythme des fouettés, je pousse un soupir que j'ai l'impression de retenir depuis ma conversation avec Maman. Pourtant, au moment où la mouche atterrit dans un creux entre les racines, suivie de près par la soie, je ne peux m'empêcher de me demander ce que je fais là, perdu sur un canoë au milieu d'un lac dont j'ignore le nom quelque part au Canada tandis que la chaleur de la journée, de la saison tout entière, se dilue dans le bleu de plus en plus sombre du crépuscule. Al et Papa discutent sur la plage, le feu craque et crépite, je regarde la fumée monter dans le ciel et je tire un grand coup sur la mouche avec le scion, faisant jaillir une gerbe d'eau.

Je me tourne juste à temps pour apercevoir l'éclaboussure, tire vivement la canne en arrière, dix fois plus fort que je ne le ferais pour une truite, et ferre ma proie dans un irrépressible éclat de rire.

— Triggy a une touche !

La voix d'Al se propage sur l'eau, aussi claire que du cristal. Des lustres que je n'ai pas attrapé autre chose qu'une truite et la pugnacité du poisson à l'extrémité de la ligne m'impressionne. Je rétorque avec une puissance égale, le hisse dans l'épuisette, l'achève avec le manche de mon couteau, la méthode d'Al. Un black bass. Je n'en avais pas vu depuis longtemps. Les yeux écarquillés, il se raidit dans ma main.

J'ai une folle envie de crapets, de filets de la taille d'une pièce d'un dollar, alors je m'éloigne et lance à nouveau. Le temps que j'en attrape assez pour nourrir tout le monde, la nuit commence à tomber.

J'attends que résonne le fameux cri de Papa. Jadis, il nous rappelait pour le dîner, afin que nous retrouvions le chemin du camp avant que l'obscurité ne l'enveloppe, même si, grâce à l'éclat du feu, nous n'avions aucun mal à nous repérer. Al et moi nous attardions souvent sur l'eau, un sujet de plaisanterie pour Maman. Après une journée dans le canoë, disait-elle, nous n'avions qu'une hâte, repartir, le retour à la *civilisation* nous étant insupportable. Elle nous appelait ses enfants sauvages, ses garçons perdus, mettant de côté le genre d'Al pour nous intégrer à notre histoire préférée. "On ne grandira jamais !" s'écriait-on alors, ravis.

À l'époque, j'étais sûr que Maman et Papa savouraient ces quelques instants de tranquillité, la petite goutte, les fauteuils de camping, l'odeur de la fumée de bois pendant que leurs enfants sauvages batifolaient sur l'eau. À présent, je me dis que nous étions peut-être la seule chose qui les liait encore. En grandissant, nous les avons laissés en tête à tête, avec nulle autre occupation que de regarder se creuser les fissures qui étaient apparues entre eux.

Je continue de lancer et d'attendre l'appel de Papa, une preuve que je manque à quelqu'un ou que l'on pense à moi. La lumière faiblit, les premières étoiles sortent, les galaxies brillent dans la pénombre pourpre et je crois distinguer la vapeur de ma respiration. Reste le feu, mon phare dans la nuit. J'empoigne ma pagaie, je pointe la proue sur les flammes entre les pins immenses et rentre au camp.

J'accoste la plage de biais, sans bruit, au lieu de faire crisser le sable comme Papa, la proue en avant, cependant le clapot de mon sillage vient briser le silence de mon arrivée furtive. Je cogne la pagaie contre le plat-bord, j'amarre le canoë, le retourne. Toujours pas de cri ni d'accueil. L'espace d'une seconde, je me demande s'ils ont préparé une surprise.

Vont-ils surgir des buissons avec un gâteau, même si notre anniversaire n'aura pas lieu avant plusieurs mois ?

Je ramasse la chaîne à poissons, m'approche du foyer. Al et Papa sont assis près du feu, aveuglés par son éclat. Papa remue distraitement les bûches avec une branche longue et lisse, Al contemple les étincelles qui s'envolent lorsqu'il déloge une braise. Ils n'échangent pas un mot. Quand je pénètre dans la lumière et brandis la chaîne, Papa sourit en hochant la tête. Al suit son regard.

— Hors de question que je nettoie ces machins minuscules.

— Première prise, taille, quantité et variété, dis-je.

— Tout à l'heure, j'ai attrapé un brochet, rétorque-t-elle.

Son cœur n'y est pas vraiment, pas plus que le mien.

— Je vais te filer un coup de main, chef, dit Papa en se levant.

Baignés par les dernières lueurs, nous gagnons la rive. Côte à côte, nous écaillons les poissons et les découpons sans prendre la peine de les vider, confiant les restes aux profondeurs du lac, pour les écrevisses, les loutres ou les ratons laveurs. Les sangsues, peut-être. Lorsqu'on se redresse pour s'étirer, le dos et les genoux raides, la seule lumière provient des étoiles.

Du moins, c'est ce que je crois. Sans un mot, Papa me fait pivoter vers le nord. Il laisse sa main sur mon épaule ; ensemble, nous regardons les premières pulsations vertes de l'aurore boréale promise.

— Al, dit-il, à peine un murmure.

Elle répond aussitôt, comme si elle était aux aguets, à l'affût de la moindre parole.

— Je suis là.

— Viens ici.

Peut-être perçoit-elle quelque chose dans sa voix, parce qu'elle ne répond pas, "Nettoyer les poissons n'est pas un travail de femme" ni même "Va te faire voir." Elle approche et nous trouve ainsi, la main de Papa sur mon épaule. Lorsqu'elle se tourne en direction du nord, ses pieds raclent le granit et son visage s'éclaire d'un sourire.

Alors que nous admirons le spectacle, je pense à nos ancêtres, comment rationalisaient-ils ce genre de visions ? Les éclipses me font le même effet : comment les hommes sont-ils parvenus à mettre de côté la peur et la superstition, à échapper au vortex tourbillonnant, pour prouver que ces phénomènes n'auguraient pas la fin du monde ? Puis, comme toujours, je me dis que les explications scientifiques importent peu. Ce n'est pas la fin du monde, juste la planète qui la ramène, histoire de nous montrer ce dont elle est capable, au lieu de se contenter d'exister, ainsi qu'elle le fait d'habitude, une petite rodomontade au crépuscule pour nous rappeler que nous ne sommes pas le centre de la Terre, mais un détail mineur condamné à errer à sa surface.

Je suis sur le point de leur demander s'il leur arrive de penser la même chose quand Al serre ses bras contre elle.

— Si on ne bouge pas bientôt, ils vont nous retrouver au printemps, figés dans la même position, à la Pompéi.

Nous nous détournons du feu d'artifice céleste et rejoignons les flammes vacillantes de notre feu minuscule. Papa prend la poêle, les œufs, la farine et s'attelle au dîner.

— Une petite goutte ? dis-je.

Al plonge la main dans le Duluth, en sort la flasque et me la lance. Elle décrit une courbe, un éclair dans la lumière des flammes que je saisis au vol, à croire que j'ai passé ma vie à attraper des étoiles filantes. Je lui donne une petite secousse.

— Bientôt vide.

Une autre source d'angoisse, nos provisions. Plus qu'une poignée de survivants dans mon étui à joint, mais surtout, je m'interroge sur la nourriture, s'il nous en reste assez. Le vortex tourbillonnant, encore.

— J'en ai une autre, dit Papa.

Je rends pourtant la flasque à Al sans remplir nos tasses. Personne ne proteste. Après le dîner, nous grognons de plaisir, repus de crapets frits, "Des bouchées de pur bonheur", selon Papa. Je sors un joint de mon étui, l'allume sous ses yeux, inhale une bouffée avant de le passer à Al.

— Waouh, Triggy prend son indépendance.

Elle tire une taffe puis, au lieu de me le rendre, elle le tend à Papa qui, j'ai du mal à le croire, le cueille entre son pouce et son index, comme s'il ramassait un déchet sur la plage. Il l'examine une seconde, hausse les épaules et le porte à sa bouche. Al cligne des yeux.

— Sans déconner, dit-elle à mi-voix.

Papa recrache la fumée en contemplant le feu.

— Ça faisait un bail.

— Quoi ? demande Al sur un ton surpris, comme s'il venait d'admettre qu'il était une girafe dans une vie antérieure.

Avec un sourire, Papa rend le joint à Al, qui me le donne. Je reste immobile. Personne ne bouge ni ne parle.

— Bon, finit par dire Al. Demain, on essaye quoi ? L'héroïne ?

— Ce serait une sacrée régression, lance Papa dans un rire.

Al en a la mâchoire qui tombe, toutefois je ne lui laisse pas le temps de réagir.

— Papa, qu'est-ce qu'on fout là ?

Sans se départir de son sourire, il se tourne vers moi.

— Ça. Exactement ça, dit-il.

J'approche mon visage du sien.

— Planer ?

— Être ensemble, comme avant. Tous les trois dans la nature. Merde, Trig, une aurore boréale, quand même !

— On était quatre, avant, murmure Al.

Peut-être espère-t-elle que ses mots s'envoleront avec la fumée et se dissiperont dans le ciel. Nous les laissons s'éloigner, ainsi que nous avons coutume de le faire, Papa se contentant d'absorber le choc. J'attends qu'ils aient disparu pour de bon avant de parler.

— On aurait pu se réunir à n'importe quel moment, Papa. Se contenter d'un seul lac, au lieu de, quoi, dix ? Douze ? Vingt ?

— Tu reviens à l'attaque, Trig ?

— Tu ne peux pas faire éternellement comme si on ne risquait pas de se réveiller sous la neige et dans la merde.

Concentré sur les flammes, Papa jette une bûche dans le feu, aussi large que mon avant-bras et couverte de mousse – qui sait quel âge elle peut avoir ?

— On ne sait même pas sur quel lac on est, dis-je.

Al m'effleure le poignet.

— Si tu n'en profites pas, je suis preneuse.

Je les regarde tour à tour. Al s'empare du joint, tient une brindille au-dessus des flammes, le rallume avec et inhale une bouffée avant de le passer à Papa.

— Vas-y, fume, c'est censé être un médicament, paraît que ça guérit tout.

Le joint serré entre ses doigts, Papa énumère les lacs.

— Batchewaung, Pickerel, Maria, Jesse, Elizabeth, Walter, Lonely.

Je comprends alors qu'il est déjà venu ici, seul, comme si un endroit pouvait réparer sa vie, ainsi que j'ai essayé de le faire dans les Swans. Je pensais que les huards me consoleraient. Le plan le plus triste que nous ayons jamais ébauché.

— Quand ? dis-je.

— Quoi ?

— Quand est-ce que tu es venu ici ?

Il hausse les épaules.

— Il y a plusieurs années. Mais le séjour ne s'est pas déroulé comme prévu. (Al et moi attendons.) C'était super, ne vous méprenez pas, mais chaque poisson, chaque cascade, chaque campement… (Il s'interrompt, inspire profondément, émet un ricanement triste.) Merde, chaque fois que je préparais la gamelle, je chuchotais “pour couler le marc”. Je me retenais de me retourner pour vous sourire, comme quand vous étiez gosses. Comme si je ne vous avais jamais abandonnés. (Il observe les flammes, l'éclat faiblissant des braises.) Des fois, j'étais sûr que vous étiez avec moi. L'aventure la plus solitaire de ma vie.

— On est sur le lac Lonely, là ? demande Al.

Papa hoche la tête. Le feu dessine des ombres mouvantes sur son visage.

— Je crois.

— Tu crois ? dis-je.

— D'accord, dit Al. (Elle agite la main pour chasser la fumée.) La tactique est subtile, j'avoue.

Je l'observe. Quelle mouche l'a piquée ?

— Je pensais que c'était l'endroit parfait pour vous dire que vous m'avez manqué. Et que j'ai eu tort de vous quitter, dit Papa.

Al pousse un grognement sarcastique.

— Sérieux ?

— On s'en est bien sortis, papa. (Je m'efforce de dissiper le malaise.) Tu te rappelles la chambre que tu nous as construite ? On ne s'en est jamais servis. Al et moi, on s'est serré les coudes. Tout roule.

Papa affiche un air perplexe, à croire que je viens de m'exprimer en russe.

— La cabane dans l'arbre ?

— Non. La chambre à l'arrière de la maison. Tu sais, quand l'adolescence a frappé ?

Aucun éclair de compréhension ne traverse son regard.

— On s'est soutenus, ajoute Al. Un gouffre béant ne s'est pas ouvert sous nos pieds après ton départ.

Il cligne des paupières et se frotte les yeux, même si la fumée flotte toujours vers Al. Une fois n'est pas coutume, elle se lève la première et le dévisage.

— Si tu crois que je vais assister à ce festival d'autocomplaisance, tu te fourres le doigt dans l'œil. Ce ne sera bon pour personne. (Elle gagne la tente, s'agenouille sous l'auvent.) De toute manière, tu as fait ton choix, lance-t-elle dans l'obscurité.

— Un choix ? s'écrie Papa. Vu le nombre de partenaires que tu as eus, Al, je t'aurais crue capable de comprendre qu'un mariage peut s'effondrer.

Je me prépare à l'explosion, pourtant rien ne vient.

— Le nombre de partenaires que j'ai eus ? Classe, papa.

Elle pénètre dans la tente. Le bruit des zips déchire la pénombre tels des coups de rasoir.

Je reste planté devant le feu avec le sentiment d'avoir été abandonné, malgré ce qu'elle a dit sur nous.

— Bon.

— Je m'y attendais, Trig. Je me devais d'essayer.

Il baisse les yeux sur ses doigts, qui tiennent encore le bout du joint noirci.

— Dans mes souvenirs, on s'amusait plus.

Je me laisse aller en arrière, j'essaye d'identifier les différentes planètes, un endroit où m'échapper, peut-être. Au nord, le ciel continue de pulser, illuminant la voie qui mène aux dieux.

Je ferme les yeux. J'entends Al qui s'agite dans la tente. Sitôt que Papa se remet à parler, elle se fige.

— Tu te souviens d'une certaine Marcie, à l'enterrement ?

Je me redresse et rouvre les yeux. Non. Je n'ai pas vraiment besoin de réfléchir. Je me souviens rarement des gens que je ne reverrai sans doute jamais. Encore moins si je les ai croisés à l'enterrement d'une octogénaire dans le Wisconsin. J'aurais tout aussi bien pu ne pas être là.

— Elle s'occupait de grand-mère, lance Al depuis sa tente.

— Exactement.

Papa semble surpris.

— Quoi, elle s'occupe de toi, maintenant ?

Papa secoue la tête, un drôle de sourire aux lèvres.

— C'est un peu comme discuter avec un cobra, non ? murmure-t-il.

— Alors ? insiste Al.

— On s'est connus au lycée.

— Pitié, nom de Dieu. Ne me dis pas que tu as retrouvé ton amour de jeunesse.

— Ce n'est pas…

— Difficile de faire plus cliché. Tu t'es acheté une voiture de sport aussi ? T'as fait des réserves de Viagra ?

— Al…

Peine perdue, elle ne peut s'empêcher de mettre les pieds dans le plat.

— Maman est au courant ? Depuis le temps ? Elle se doute de quelque chose ?

— Il n'y a rien à savoir, Al.

Elle se met à ricaner.

— T'es pas un peu vieux pour te laisser mener par ta bite ?

— Et toi, t'es pas un peu vieille pour rejeter tout ce qui ne rentre pas dans ton petit univers étriqué ?

Je bascule sur mon fauteuil. Heureusement qu'Al est dans sa tente, non pas devant nous, à nous balancer sa rage et son indignation à la figure. Je m'attends à entendre les zips déchirer l'air, mais le silence s'abat sur le camp.

— C'est triste, c'est tout, dit Al après un temps, la voix radoucie. Pathétique, même. Lonely Lake, sans déconner.

— Oui, elle s'occupe de moi. (Papa est aussi calme qu'Al.) C'est ce que j'essayais de vous dire.

— Tant mieux pour toi, bravo, putain.

— Al, qu'est-ce qui t'est arrivé ?

— Tu sais parfaitement ce qui m'est arrivé.

Les yeux rivés sur le feu, Papa ne bouge pas un muscle. Al souffle avec mépris. Puis j'entends bruisser son duvet. Je sais précisément ce qu'elle fait, je l'imagine se retourner pour nous présenter son dos, solide et infranchissable, un mur signant la fin de la conversation.

Papa reste assis quelques instants de plus, son dernier bâton vient de s'enflammer et promet de durer encore un peu. Pourtant il se lève, soupire, retire son bonnet de trappeur – dont le rouge originel est en train de virer au rose – et me le tend.

— Ne prends pas froid.

Je l'enfonce sur mon crâne, secoue légèrement la pampille.

— Merci.

— J'oublie des choses, Trig. C'est tout ce que j'essayais de vous dire.

J'acquiesce. Beaucoup plus tard, les yeux grands ouverts dans l'éclat de l'aurore boréale, alors que je débite la séquence infinie de Fibonacci, je prends conscience qu'il ne parlait peut-être pas seulement de nous.

17

Le lendemain matin, j'oublie tout à mon tour lorsque je descends du hamac et que j'aperçois des empreintes dans le givre. Un ours, sans l'ombre d'un doute. Aussitôt, je balaye du regard notre camp, la tente d'Al, celle de Papa, le Duluth appuyé contre un sapin, rempli de nourriture, à moins de dix mètres de ma sœur. Le calme règne, tout est intact, rien n'a été déchiqueté, pourtant j'ai le souffle court. Le givre date de cette nuit, par conséquent, les traces aussi. Ont-elles été laissées il y a une minute, une heure, dix ? Afin d'en avoir le cœur net, je remonte la piste. Chaque empreinte ressemble à la précédente, un coussinet en forme de triangle, un rectangle à l'avant, cinq orteils. Impossible de les confondre avec celles d'un autre animal.

Elles ne sont pas aussi effrayantes que les empreintes de grizzly – pas de longues griffes – n'empêche, j'ai si peur que j'en oublie de pisser, j'en oublie presque où je me trouve et qui je suis. Me voilà incapable de faire un pas sans m'arrêter pour scruter les arbres et les branches. Devrais-je suivre la piste dans l'autre sens pour voir où se dirige l'ours, au risque de me retrouver nez à nez avec lui ? Devrais-je éteindre la lampe ? Brille-t-elle comme un néon au-dessus de ma tête ?

Je parviens à regagner le camp sans me faire attaquer et je m'immobilise devant le foyer : une fois de plus, je n'ai pas pensé à rassembler du petit bois la veille. Prenant soin de ne pas trop m'écarter, je ramasse ce dont j'ai besoin, jetant un œil derrière moi chaque fois que j'arrache une branche morte ou que je fais craquer les feuilles d'érable et les écorces de bouleau sous mes pieds. Surpris qu'Al ne rugisse pas à cause du bruit, me sommant d'aller plus loin, je regarde les premières flammèches dévorer les brindilles. Les journées ont raccourci depuis notre départ, jamais je n'ai été si pressé de voir poindre la lumière grise de l'aube.

J'alimente le feu sans discontinuer. À ce rythme, je serai bientôt obligé de ramasser d'autres branches. Je n'ai toujours pas éteint ma lampe frontale – je ne distingue rien au-delà de son faisceau – et je n'ai encore appelé personne à l'aide. Que pouvons-nous faire, de toute façon ? Le jour ne s'est pas encore levé. Aucune visibilité. Les ours sont-ils nyctalopes, où s'orientent-ils grâce à l'odorat ? Si c'est le cas, comment se fait-il qu'un ours ne soit pas assis sous le sapin en ce moment même, occupé à fouiller nos provisions ou à se curer les dents avec un piquet de tente ?

Je jette les dernières bûches dans le feu et me redresse, la gamelle à la main, priant pour que l'ours ne soit pas en train de se rincer le gosier au lac avant son festin.

À mon retour, sain et sauf, je pose la gamelle sur les braises. Mon tison est à peine assez long pour que les poils sur le dos de ma main ne roussissent pas. Je dois aller chercher le café dans le Duluth, mission suicidaire s'il en est. Je rassemble mon courage. Maman aurait déjà chargé les canoës et replié les tentes avec Papa et Al encore dedans. À l'heure qu'il est, nous serions sur l'eau, à nous demander si les ours sont de bons nageurs, en train de pagayer comme des fous furieux, remontant la chaîne des lacs avant même que le soleil ne se lève, laissant derrière nous un sillage à faire rougir un torpilleur.

L'aube arrive enfin, les ronflements de Papa – dont le rythme change toutes les deux minutes, si bien que je crois entendre l'ours à chaque fois – s'interrompent comme par magie, remplacés par les soupirs et grognements qu'il pousse au réveil, suivis de la phrase “Allons-y” sitôt qu'il se met debout. Au lieu de sortir, il s'adresse à moi depuis la tente.

— T'as mis le feu à la forêt entière ou quoi, Trig ?

— J'avais besoin de compagnie.

— Tu quoi ?

— Al… rejoins-moi, OK ? Le café est prêt à recevoir ton filet d'eau froide.

— Pour couler le marc !

J'entends Papa qui s'habille péniblement, monte le zip du double toit et titube dehors, l'air de se demander ce qu'il fait là – qui a planté tous ces arbres dans le salon ? Puis il me gratifie de son sourire habituel et s'éloigne pour pisser.

— J'ai cru t'entendre dire qu'on avait de la compagnie, dit-il en secouant la tête, comme si son ouïe l'avait définitivement lâché.

À ce stade, je tourbillonne dans le vortex depuis si longtemps, je suis presque parvenu à me convaincre que je n'ai rien vu, sinon des formes étranges dessinées par les feuilles sous le givre. Mais Papa se dirige vers les bois. Je bondis sur mes pieds pour le prévenir.

— Ta lampe est encore allumée, dit-il en se tournant vers moi.

Je lève le bras, me ravise. Qu'est-ce qui me prend ? Les bois sont plongés dans la pénombre. Je rejoins Papa en dirigeant mon faisceau sur le sol.

— Pourquoi tu es si nerveux, ce matin ?

— On a bien de la compagnie, dis-je, celle d'un ours.

Il émet un petit rire.

— Je ne rigole pas, j'ai vu des empreintes.

— C'est trop tard, Trig. Il n'y a plus de moustiques ni d'ours. La saison en vaut presque la peine, tu ne trouves pas ?

— Papa, je sais ce que j'ai vu.

— D'accord, d'accord. Montre-les-moi. Mais dépêche-toi. Ma vessie va bientôt "essploser".

Putain de merde, j'essaye de lui faire comprendre qu'il risque de terminer en repas de plantigrade et tout ce qu'il trouve à faire, c'est me renvoyer mes anciens défauts de prononciation à la figure.

Je le conduis au hamac. Dans le jour naissant, tout semble différent, pourtant le givre est encore là, ainsi que mes traces, mais plus pour longtemps ; le soleil émerge au-dessus des cimes, des volutes de brume flottent un peu partout.

Je remonte ma piste. Six pas plus loin, je tombe sur les empreintes et braque ma lampe frontale dessus telle un projecteur.

Papa pose la main sur mon épaule, ainsi qu'il l'a fait la veille.

— Eh bien, Jim Bridger*, on dirait que tu t'es trouvé un ours. Qui l'eût cru ?

* Célèbre trappeur américain.

Je lève les yeux sur lui, l'éblouissant avec mon faisceau.

— Moi, je suppose. Je t'en ai parlé une bonne centaine de fois.

— Je ne pense pas que tu aies franchi le cap de la centaine.

— Très drôle.

Il met sa main en visière sur le front.

— Un ours est passé près du camp, Trig. Il n'a pas mangé nos provisions. Il ne nous a pas mangés.

— Pas encore.

— On partira dans la matinée. On va mettre plusieurs lacs entre lui et nous.

— On va à Lonely Lake ?

— Oui. (Il plisse les yeux.) Comment t'as deviné ?

— C'est notre destination, c'est ça ?

J'entends Al qui ouvre sa tente. Le café a dû bouillir, déborder, et je crains que cela ne la mette en rogne.

— Quelqu'un a prononcé le mot "ours" ou je me trompe ?

— Trig a trouvé des empreintes.

— À cinq mètres du hamac, dis-je.

— Cool.

Elle se dirige vers les bois en fermant sa veste, Papa s'éloigne dans la direction opposée, un matin comme les autres. Ne sachant que faire, je m'approche du feu pour tenter de sauver le café. Heureusement, il n'a pas bouilli et continue de frémir.

Ils reviennent, l'air de rien, et attendent, leur tasse à la main, pareils à des mendiants. Je sers le café, les yeux rivés sur les arbres.

— Si on sautait le petit déjeuner ? (Je les vois échanger un coup d'œil.) Ce serait plus raisonnable, non ?

— C'est juste un ours noir, dit Papa.

— Il y avait des oursons ? demande Al.

— Non.

J'aimerais presque pouvoir affirmer le contraire. Voilà qui leur mettrait le feu aux fesses.

Papa sort la poêle, le mélange pour pancakes, le Tupperware de myrtilles givrées qu'il cueille depuis notre départ.

— Je vais préparer un petit déjeuner de cow-boy, dit-il. Profitez-en pour plier le camp et charger les canoës. On partira dès qu'on aura fini de manger.

Des myrtilles. Du sirop d'érable. À croire qu'il cherche à concocter le repas le plus susceptible d'attirer un ours. Dire qu'une énorme truffe hume l'air en ce moment même, bien décidée à prendre quelques grammes supplémentaires avant le grand sommeil.

Me retenant de marcher sur la pointe des pieds, je vais au hamac, l'enroule avec la bâche, les sens en alerte, retourne près du feu avec mon ballot.

— Ta lampe frontale est encore allumée, champion, dit Al.

— La tienne le serait aussi si tu te levais avant que le café soit prêt.

— Les enfants, dit Papa. Du calme.

J'éteins ma lampe et la range dans ma poche avant de m'attaquer à la tente de Papa. J'enfonce le duvet dans sa housse, dégonfle son tapis de sol, pose le tout à côté des sacs étanches. Al reste arrimée à son fauteuil, serrant des deux mains sa tasse calée entre ses genoux.

— T'es sérieuse là ?

Elle daigne décoller une main le temps de lever un doigt en l'air.

— Eh ben. (Je m'affaire avec son sac, son tapis de sol, la tente qui, à l'évidence, est devenue sa tente.) Toi et le matin. Pas étonnant que Brent ait préféré continuer en solo.

— Le solo, c'est pas ta spécialité, justement ?

Au lieu de remuer le doigt, elle exécute un va-et-vient suggestif avec son poignet.

— Les enfants, répète Papa sur un ton plus menaçant, cette fois.

La poêle est sur le feu, pourtant il regarde alentour, comme s'il avait perdu quelque chose.

— Quoi ? dis-je.

Il retire la poêle du feu, scrute le bol de pâte constellé de myrtilles.

— Les assiettes, dit-il. Tu les as déjà rangées ?

— Avant qu'on mange ?

Il baisse les yeux sur la pâte, saisit la cuillère, remue.

— Je vais chercher les assiettes et les fourchettes, grommelle Al.

On croirait qu'elle vient d'accepter de nous porter sur ses épaules toute la journée.

— Nom de Dieu, dis-je.

Je me penche sur le Duluth, sors les ustensiles, les empile près du feu.

Papa secoue la tête, remet la poêle sur le gril et verse la pâte. Ce n'est pas sorcier, n'empêche, il maîtrise la cuisine en plein air et les pancakes sont une de ses spécialités.

Et c'est revigorant, de faire le plein de sucres et de glucides. Le soleil brille, la matinée est belle, nous rentrons demain et bientôt, l'ours sera loin – à quelques lacs de nous, ainsi que l'a précisé Papa. Mais ce soir, je choisirai notre emplacement, sur une île, petite de préférence, pas de doute là-dessus.

Je fais la vaisselle, coupant court à tout débat sur celui à qui revient cette corvée. Occupé à frotter le sirop et les miettes avec du sable, je suis presque surpris de voir Al poser le premier sac étanche près des canoës, suivie de près par Papa. Je range les assiettes, passe le Duluth à mon épaule. Une poignée de minutes plus tard, le paquetage est sécurisé, nous sommes parés pour partir, une machine bien huilée.

— Sacré Trig, dit Papa à Al. Il est vachement efficace aujourd'hui, tu ne trouves pas ?

Je lève les yeux de la dernière sangle. Il est occupé à faire ses étirements saccadés, ses articulations grincent et craquent, comme si ses tendons risquaient de jaillir de sa peau.

— Tout ce qu'il lui fallait, c'étaient les pancakes de son paternel, ajoute-t-il.

— C'est la meilleure idée que j'aie jamais eue.

Al touche ses orteils, à gauche, à droite, la femme élastique. Je les regarde tour à tour.

— Quelle idée ?

Comme toujours, je suis incapable d'ignorer la perche qu'ils me tendent.

— Les mocassins en forme de patte d'ours que j'ai achetés, dit Al.

J'empoigne la pagaie à l'arrière du canoë double.

— Hi-la-rant.

Al fait alors un geste que je n'ai pas vu depuis des années. Elle me tire la langue – à l'évidence, les pancakes de Papa ont eu le même effet sur elle que sur moi.

Je pose un pied dans le canoë.

— Trig ? dit Papa.

Penché en avant, je l'observe sous mon bras, agrippé au plat-bord.

— Si tu naviguais en solo, aujourd'hui ?

— Hein ?

J'adresse un coup d'œil à Al, qui l'évite et hausse les épaules.

— Tu as sauté quelques tours.

— Pas grave, dis-je. Ça ne me dérange pas.

— Une pause vous fera du bien, insiste Papa. Je veux étudier la technique d'Al, percer ses secrets.

Elle a mis la main sur une cuillère qui s'est révélée redoutable, elle l'appelle son crocodile. Mais elle l'a piochée dans la boîte à appâts de Papa, qui sait aussi bien l'utiliser qu'elle, sinon mieux.

Lorsqu'elle s'installe sur le siège avant du canoë double, je me redresse.

— Sûre ?

Muette, elle se contente d'attendre. Je tends la pagaie à Papa et mets le canoë simple à l'eau.

— On va où ?

Papa tend le doigt, Meriwether Lewis en personne.

— Cap à l'ouest, jeune homme.

Une direction qui prendra tout son sens une fois que nous serons sortis de la baie. Alors nous verrons de quel côté s'étire le lac.

Je m'élance sur l'eau embrumée, seul dans un canoë pour la première fois, et me laisse dériver jusqu'à ce qu'ils me rejoignent. Papa s'efforce d'atteindre une vitesse optimale, afin qu'Al puisse envoyer le crocodile à l'assaut des brochets affamés, pourtant elle reste figée sur le banc, aussi immobile qu'une pierre, figure de proue formidable ouvrant la voie à l'Armada.

Quand ils me dépassent, je contemple une dernière fois le rivage, m'attendant presque à voir mon ours en train de renifler nos miettes. Mais le petit emplacement de camping, la rive entière sont aussi déserts que le reste du parc depuis que nous avons quitté Dudley Do-Right au point d'embarquement.

18

CHAD

À DEUX REPRISES, il a décroché la photo, avant de la remettre aussitôt en place. Juste un visage souriant à retrouver en fin de journée, se dit-il. Rien d'obsessionnel. Rien de véritablement malsain.

Quelques heures à peine après qu'il a fixé la photo au mur pour la deuxième fois, Cindy frappe à sa porte, deux packs de Mr Canoehead sous le bras. Aussi subtile qu'une enclume, elle ne manque jamais de lui en rapporter, répétant chaque fois la même phrase :

— J'étais du côté de Thunder Bay et j'ai pensé à toi.

Se pressant au-devant de lui, elle franchit le seuil et pose la bière sur le comptoir, un geste dicté par l'habitude.

— Comment ça va ?

— Je suis débordé.

Un mensonge si manifeste qu'il envisage d'en faire une plaisanterie, mais Cindy éclate de rire avant qu'il en ait l'occasion et traverse la pièce pour se réchauffer les mains au-dessus du poêle.

Lorsqu'elle voit la photo, elle s'arrête net et se tourne vers lui en arquant un sourcil.

— Oh… Tu es peut-être vraiment débordé, en fait.

Elle reporte son attention sur la photo.

— C'est pour le boulot, dit-il.

— Hmm. Et je postule où, pour l'avoir, ce boulot ?

Chad ne trouve rien à répondre.

— Ton poêle est froid. C'est la fille qui fournit la chaleur, ici, ou quoi ?

— J'étais sur le point de sortir fendre du bois.

Plusieurs mètres de bûches sont empilés le long de la maison. Sans parler des bûches entreposées sur le porche, à portée de main. Cindy les a forcément vues avant d'entrer.

— Cool. (Elle s'approche du comptoir, ouvre une canette.) Je te regarde, alors.

— J'ai droit à une bière, moi aussi ?

Elle lève le doigt en l'air.

— Première gorgée.

Elle boit, puis elle lui tend la bière et le suit dehors, jusqu'au bloc et au chevalet. La coupe de bois est un vrai passe-temps, ici, un sport passionnant à observer.

— Tu ne te mets pas torse nu ?

— Pas depuis les pubs que j'ai tournées pour Molson*.

— J'ai dû les louper. (Elle avale une gorgée de bière.) Merde alors. (Elle sourit et gesticule en direction du bois.) Mieux vaut ne pas lésiner, vu le temps qu'ils annoncent.

Il se met au travail tandis que Cindy commente, se débrouillant pour revenir sur le sujet de la photo.

— Allez, Chad, dis-moi tout. C'est qui ? Pas le genre de fille qu'on croise dans le coin, en tout cas.

* Référence à un spot publicitaire pour une bière mettant en scène des hommes torse nu.

— Je ne la connais pas.

— C'est un peu pathétique, alors. Tu découpes des photos dans les magazines érotiques, maintenant ? Je devrais peut-être jeter un œil sur la déco de ta chambre…

Il secoue la tête, sachant qu'elle n'aimerait rien tant que se retrouver à nouveau dans son lit. À quoi pensait-il, ce soir-là ? Clairement, son jugement était altéré par les Mr Canoehead.

— Je t'ai dit que c'était pour le boulot.

— Bien sûr.

Elle vide la canette, la brandit en l'interrogeant du regard, file en chercher une fraîche dans la maison. Pourquoi ne pas en ouvrir deux en même temps, comme le font les gens normaux ? Jusqu'ici, Chad n'a pas eu droit à plus de deux gorgées. Il va lui falloir plus d'alcool pour supporter la présence de Cindy. Sitôt qu'elle revient, il tend la main. L'inévitable réplique ne se fait pas attendre.

— Première gorgée.

Cindy porte la canette à sa bouche avant de la donner à Chad, qui boit à grands traits.

Elle brandit la photo, qu'elle tenait cachée dans son dos, et l'approche de son visage.

— C'est quoi, les lignes bizarroïdes, là ?

— C'est une photo de passeport. Quand je te disais que c'était pour le boulot.

— Ce serait donc une coïncidence ? Ces lèvres ? Ces pommettes ?

— Elle a disparu. Elle vient des États-Unis.

— Oh.

Cindy en reste muette. Pour la première fois de sa vie, sans doute.

— Rien d'exceptionnel, dit-il.

— Sa beauté, si. Elle est censée se trouver dans la région ?

Chad hausse les épaules, place une autre bûche sur le bloc, la fend en deux.

— Fugue ? Kidnapping ?

— Je sais juste qu'elle a disparu.

— Et qui la recherche ?

Chad pense au père, le prof de maths.

— Sa mère.

Cindy secoue la tête.

— Ma mère ne lèverait pas le petit doigt si des extraterrestres m'enlevaient sous ses yeux.

Qui lèverait le petit doigt pour retrouver Cindy ? se demande Chad. Aussitôt il s'en veut.

— À cette époque de l'année, j'en viendrais presque à souhaiter que les extraterrestres débarquent.

— Ouais, surtout avec l'hiver qui nous attend.

Concentré sur une nouvelle bûche, il s'apprête à abattre la lame entre les nœuds. Compte tenu de son métier, il devrait faire plus attention à la météo. C'est un passe-temps régional, au même titre que la coupe du bois : la profondeur de la neige, le refroidissement éolien, les températures négatives. Les locaux si fiers de leur froid, persuadés qu'ils sont de posséder une endurance exceptionnelle, des bœufs impavides, les élus frigorifiés. De l'avis de Chad, les membres les plus avisés du troupeau ont vu le Grand Nord pour ce qu'il était et ont préféré poursuivre leur chemin.

Il avale une autre gorgée de bière.

— À l'arctique express.

— À la chaleur humaine, répond-elle avec une œillade appuyée, la main tendue vers la canette.

Il lève les yeux sur elle, debout sur le porche. Pourquoi pas ? Il pèse le pour et le contre.

— Je vais faire un dernier tour avant la tombée de la nuit, déclare-t-il enfin.

Elle rit.

— Un tour de quoi ?

Il sort son téléphone, consulte l'heure.

— Techniquement, je suis encore de service une heure.

— Qu'est-ce que tu fous là, alors ?

Elle a flairé la fausse excuse.

— Pause dîner.

Elle l'observe en faisant glisser le rebord de la canette sous son menton.

— Je peux m'occuper du poêle en ton absence, si tu veux. Pour que le salon soit chaud à ton retour.

— Merci, Cindy, mais…

— Quoi ?

Il désigne la photo, qu'elle tient entre deux doigts, le pouce glissé dans la poche de son jean.

— Je dois bien ça à sa mère.

Elle éclate de rire.

— Sa mère. Bien sûr.

Il baisse la tête, laisse tomber la hache et monte dans le pick-up, sentant peser sur lui le regard de Cindy. Lorsqu'il s'éloigne, il jette un dernier coup d'œil dans le rétroviseur : elle est toujours sur le porche. Va-t-elle rester ? Que fera-t-il si c'est le cas ? Parviendra-t-il à rendre cet hiver plus désolant encore ?

Une demi-heure plus tard, à la nuit tombante, il pénètre sur le parking du point d'embarquement et oublie complètement Cindy, le choix auquel il risque d'être confronté en rentrant, quand il prend conscience que la jeep a disparu. Il les a ratés, il a raté la fille. La famille Mathématiques s'est éclipsée avant l'orage, ayant profité jusqu'au bout de cet automne interminable, devinant sans doute que la saison touchait à sa fin. Peut-être l'a-t-elle senti dans ses os ou lu dans le ciel, les couleurs, une spécialité du Montana.

Il donne un coup de poing dans le volant. Trop occupé à jurer, à se demander pourquoi il n'a pas campé sur place ou sauté dans le canoë sitôt que la fille l'a invité à le faire, il ne voit pas les bris de verre trempé qui scintillent dans l'éclat de ses phares.

Ne reste que la menace de l'hiver, Cindy à l'affût sur son porche et la grisaille qui se referme sur lui comme une chaussette sale.

19

QUELQUE PART sur le deuxième lac, Al finit par lancer sa ligne, mais nous passons la plus grande partie de la journée à pagayer. Les nuages moutonneux sont aussi nets dans l'eau que dans le ciel et un vieux dicton tourne sans arrêt dans ma tête, "Ciel pommelé et femme fardée ne sont pas de longue durée". Nous abordons le deuxième portage, qui n'en est pas vraiment un, à peine une menée de cerf. Soit Papa a décidé de se la jouer Indien, soit il a perdu la boule. D'un geste vif, Al écarte le canoë de Papa – jamais ils n'auraient dû pagayer ensemble, c'est de loin la pire idée du séjour – et remonte à grand pas le ruisseau aussi mince qu'un filet, un chaos de saules, de boue et de rochers, la coque sur la tête, cognant la proue contre les arbres.

Avec un vague haussement d'épaules, Papa soulève l'extrémité de mon canoë et nous titubons à la suite d'Al. Chaque seconde qui passe, je me demande ce que nous fichons là. Enfin le ruisseau s'ouvre sur une tache plus ou moins ronde pourvue de nombreux bras et baies, une sorte d'amibe. Al flotte déjà dessus, seule dans le canoë double. Sans lui prêter attention, Papa s'installe à la poupe du canoë simple et se lance dans une circumnavigation hasardeuse. La surface se trouble et s'assombrit, d'abord grise puis charbon, tandis qu'au nord, le ciel noircit tel un fruit pourri.

Papa entame un autre tour au ralenti. De fait, il bouge à peine, à la recherche de Dieu sait quoi. Coincé sur le siège avant, je vois Al inspecter la rive, à la recherche de quelque chose elle aussi. Un endroit où camper ? Un portage ? Une issue ?

— Papa ?

Aucun bruit ne s'élève dans mon dos, sinon un énième soupir, la friction de la pagaie sur le plat-bord.

Je pivote.

— Al a attrapé quelque chose ?

Une question dont je connais déjà la réponse, les ayant suffisamment observés : ils n'ont pas fait la moindre touche, même si, par intermittence, j'ai capté l'éclat argenté de la ligne à l'arrière du canoë. À présent, Al ne prend même pas la peine de sortir sa canne. Peut-être l'horizon morne, cette ligne plate et vide, est-il la raison pour laquelle rien ne mord, une histoire de pression barométrique que seuls les poissons perçoivent, et je me demande si, par-delà les arbres, une tempête nous attend, si sauvage et déchaînée que même les brochets ont préféré se mettre à l'abri.

Papa reste silencieux, alors je me contorsionne un peu plus. Il semble complètement perdu, un étranger débarqué d'une autre planète.

— Papa ?

Il balaye le lac du regard au lieu de se concentrer sur un élément spécifique, la berge, un emplacement où planter nos tentes.

Je fais un appel pour orienter la proue vers le canoë d'Al, autant que possible depuis ma position à la proue.

— Si on remballait ? C'est l'heure de monter le camp.

Papa met un peu plus de force dans ses coups et nous rattrapons enfin Al. Elle se tourne vers nous, ferme un œil, écarquille l'autre en haussant les épaules, une expression de totale incompréhension. J'observe alors Papa : il semble sidéré de l'apercevoir dans l'autre canoë et tout aussi surpris de me découvrir sur le lac, dans le même canoë que lui, qui plus est.

Il continue de pagayer, jusqu'à heurter la coque d'Al. Elle attrape le plat-bord au niveau de mon siège.

— J'ai repéré un site où camper, je crois.

Elle s'adresse à moi seul, comme s'il y avait eu une mutinerie et que Papa avait été relégué au statut de simple cargaison.

À nouveau, je l'observe. Immobile, il contemple le ciel, le rivage, peut-être.

— Tu cherches le coin idéal ? dis-je.

— Je ne sais pas trop.

J'attends quelques instants dans l'espoir qu'il précise sa pensée, mais il continue de contempler le monde, les yeux plissés. Avec ma pagaie, je désigne les nuages qui s'amassent au nord.

— On devrait se dépêcher, en tout cas. Une tempête se dirige droit sur nous.

Papa hoche la tête, sans grande conviction.

— J'ai repéré un endroit, à environ cinq cents mètres d'ici, dit Al.

Elle a parlé sur le ton de la suggestion, un adulte cherchant à persuader un enfant de faire quelque chose contre son gré.

Papa ne réagit pas.

— J'aurais préféré qu'on aille sur l'île. Pour éviter l'ours, dis-je.

L'île se trouve à l'autre bout du lac, pourtant Al acquiesce et s'élance. À la poupe, Papa ressemble au Penseur de Rodin, occupé à ressasser des décisions cruciales.

— Papa ?

— C'est juste que… Je cherche un endroit spécial.

— C'est-à-dire ?

— Je ne peux pas… (Il se reprend.) Un endroit où je suis déjà allé. Je voulais vous le montrer. En fait… Je ne suis pas certain d'être sur le bon lac.

— On est sur un lac, Papa. En canoë. La marge d'erreur est limitée, si tu veux mon avis.

Je pointe ma pale sur Al.

— Allons sur l'île.

Papa n'esquisse pas un geste, j'ai un mal fou à diriger le canoë, je fais du mieux que je peux et il finit par m'aider, mais ses coups de pagaie sont aussi rêveurs que ses pensées.

— Courage, papa. Je serai le chef ce soir. Pas de poisson, je vais te préparer un Dinty Moore* dont tu me diras des nouvelles.

Il me sourit, plantant sa pale dans les flots sombres.

— Si on envoyait Trig pêcher des crapets ? Un bail que je n'en ai pas mangé.

— Super idée.

Pour qui me prend-il ? Maman ? Je redouble d'efforts, alternant écarts et appels pour rester dans le sillage d'Al.

* Ragoût de bœuf en conserve.

À l'extrémité du lac, nous contournons l'île et ne trouvons nulle part où camper, pas la moindre trace de présence humaine. Tantôt le rivage consiste en un mur infranchissable de pins, de saules, d'aulnes et de branches mortes, tantôt il est escarpé, hérissé de granit, aussi sombre et menaçant que le ciel.

Al me jette sans arrêt des coups d'œil par-dessus son épaule.

— Tu veux qu'on essaye le coin dont tu as parlé tout à l'heure ? dis-je.

Nous ne nous donnons même plus la peine de consulter Papa. Elle hoche la tête et m'indique le chemin, dans la direction d'où nous sommes venus. Notre progression est laborieuse, Papa ne pagaye que par intermittence, néanmoins je parviens à suivre Al.

— Va vers l'embâcle plus petit qui émerge de l'eau, là-bas.

Comme si je n'étais pas juste derrière elle. Mais aucune impatience n'affleure dans sa voix, elle essaye seulement de m'aider.

Nous longeons la rive jusqu'à ce qu'elle retrouve sa plage minuscule, aussi longue qu'un canoë simple, à peine une trouée dans les broussailles. Papa reprend subitement vie et exécute deux belles circulaires, à croire qu'il visait cette plage depuis le début.

Et le site, à moitié caché, est absolument parfait. Au sommet d'une petite colline juste assez large pour accueillir deux tentes, il offre une vue sur le lac que je n'aurais jamais soupçonnée depuis l'eau. Exposé sud, au soleil du matin, pour autant qu'il y en ait. Peu importent les intempéries qui approchent, nous n'aurons pas à les regarder fondre sur nous. Noirci par la fumée, envahi par la mousse, un foyer abrite de jeunes pousses et semble avoir été abandonné à l'âge de pierre.

— Je m'occupe du festin Dinty Moore, dis-je en posant le Duluth.

— Non, non, Trig. Va plutôt pêcher de quoi préparer une friture. On va s'en faire une bonne ventrée. Des bouchées de pur bonheur!

Je regarde Al.

— Tu m'accompagnes?

Elle jette un œil sur Papa.

— Je vais plutôt préparer le ragoût.

— Foutaises. Allez donc jouer sur l'eau, les enfants. Dory et… (Il rit en secouant la tête.) La vache, j'ai vraiment la tête ailleurs. Je vais monter le camp.

— Je m'en charge, Papa, dit Al.

— Ce soir, je mets les provisions en hauteur, point final, dis-je.

— Trig, m'implore Papa, j'ai vraiment très envie d'une friture.

Il continue de me fixer, alors je regarde Al, qui hausse les épaules en désignant l'eau. Je me résous à monter une ligne. Sur la plage, le vent ride la surface du lac, aussi noire et accueillante que l'entrée du Mordor.

Je l'observe de longues minutes, j'oublie la canne dans ma main, la demande insistante de Papa. Il n'est pas plus conscient de la tempête à venir qu'il ne l'est du reste. Pourquoi a-t-il voulu rester seul avec Al? Et pourquoi s'est-elle mise en colère, comme si elle était encore une ado? Avons-nous bien fait de monter le camp ici, au lieu de rebrousser chemin pour rallier le site de la veille, et tant pis pour l'ours ? Le moment est peut-être venu d'admettre que nous sommes allés trop loin. De tirer notre épingle du jeu, pour reprendre une expression de Papa.

Je fais volte-face et constate que les tentes ont été montées. Celle de Papa est plantée près du foyer, l'autre se dresse en contrebas, côté lac. Elles sont plus éloignées que d'habitude. Le feu de Papa tient la pénombre à distance. Dans son fauteuil, Al se penche vers les flammes, sa tasse entre les mains. Elle me lance un coup d'œil, hausse les épaules, la tête inclinée en direction de Papa. Je hausse les épaules en retour, scrute les arbres : le hamac n'est nulle part en vue. Lorsque je reporte mon attention sur Al, elle braque un doigt sur moi, puis sur sa poitrine, croise l'index et le majeur – notre signe le plus ancien, nous deux, entrelacés. Je souris, soulagé. Si je n'envisageais pas de passer la nuit seul, j'étais persuadé qu'il me faudrait lutter pour obtenir le droit de partager la tente.

Papa suit le regard d'Al.

— Ah, te voilà, Trig. Tu n'as pas essayé longtemps.

— Trop de vent.

Il me tend ma tasse.

— Bois donc une petite goutte.

Je m'affale dans le fauteuil qu'ils ont déplié pour moi. Al lève sa tasse pour porter un toast et je l'imite.

— À notre retour, dis-je.

Papa ne lève pas sa tasse, toutefois il sourit et avale une gorgée de whiskey.

— Comment va Dinty ?

Al me montre la casserole qui tremblote sur le gril, à deux doigts de bouillir.

— On n'a pas pris de conserves, donc…

Elle gesticule en direction des sachets de bœuf Stroganoff Mountain House sous vide. Les rations de survie. La mort bleue.

Au crépuscule, les premiers flocons commencent à tomber, un ou deux, pas plus. Ils scintillent dans l'éclat du feu avant de disparaître. Al secoue la tête et ouvre les sachets.

— J'en mets deux par personne. Histoire qu'on ait assez de calories pour réchauffer les tentes.

Le regard rivé sur la casserole, nous attendons que la mixture absorbe l'eau. C'est à peu près aussi appétissant qu'un bol de bouillie, dont nous avons aussi quelques sachets dans le sac des rations de survie. Le genre de chose que Papa, en bon maniaque, ne manque jamais d'emporter quand il part camper. "Être prêt à tout, ne rien attendre."

La phrase peut être interprétée de diverses manières, et cela me taraude depuis que je suis en âge de lire.

— Alors. (Je remonte mon col.) On attendait quoi de cette journée ?

Papa approche les mains des flammes, Al jette quelques bûches dans le feu.

— On attendait quoi ? dit Papa.

— On est là, Papa. Quel que soit le nom de ce lac. Pourquoi avoir réclamé une journée de plus ?

— Quoi ?

Il lève les yeux, interdit.

— Pourquoi on a parcouru tous ces kilomètres ? Qu'est-ce qu'on fait ici, le cul dans la neige ? Pourquoi on ne retourne pas à la voiture ? Comment ça, "Quoi" ?

— Mais il y a cet endroit…

— Lonely Lake ? dit Al. Combien de fois on va devoir s'y rendre ?

Surpris, Papa se tourne vers elle.

— Al double les portions de Stroganoff alors qu'on ferait mieux de se limiter, au cas où on serait bientôt contraints de se rationner, dis-je.

— Toujours aussi dramatique, à ce que je vois.

— Sérieusement, Papa. Il y a les ours, la neige et cette tempête, qui annonce peut-être une nouvelle ère glaciaire.

— Si on tuait un mammouth, on tiendrait un paquet de temps, dit Al.

Je lui décoche un regard noir. Immobile, Papa contemple les flammes.

— Devant le lac, j'ai pensé qu'on devrait rebrousser chemin en pagayant à fond la caisse.

— Revenir sur ses pas, c'est un cauchemar, dit Papa. Les mêmes paysages, mais en sens inverse.

— Et alors ? (Je braque sur lui mon bâton-tison.) On est au bout de la ligne, Papa. Terminus, tout le monde descend.

Il secoue la tête, comme si on était le 4 Juillet, non pas fin octobre, et que les flocons dansant dans la lueur des flammes étaient juste un autre feu d'artifice.

— On va faire une grande boucle, Trig. On fait toujours une boucle.

— On tourne en rond depuis qu'on est partis. On n'avance jamais dans la même direction. Je sais de quel côté se couche le soleil, papa.

— Tout va bien, Trig…

Aussitôt, je l'interromps.

— Tu ne sais même pas où on va ! Si on effectue une boucle maintenant, on ne s'en sortira jamais ! Il faut faire demi-tour, les mêmes lacs, les mêmes campements. En comptant les jours.

Il lève enfin les yeux sur moi.

— Tu as éparpillé des miettes sur le chemin, Hansel ?

— L'ours qui nous talonne les a toutes mangées, dit Al. Une vraie tragédie.

— Ha, ha, ha, Al. Je sais que tu adores me faire passer pour le trou-du-cul de service, mais la vérité, c'est que t'as autant envie de te barrer que moi.

Elle observe Papa en remuant le feu, faisant jaillir un essaim d'étincelles.

— Il a raison, dit-elle. On est partis trop tard. On exagère depuis le premier jour.

— On rentrera demain, déclare Papa.

— On est où ? Réponds sans réfléchir.

— Heu… On est… On est… (L'air complètement perdu, il se frotte le visage, repousse son bonnet de trappeur sur son crâne.) Je me suis emmêlé les pinceaux, avec Lonely Lake. C'est pour ça que j'ai fait le tour de ce lac…

— Lonely Lake ? Papa, c'était il y a une semaine.

Il hoche la tête.

— Peut-être, je n'en suis plus si sûr.

— Comment s'appelle ce lac-ci ? On est où, bordel ?

— Pickerel, dit-il dans un soupir.

Visiblement, la réponse est si évidente qu'il a du mal à croire que je l'oblige à la formuler.

Je glisse un coup d'œil à Al.

— Papa, dis-je, Pickerel, c'était genre, le deuxième soir.

Désarçonné, il se ressaisit aussitôt.

— On fait une boucle, je te dis.

— Donc on est à nouveau sur Pickerel ? Papa, on n'a pas navigué deux fois sur le même lac.

Penchée sur la casserole, Al nous sert d'énormes louchées de Stroganoff et plante une cuillère dans chaque assiette avant de nous les tendre.

— Si on mangeait ? Tout est plus simple quand on a le ventre plein.

Maman toute crachée. Je renverse la tête en arrière, le regard tourné vers la nuée de flocons qui volettent dans le ciel. Plus poétiques que menaçants, je dois bien l'admettre. Ils n'adhèrent même pas au sol.

— Demain, on fait demi-tour, dis-je en empoignant ma cuillère.

— Je ne voulais pas dire Pickerel, dit Papa.

— Pickerel, Powell, Pontchartrain, peu importe, Papa. (J'avale une bouchée.) Demain, je décolle, avec ou sans vous. Dès l'aube. Cette aventure n'était pas une bonne idée.

Nous terminons notre repas en silence. Je lave les assiettes dans le lac et les range dans le Duluth, que je leste avec la hache avant de le hisser sur une branche, manquant me décapiter dans l'obscurité. Assis près du feu, Al et Papa m'observent. Peut-être attendent-ils que je sorte un joint, de quoi alléger l'humeur sombre qui s'est abattue sur nous. Une fois nos provisions à l'abri, j'annonce que je vais me coucher. Papa marmonne quelque chose, une référence au marchand de sable, peut-être. Al ne dit rien.

Rien du tout. Je me glisse sous la tente, dans le duvet glacé, baisse le zip, relève la moustiquaire et m'allonge. Pas un mot ni un murmure ne me parviennent de l'extérieur. Les flammes projettent des ombres mouvantes sur le nylon. Peut-être Al a-t-elle monté la tente loin du foyer afin que je sois hors de portée d'oreille, pourtant le silence me semble absolu, sinon le craquement du feu de temps à autre.

Immobile dans la pénombre, je les imagine, l'un en face de l'autre, ne sachant quoi dire ni faire.

Le silence et l'obscurité m'emportent, jusqu'à ce qu'Al me réveille en sursaut.

— T'es à gauche ou à droite ?

Ensommeillé, je ne sais plus vraiment où je suis.

— À gauche, comme d'habitude, finis-je par répondre.

Je roule sur le flanc, imprimant une bosse dans la paroi.

Al pénètre dans la tente, c'est le branle-bas habituel, mais j'étais si seul dans le hamac que je suis ravi de l'entendre, comme si une pièce essentielle de ma vie venait de m'être restituée. Dans la tente enténébrée, elle bataille avec sa veste, son sweat, l'éclat du feu n'étant plus qu'un lointain souvenir. Je me retiens de tendre le bras pour l'aider à surmonter le passage le plus difficile, ce moment où les manches se coincent au niveau des coudes et des épaules.

Au lieu de cela, je reste immobile, aux aguets. Vient le bruissement final, celui de son duvet. Elle s'allonge, le souffle court, tous ces efforts rien que pour se coucher, laisser derrière soi la journée.

J'attends que sa respiration se calme, sans aller jusqu'à sombrer dans le sommeil.

— Alors ?

J'aimerais qu'elle me réponde du tac au tac, m'accueille à nouveau dans la meute, me souhaite la bienvenue après mon séjour dans les contrées sauvages. Elle ne dit rien, alors je décide de mettre les pieds dans le plat.

— Pourquoi Papa voulait absolument que je navigue en solo ?

— Il a dû penser que tu avais besoin d'être un peu seul.

— Vous croyez que les nuits dans le hamac ne m'ont pas suffi ? Me perdre dans les abysses de l'univers infini chaque soir ?

— Les abysses de l'univers infini, répète-t-elle, genre. Pitié.

— À mon avis, ça n'avait rien à voir avec moi. Qu'est-ce qu'il voulait te dire ?

Elle soupire.

— Il a juste parlé. De notre enfance. À peu près la moitié de son discours tenait debout.

— Et l'autre moitié ?

Je l'entends secouer la tête, ses cheveux effleurent le nylon.

— Un tas de conneries, T. Des excuses, surtout.

— Parce qu'il est parti ?

— Ouais.

Elle n'en dit pas plus, aussi je la relance.

— Et ?

Elle se tait. Au début, je pense qu'elle prend le temps de formuler sa réponse, cependant le silence s'éternise.

— Al ?

— Souvent, je ne savais même pas de quoi il parlait. Lui non plus, apparemment. Son état s'aggrave de jour en jour, T.

— De quoi essayait-il de parler, alors ?

— De regrets, de culpabilité. Il s'en voulait beaucoup. À propos de faire demi-tour…

Elle me tourne le dos, une attitude qui a conclu la plupart de mes nuits sur cette Terre.

— Juste parce qu'il est parti ? Al, les couples divorcent tout le temps. C'est presque devenu un passe-temps national.

— Il n'a même pas évoqué le divorce. Trig, je suis lessivée et la matinée promet d'être difficile. On va avoir un mal fou à le convaincre de faire demi-tour.

— Il veut aller où, selon toi ?

— Nulle part. N'importe où.

— Le lac de Nulle part ?

— Ouais, le nom semble approprié.

— Il n'a jamais eu de plan, d'après toi ?

— Je n'en sais rien. Peut-être qu'il en avait un, au départ. Je doute que lui-même le sache.

Sidéré, je reste silencieux un long moment, je cherche une explication rationnelle, puis je me rends compte que la respiration d'Al est devenue aussi douce et régulière qu'une berceuse. J'ai envie de me blottir contre elle, comme avant, quand les éclats de voix en provenance du salon se faisaient trop bruyants.

Je suis à deux doigts d'attraper le même train de nuit qu'elle, hélas je rate la dernière marche et il quitte la gare sans moi. Me voilà seul avec Fibonacci et sa putain de suite dont je sais, dès le premier zéro, que je n'atteindrai jamais la fin. J'aurai beau égrener les chiffres pendant des heures, des jours, des semaines et des années, elle continuera de m'échapper.

Je me perds dans le concept de l'infini lorsque Al pousse un juron et s'extirpe de son duvet.

— Quoi ?

— À ton avis ?

Elle titube hors de la tente. Je me laisse bercer par la rumeur extérieure, de plus en plus sonore, le murmure des feuilles et des aiguilles dans le vent, qui d'un seul coup cesse, remplacé par un vide vers lequel je plonge.

Pile au moment où je commence à croire qu'elle n'a jamais été là, Al revient. Impossible de dormir avec toutes ces allées et venues.

Puis un léger crissement sur la toile m'envoûte à nouveau. Pas vraiment un crissement, une caresse. Les flocons qui atterrissent sur le double toit, dévalent la pente. Maman qui me chuchote à l'oreille, là, là. Je me rapproche d'Al, un centimètre ou deux, pas plus. Bercé par la neige, enfin, enfin, je m'abandonne au sommeil.

20

COMME CHAQUE MATIN de cette aventure, chaque matin de ma vie, je me réveille en premier pour découvrir qu'Al et moi nous sommes encore rapprochés dans la nuit. Je sens sa respiration contre ma joue, la seule parcelle de peau exposée entre le duvet et le bonnet de Papa. Le plus discrètement possible, je repousse le bonnet sur mon front avant de le retirer complètement. Je ne vois pas mieux pour autant. La tente est aussi noire qu'une tombe et la respiration d'Al me semble la seule chose tangible au monde.

Je remonte une épaule, puis l'autre, j'essaye de m'extraire du duvet en me tortillant. Deux semaines de hamac, et c'est comme si je n'avais jamais dormi avec quelqu'un d'autre. Al change de position, me tourne le dos. Telle devait être notre vie dans l'utérus.

J'achève ma mue, trouve mon pantalon, glisse mes jambes dedans. À tâtons, je cherche mon sweat à capuche, repère les cordons, le drape en travers de mes cuisses, y insère mes bras, le passe par-dessus ma tête. Les manches remontent sur mes coudes au moment où j'enfile ma veste. J'enfonce le bonnet sur mes oreilles.

Le froid est presque arctique à présent, même à l'intérieur de la tente. Lorsque je monte le zip, les gouttes givrées de notre haleine me pleuvent dessus, occultant presque l'autre bruit, un soupir sur le nylon.

— Qu'est-ce qui se passe ?

Plié en deux, je sors sous l'auvent, saisis une paire de chaussures, enfonce mes orteils dedans, priant pour que ce ne soit pas celles d'Al. Dans la poche ventrale de mon sweat, sous mon manteau, je m'empare de ma lampe frontale.

Après quelques pas dehors, je l'allume. Le monde n'est plus le même. Le sol, le ciel ont disparu. Tout, même les arbres, est enseveli sous trente centimètres de neige. Embuée par mon souffle, la lumière projette des ombres sauvages sur la moindre bosse, le plus petit bourrelet.

Je me fraye un passage jusqu'au lac, retire mes moufles afin de me livrer à mes ablutions matinales, contemple la surface sombre et statique. Dieu merci, des volutes de brume flottent au-dessus de l'eau. Le lac est trop vaste pour geler en une nuit. De la glace borde le rivage, craquelle sous ma chaussure, une bonne nouvelle à laquelle je me raccroche quand je regagne le camp, arrachant des aiguilles et des branches au passage, du bois d'allumage. Soudain, je tombe sur le jackpot, un bouleau mort encore sur pied, gris et dépourvu d'écorce, ses branches n'attendent que moi. Je rassemble de quoi construire un feu, réchauffer la froidure cosmique, éclairer la pénombre d'une petite lueur. Bientôt, il y aura la gamelle, le café. Mais pour l'instant, seule la perspective de cette petite lueur me retient à la planète.

Je contourne les tentes, prenant soin de ne réveiller personne, même si j'ai hâte d'entendre remuer Papa, la litanie de grommellements, le traditionnel “Allons-y”. Juste pour avoir de la compagnie.

Le foyer n’est pas enneigé, les braises ont fait fondre les flocons. Du bout de ma chaussure, je pousse les branches au centre, en un tas plus important que prévu, Al ou Papa ayant pris le temps de faire des réserves la veille. Papa, sans doute, s’imaginant déjà au matin, frais comme un gardon, prêt à retrouver son bonnet, à l’enfoncer sur ses oreilles avant de préparer l’ultime petit déjeuner, le plein d’énergie pour un retour inoubliable, à planter nos pales dans l’eau en chantant à tue-tête, tels les trappeurs infatigables que nous sommes.

Dans le froid, les aiguilles fument et crépitent mais ne s’embrasent pas. Je dois utiliser plusieurs allumettes, elles me servent presque de petit bois. À ce propos, combien nous en reste-t-il ? Chaque fois que j’en gratte une, je m’attends à entendre un cri s’élever dans la tente de Papa. “Tu fais un feu, champion, ou tu joues avec les allumettes ?”

Enfin, les aiguilles prennent feu et les flammes noircissent l’extrémité des brindilles que j’assemble en tipi. Je souffle sur les braises en ajoutant les branches, une à la fois, jusqu’à obtenir une belle flambée. J’entasse les bûches les plus épaisses autour du foyer, certaines pour les brûler, d’autres pour les réchauffer – ainsi, quand leur tour viendra, elles ne seront pas glaciales, -10 °C, la température qu’il doit faire ce matin. Ou -20.

La lumière strie les arbres lestés par la neige, la façade de la tente de Papa, qui continue de dormir malgré les craquements. Pas un ronflement ne vient troubler l’air du petit jour.

Je m’assois et j’attends, incapable de réprimer un sourire. Désormais la neige est indéniable, nous n’avons plus d’autre choix que de rebrousser chemin. Aucune discussion possible. Nous avons eu de la chance, le vent a faibli, la neige est tombée en douceur, une tempête de boule à neige. Dans un blizzard, secoués par la houle, avec une visibilité quasi nulle, nous serions obligés de longer la côte pour repérer les portages ensevelis, fouettés par le vent, les doigts crispés sur nos pagaies, le visage offert aux rafales, les cils incrustés de glace, nos pulls enroulés autour du cou.

Je me fais si peur que je dois maîtriser ma respiration. J'allume ma lampe frontale, j'essaye de me calmer, rien de tout cela n'est encore arrivé, un espoir subsiste en ce monde. Les jambes flageolantes, je me redresse, tente de me rappeler où j'ai accroché le Duluth, dans quelle direction je me suis éloigné avant de jeter la hachette par-dessus une branche.

J'enfile la lampe et titube dans la nuit, la tête renversée en arrière, vexé d'avoir à chercher le sac que j'ai moi-même suspendu. La pénombre ne me facilite pas la tâche, sans parler de la neige, qui rend le paysage méconnaissable. Toutefois la forme massive et carrée du Duluth détonne dans les frondaisons. Je regarde autour de moi, soulagé qu'Al ne soit pas témoin de cette scène.

Je retire mes moufles, les coince sous mon aisselle, dénoue les demi-clés et fais coulisser la corde entre mes doigts, en douceur, histoire que le sac ne s'écrase pas sur moi comme un météore. Mes moufles tombent, je les cherche à la lumière de la lampe, retire la neige qui s'est immiscée dans la doublure, afin que le froid et l'humidité ne pénètrent pas à l'intérieur.

Très vite, à l'air libre, sans protection, mes doigts commencent à brûler. Je les plonge dans les grosses moufles et les frotte contre mon torse. -20°C, au moins.

J'époussette le Duluth, le passe à mon épaule et déblaye un coin près du foyer pour le poser. Je parviens à défaire les attaches sans retirer mes moufles, en tirant sur les sangles en cuir. Reste à exhumer la gamelle, le café, le sucre brun d'Al. Sans oublier les tasses, qui s'entrechoquent au moment où je les sors. Je referme le rabat.

Je déplie le fauteuil de Papa et me dirige vers le lac avec la gamelle, contournant les tentes. Malgré le bruit, ni Papa ni Al ne remuent. Ma routine matinale les a rendus paresseux, ils ne mettent plus le nez dehors avant que le café chauffe. Même alors, Al scrute sa tasse d'un œil mauvais pendant une heure sans décrocher un mot, hormis un occasionnel grognement.

Je suis mes traces jusqu'à la plage et j'immerge la gamelle. L'eau noire devient transparente sitôt que je la recueille. Je m'approche du bouleau mort, arrache une énorme branche, un peu pourrie à la base, et la traîne dans la neige, traçant une nouvelle piste, parallèle à la précédente.

De retour près du feu, saisi par la beauté des flammes qui vacillent dans la nuit, j'ai hâte qu'Al et Papa se lèvent pour admirer le spectacle avant que nous vidions les lieux.

Je verse le café dans la gamelle, que je cale parmi les braises. La neige collée sur le fond disparaît dans un grésillement. Je m'assois et j'attends qu'un fantôme vienne me rendre visite. Bizarrement, c'est Dudley Do-Right qui apparaît en premier, je me demande à quoi le ranger occupe ses hivers, s'il est fou au point d'apprécier ce temps, les couches de neige, l'existence réduite à une suite d'actions, déblayer, brûler, fendre et porter. Je souris ; moi aussi, je l'apprécie, ce temps, pour la seule raison que je m'apprête à le quitter.

J'imagine Dudley dans son pick-up, les yeux rivés sur la jeep enneigée. Dans la cabine empestant l'arabica, il avale une gorgée de sa Thermos, hanté par le départ d'Al, furieux de ne pas avoir accepté son invitation, pataugeant dans l'eau pour enjamber le plat-bord, déjà perdu. C'est ce que j'aurais fait, à sa place, sans me soucier du père ou du frère, ni même de ma femme. J'aurais cédé à l'appel de la sirène.

Que fait-il en ce moment, alors que l'hiver enveloppe le pays telle une chape de glace ? Les habitants sont forcément rongés par le regret, les hivers sinistres passés à boire du schnaps et du brandy en ruminant leurs échecs. Avec pour seul loisir scruter un trou dans la glace, au cas où un poisson montrerait le bout de sa queue. Chausser des skis et s'agiter jusqu'à l'épuisement. Enfourcher une motoneige et s'étouffer dans le gaz d'échappement.

Une branche s'affaisse sur les braises, me ramenant à la réalité. J'ajoute des bûches dans le feu, jette un œil sur la tente de Papa. S'il ne sort pas bientôt, je tâcherai de me rappeler un certain nœud. Treize tours, si je me souviens bien. Le nœud du pendu. Bien évidemment, Papa sait le faire les yeux fermés.

Des bulles remontent le long des parois de la gamelle. Je remue le café avec un bâton. Les bulles se dissipent puis reprennent leur lente ascension. Avec mon tison, j'éloigne la gamelle des braises pour éviter qu'elle chauffe trop.

Cinq minutes plus tard, je déplace la gamelle à nouveau. L'eau dans la gourde de Papa, que j'ai sortie du porte-gobelet de son fauteuil, a gelé. Je pose la gourde près du foyer et descends chercher un filet d'eau froide au lac. De retour près du feu, je n'en finis plus d'attendre. Le filet d'eau, c'est le truc de Papa. Je retire la gamelle des flammes et la mets dans la neige, où elle coule instantanément au sol, dans une fumée digne d'une potion de sorcière.

Je verse le filet d'eau sur le café. Qui va à la chasse perd sa place. Enfin, je me tourne vers l'est, où pointe une lueur diffuse. La nuit décline. Gris ardoise, non plus noir charbon. Peut-être. Sept heures ? Sept heures et demie ?

Je me sers un café. Bien calé dans mon fauteuil, j'avale une gorgée. Le meilleur café de l'histoire de l'univers. Je ferme les yeux, bois une deuxième gorgée. Combien de temps vais-je tenir à ce petit jeu ?

Plus longtemps que prévu, il se trouve.

Je me sers un autre café. Le ciel ne fait plus semblant. Une clarté est apparue à l'est. Pas de soleil, pas aujourd'hui, mais j'aperçois de la lumière, une preuve que le temps ne s'est pas arrêté. Qui vais-je réveiller en premier ? Papa, sans doute. Al est un vrai grizzly le matin.

Après ma troisième tasse de café, je remplis celle de Papa et vide le reste de la gamelle dans la tasse isotherme d'Al. J'attrape le sucre brun avant de me raviser, elle n'aura qu'à sucrer son café elle-même. Lorsque je retourne au lac, la piste est devenue une véritable autoroute et je n'ai plus besoin de la lampe frontale. Au lieu d'être couché sur le sable, la coque vers le haut, un des canoës flotte sur l'eau, rempli de neige, la poupe contre la berge, enchâssé dans une fine pellicule de glace. Je le scrute comme si des spectres s'agitaient autour.

Le soir, nous prenons toujours soin de retourner les canoës, en cas de pluie, de neige ou de givre. Je me remémore les quelques instants durant lesquels j'ai observé le lac la veille, quand Papa voulait que je pêche des crapets. Étais-je allé jusqu'à préparer le canoë, le mettre à l'eau ?

Je suis sûr que non et pourtant, sitôt la pensée formulée, le doute s'insinue dans mon esprit. À la fin, je me maudis d'avoir laissé le canoë ainsi. Je ne l'ai même pas amarré, si le vent s'était levé, il l'aurait emporté.

Je traîne le canoë sur le sable, le secoue pour le vider. Je secoue les gilets de sauvetage, les pagaies. Puis je mets l'autre canoë à l'endroit, ajuste les pagaies, les gilets, qui sont restés au sec sous la coque.

Je prends mon temps, j'époussette la neige, je vérifie que tout est prêt pour le départ. À condition qu'Al et Papa se réveillent un jour, bien sûr.

Enfin, je fais demi-tour et prépare un autre café, attisant les flammes. Puis, n'y tenant plus, je me dirige vers la tente de Papa avec sa vieille tasse en acier émaillé. Noircie, ébréchée, cabossée, elle lui brûlera les lèvres à la première gorgée, manquera les geler à la dernière. Rien. Je tasse la neige devant l'entrée, afin d'éviter qu'il s'y enfonce au moment d'enfiler ses chaussures.

— Papa ?

C'est la première fois qu'aucun ronflement ne s'échappe de sa tente. Peut-être aurais-je dû m'en inquiéter plus tôt.

— T'es toujours vivant, là-dedans ?

Je secoue un des arceaux, déclenchant une mini-avalanche.

— Le café est prêt. On a un long chemin à parcourir aujourd'hui. (J'attends et secoue l'arceau plus fort.) Papa, allez.

Je n'ai jamais eu besoin de le réveiller avant. Je jette un œil vers la tente d'Al, mais elle l'a plantée en contrebas de la colline, hors de ma vue. Al serait capable de dormir toute la journée.

Je pose la tasse de Papa dans la neige. Le temps qu'il termine ses ablutions, le café aura gelé.

Je m'agenouille, ôte une moufle, monte le zip du double toit. Papa aussi a relevé la moustiquaire, le duvet déborde presque dans l'auvent. J'agrippe l'extrémité de son duvet. Aucune réaction. Je tends le bras pour lui attraper un orteil, comme il le faisait avant, nous traînant dehors pour le petit déjeuner, l'école, une nouvelle aventure.

Ne trouvant pas son pied – il doit dormir en position fœtale –, je tire sur le duvet en chantonnant.

— Dame Souris trotte, rose dans les rayons bleus, Dame Souris trotte, debout paresseux !

Serait-il malade, recroquevillé sur lui-même, en proie à la fièvre ? Que ferons-nous si c'est le cas ?

Le duvet glisse jusqu'à moi. Perplexe, je m'agenouille. Où se cache Papa, pourquoi ? Ainsi qu'il fallait s'y attendre, je me retrouve face à une tente vide.

Je fais volte-face : peut-être avance-t-il sur la pointe des pieds dans mon dos, pour reprendre son bonnet en douce, le visage éclairé d'un large sourire. Peut-être attend-il que je le remercie de m'avoir sauvé la vie grâce à sa vieille calotte loqueteuse. Mais je ne vois rien hormis l'hiver, immuable et silencieux.

— Al ? (Un croassement digne d'un corbeau. Je me racle la gorge.) Al !

Pas de réponse. Je repense au canoë sur la plage. Seraient-ils allés pêcher des crapets en pleine nuit ? À moins qu'ils ne soient sur l'eau en ce moment même, à la recherche d'un meilleur portage, ayant gagné le lac pendant que j'étais occupé à rassembler le bois... Non, je les aurais forcément vus. Ou peut-être que Papa, trop frigorifié pour rester seul, a rejoint Al dans sa tente ? Mais alors il aurait laissé des traces. En une fraction de seconde, un tsunami d'explications absurdes déferle dans mon cerveau.

Je me lève d'un bond, les genoux et les moufles maculés de neige, et regarde alentour. Le feu rugit, la gamelle fume ; à l'est, derrière les nuages, le ciel s'éclaircit et mes traces dessinent des ombres dans la neige fraîche. Je me précipite vers la tente d'Al.

— Papa ? Al !

Je tombe à genoux devant l'entrée, où Al m'accueille avec un grommellement.

— Qu'est-ce qu'il y a, putain ?

J'en ai le souffle coupé, de la savoir encore là, une preuve, enfin, que je ne me suis pas réveillé seul au monde. Je triture le zip.

— Tu fous quoi, Trig ?

Aussi vite que possible, j'ouvre le double toit.

— Papa a disparu, Al.

— Hein ? De quoi tu parles ?

— Il a disparu.

Elle s'appuie sur un coude, me regarde, les cheveux dressés sur la tête.

— Merde, T, détends-toi. Il ne peut pas avoir disparu, il…

— Papa s'est volatilisé, Al. Avant la neige. Il n'y a…

— Il a neigé ?

Je ramasse une poignée de neige, l'agite sous son nez.

— Qu'est-ce que tu racontes ?

— Il a disparu.

Elle secoue la tête, se prend les doigts dans les cheveux en essayant de les démêler.

— Il ne peut pas être parti, Trig, il n'a nulle part où aller.

— Al, je suis debout depuis des heures, j'ai vidé une gamelle de café tout seul et…

— Sans déconner ?

— Comme il ne se levait pas, j'ai voulu le réveiller et j'ai trouvé sa tente vide. Son duvet est vide.

Al cesse de se tripoter les cheveux.

— Les canoës sont tous les deux là. Je les ai préparés.

Elle enfile son pantalon, glisse les bras dans les manches de son manteau.

— Il n'y a pas de traces, Al. La neige a tout recouvert.

— Sa tente était fermée ?

Elle se presse au-devant de moi et se débat avec ses lacets.

— Scellée comme un baril.

Elle enfonce le talon dans une chaussure, tape du pied.

— Attends une seconde.

Elle fait quelques pas dehors. Je me détourne lorsqu'elle s'accroupit derrière un arbre. Elle revient en remontant son pantalon.

— OK.

Au lieu de foncer au-devant de moi, elle me suit jusqu'à la tente de Papa, pose un genou à terre, ainsi que je l'ai fait plus tôt. Saisit un coin du duvet.

— Il n'est même pas tiède.

— Al, quand je me suis levé, il y a deux heures, la neige ne tombait plus. Mais il a beaucoup neigé pendant la nuit. Les seules traces visibles sont les miennes. (Je gesticule en direction de la neige.) Papa a dû partir il y a un paquet de temps.

À quatre pattes, elle pénètre dans la tente.

— Tu crois qu'il se cache ou quoi ?

Bien évidemment, j'ai fait exactement la même chose. Elle ressort, scrute le sol.

— Ses habits sont là.

— Ses…

— Son pantalon, son manteau, avec les moufles dans les poches.

Je balaye l'auvent du regard.

— Ses chaussures ont disparu. (Un élément positif, enfin.) Il s'est peut-être perdu en allant pisser ?

Al se tourne vers les arbres.

— Toute la nuit, sans ses habits ?

— Et comment aurait-il pu se perdre ? Quelques pas à l'aller, quelques pas au retour.

Al hausse les épaules.

— Il neigeait peut-être déjà ? Il n'avait pas pris de lampe ?

Elle me regarde. Il ne prend jamais de lampe. Nous restons plantés devant la tente jusqu'à ce que le feu nous attire à lui, sa chaleur, sa lumière, son odeur, même.

— Ton café est prêt.

Al prend sa tasse.

— Je ne l'ai pas sucré.

Elle se penche sur le paquet.

— On devrait se mettre à sa recherche, dis-je.

Elle hoche la tête sans détacher les yeux du feu, l'air aussi perdu que Papa doit l'être. Avec mon bâton, je retire la gamelle des braises. Al saisit la gourde et verse un filet d'eau sur le café.

— Pour couler le marc, murmure-t-elle.

Je vide la tasse de Papa dans la gamelle, puis je la remplis de café chaud.

Voilà à quoi se résument notre plan, nos préparatifs. Nous retournons à sa tente, sur le lieu du crime.

— Papa ?

J'ai crié aussi fort que j'ai pu. La neige a beau atténuer les sons, nous restons immobiles, les oreilles bourdonnantes, aux aguets.

21

DEBOUT DEVANT LA TENTE, j'essaye de trouver le courage de bouger.

— À mon avis, on devrait éviter de se séparer.

Dix pas dans la forêt, et vous êtes seul au monde.

Al avale une gorgée de café, les yeux rivés sur le mur des arbres.

— Il a dû s'abriter quelque part pour attendre que le jour se lève.

— En caleçon long ? Pendant des heures ? Sans répondre à nos appels ?

Al plonge le bras dans la tente, attrape le manteau de Papa et le coince sous son bras.

— Tu veux qu'on aille où ?

Je hausse les épaules.

— J'ai été aux canoës et j'ai rassemblé du bois. C'est tout.

— Donc ?

Je me tourne vers elle. D'ordinaire, Al ne me demande rien, jamais.

— Je ne sais pas. N'importe où sauf la plage.

Je pense : un million d'acres. Al avale une autre gorgée de café.

— On va à l'ouest. (Je dois faire un effort pour ne pas ponctuer ma phrase d'un point d'interrogation.) Ensuite, cap au sud, vers le lac, puis à l'est, histoire de faire une boucle.

— Jusqu'où ?

— On se débrouille pour ne pas perdre le camp de vue.

— S'il était si proche, il nous répondrait, non ?

Face aux arbres, elle pousse un cri si sonore que mon sang se fige dans mes veines.

— Papa !

Sa voix s'enfonce dans la neige, pareille à de l'eau tiède.

— Je suppose. À condition qu'il en soit capable.

— Putain de merde, Trig. (Elle tape du pied dans la neige.) Je n'arrive pas à le croire.

Je m'éloigne de la tente, ainsi que Papa a dû le faire, en pleine tempête, dans la nuit noire. Al m'emboîte le pas, sa tasse dans une main, celle de Papa dans l'autre, son manteau sous le bras. Nous faisons quelques pas.

— Crise de somnambulisme ?

— Fait chier.

Elle semble plus agacée qu'inquiète, comme s'il nous faisait une mauvaise blague.

Quant à moi, je me focalise sur la neige, qui rend tout impossible et méconnaissable. Papa pourrait être n'importe où. Je vais d'arbre en arbre, j'inspecte les creux sous les branches basses des épicéas, les seuls endroits où se réfugier si on se retrouve perdu en sous-vêtements dans l'obscurité, avec pour seul indice qu'il neige, la caresse des flocons sur ses mains, son visage.

Al me suit. J'appelle Papa, encore et encore. À sa place, je répondrais, ne serait-ce que pour me faire taire. Mais les silences entre les cris sont bien pires que les cris eux-mêmes.

Après une minute de marche, je m'arrête pour jeter un œil par-dessus mon épaule. Al se cogne contre moi. Le camp est complètement hors de vue. De fait, le site est minuscule.

— On est censés chercher quoi, au juste ? demande-t-elle.

— S'il s'est perdu et qu'il marche, la neige sera bientôt assez épaisse pour qu'il y ait des traces.

— Et si ce n'est pas le cas ?

— S'il n'est pas perdu ?

— S'il ne marche pas.

— On cherche des abris potentiels ? Sous les arbres, les saillies en granit…

— Qu'il aurait repérées grâce à ses jumelles à vision nocturne ?

Je la fusille du regard.

— J'en sais rien, Al. T'as une meilleure idée ?

Elle se renfrogne mais secoue la tête.

Je contemple le ciel, la lumière à l'est, et pointe le doigt vers le sud, côté lac. Nous recommençons à marcher. Nous devrions courir, soulever une gerbe de neige à chacune de nos foulées frénétiques, repousser les branches, retourner les pierres, cependant et pour la première fois de ma vie, je garde mon sang-froid. Seules les personnes qui ont succombé au stress et à la panique piétinent aveuglément dans les bois.

La dernière année que Papa a passée avec nous, à l'époque où nous avions encore un tas de projets, nous avons suivi un cours de sécurité à la chasse. Dans une vidéo, une scène m'a particulièrement marqué. Un homme courait dans tous les sens en appelant à l'aide alors qu'il était seul. Il abandonnait son sac, son manteau, ses moufles, puis il se figeait au sommet d'une colline, épuisé, perdu, le visage luisant de sueur. Le drone caméra effectuait alors un zoom arrière, révélant un pick-up sur la route, à quelques centaines de mètres en contrebas. À deux doigts de vomir sur ma chaise, j'avais observé les autres adolescents dans la pièce, qui arboraient un air de profond ennui. C'était moi que je voyais à l'écran, j'aurais eu exactement la même réaction, happé par le vortex tourbillonnant de la mort.

Nous gagnons les eaux noires du lac, sa surface aussi lisse qu'un miroir.

— Au moins, on sait qu'il n'est pas là-dessous, fait remarquer Al.

Vraiment ? Et s'il avait disjoncté au point de pénétrer dans le lac pour pagayer dans le vide, jusqu'à disparaître ?

J'approche d'une petite falaise bloquant tout passage vers l'ouest. Peut-être y trouverai-je un creux, un renfoncement où Papa se serait caché. Une tache rouge a éclaboussé la pierre. Un frisson d'angoisse me traverse, pensant aussitôt à du sang, je franchis les derniers mètres au pas de course et m'immobilise, Al à mes côtés.

— C'est un élan, dit-elle.

Une vache, plutôt, je ne vois pas d'immense ramure. Deux silhouettes plus petites la suivent, sûrement des veaux. Des pictogrammes peints par les Indiens des siècles auparavant. Un peuple autochtone qui savait survivre. Je couvre un des veaux avec ma main.

— Il voulait peut-être nous montrer ces dessins.

— Résultat, on est perdus au milieu de nulle part.

— C'est lui qui est perdu au milieu de nulle part.

— Les hommes qui ont dessiné ces symboles étaient sûrement aussi perdus que nous. Ils priaient pour un élan, quelque chose à manger, de quoi survivre.

— Ou bien ils s'en fichaient, d'où ils se trouvaient, et se sentaient chez eux partout dans la forêt.

— Trig, je doute que Papa était au courant, pour les dessins. Il n'a jamais vraiment su où on était.

Les yeux rivés sur ces créatures rêvées, j'étreins la main d'Al. Elle se laisse faire, sans arborer une expression choquée ni émettre un commentaire sarcastique, genre, T'es sérieux ? Et c'est aussi terrifiant que le reste de cette matinée.

Je me détourne de la paroi, m'égosille une dernière fois. Nous faisons demi-tour. Si les canoës étaient à l'envers, je me précipiterais. Jadis, quand un orage nous surprenait sur l'eau, nous regagnions le rivage pour nous blottir sous les coques, nous riant de la pluie qui tambourinait à quelques centimètres de notre tête. Les gouttes creusaient des cratères dans la boue, éclaboussaient nos jeans, notre peau nue. Tantôt un éclair zébrait le ciel et, presque simultanément, un coup de tonnerre résonnait dans nos poitrines. Les forces de la nature se déchaînaient. Tantôt nous criions à pleins poumons dans notre caverne de fortune, rendant Papa et Maman aussi dingues que nous nous sentions. Une fois, étendu sur le ventre, dans les aiguilles encore sèches, j'avais martelé le sol de mes poings, cogné la coque avec mes talons, en hurlant, face contre terre. Surprise, Al m'avait dévisagé puis elle avait éclaté de rire. Ce jour-là, près du feu, ils m'avaient surnommé le garçon sauvage. La forêt fumait tout autour de nous. J'aurais aimé que le surnom reste, mais le lendemain, j'étais redevenu Trig. Le garçon sauvage avait suscité quelques ultimes gloussements avant d'être éclipsé par la dernière trouvaille d'Al. Ensuite, nous étions redevenus un duo, les garçons perdus.

Nous atteignons les canoës, prêts à nous emporter loin d'ici.

— Si tu les avais laissés à l'envers, Papa aurait pu se mettre à couvert, murmure Al.

Comme si je lui avais volé sa dernière chance de trouver un refuge.

— Ce matin, le canoë bleu était à l'endroit. (Al m'observe en silence.) Et je suis quasiment sûr de les avoir retournés hier soir.

— Tu crois qu'il a voulu faire un tour en pleine nuit ? Et qu'il est revenu ensuite ?

— Ou pas, dis-je à mi-voix.

— L'hypothèse n'est pas moins folle que les autres.

— Elle l'est encore plus.

Al hausse les épaules.

— C'est peut-être un coup des chasseurs d'élan.

Fouillant du regard les eaux calmes et sombres, je lâche un dernier "Papa !" qui va se perdre sur le lac au lieu de s'abîmer dans la neige.

Je baisse les yeux sur mes pieds, mon jean trempé jusqu'aux genoux. Le pantalon d'Al est dans le même état que le mien.

— On devrait se changer, passer nos vêtements imperméables. Sinon, on va vraiment se les geler.

— Et lui qui ne porte que son caleçon long ?

Je la contourne pour regagner le camp.

— Peut-être, je ne sais pas. Tu as vu son sac étanche, dans la tente ?

— Son sac étanche ?

Cédant à la panique, je me mets à courir, trop essoufflé pour lui répondre.

Trente secondes plus tard, je suis devant la tente de Papa, priant pour qu'il soit à l'intérieur, avec une histoire abracadabrante sur la nuit incroyable qu'il vient de passer, une pause pipi digne du *Livre des records*.

À quatre pattes, je me glisse sous le nylon, repousse le duvet, le tapis de sol. Le sac étanche n'est nulle part en vue.

— Qu'est-ce que tu fais ? demande Al à l'entrée.

— Je ne sais pas…

— Trig ?

— J'ai pensé qu'il s'était peut-être changé, au lieu de sortir en sous-vêtements…

Elle s'assoit, la tête entre les mains.

— Et qu'on trouverait son sac dans la tente.

— Le sac est près du feu. Tu l'as dépassé en courant.

Je me mords la lèvre, contemple mes mains vides.

— Avec ce froid… Peu importe ce qui est arrivé à Papa, Trig… Il faut qu'on parte d'ici.

— D'abord, on se change. On enfile nos cirés, nos guêtres…

Je recule et Al se lève pour libérer le passage. Une fois dehors, j'esquisse un sourire.

— Vas-y. Je vais mettre du bois vert dans le feu, histoire de faire de la fumée. Un signal pour Papa, s'il est perdu.

— Si ? Parce que tu entrevois autre chose ?

La question me laisse coi.

— Je voulais juste dire qu'il verrait peut-être la fumée. (Elle me dévisage.) Allez, va te changer.

Al se dirige vers la tente en ouvrant son manteau. Je balance le reste du bois dans le feu (Papa aura besoin de se réchauffer à son retour), retire la gamelle des braises (pourvu qu'il rentre avant que le café soit froid). Je me mordille la lèvre, veillant à garder la bouche fermée, afin que mon souffle ne m'échappe pas à nouveau. J'empoigne la hachette, je m'enfonce entre les arbres et j'abats des branches, de quoi alimenter un feu qui jamais ne s'éteindra.

Les coups portent plus que nos cris, néanmoins je lâche un dernier, "Papa !", d'un ton qui laisse entendre que je l'ai trouvé, me semble-t-il. Pourtant Al, les mains au-dessus des flammes, n'esquisse pas un geste. Elle ne lève même pas les yeux.

Je traîne les branches jusqu'au foyer et les pose à l'écart du feu, pour éviter qu'elles s'embrasent.

— À toi, dit Al, la tente est libre. Mieux vaut se dépêcher, ajoute-t-elle tandis que je m'éloigne.

Plié en deux sous le nylon, je retire mes chaussettes détrempées, mon jean mouillé, qui s'apparente à une seconde peau. Se dépêcher ?

Mes pieds sont livides et fripés. Je les frictionne pour y faire circuler le sang. J'ai bu du café, je suis resté des heures près du feu et, même si mes vêtements étaient humides, j'étais tout habillé. Papa, lui, a passé la nuit dehors, à moitié nu dans le noir, sans feu ni café. J'enfile des chaussettes neuves en laine, le survêtement en polaire acheté pour les soirées camping. Je mets les velcros du pantalon imperméable, le boutonne au niveau des chevilles, puis je me rends compte que j'ai oublié de chausser mes bottes, des

Beans en caoutchouc, quarante-cinq centimètres de tige, des semelles antidérapantes. Soi-disant. Aussi lisses que des poils de grenouille, une expression de Papa qui nous faisait rire aux éclats, avant.

Avant… Je reboutonne le pantalon imperméable et gagne le foyer. Al n'a pas bougé. Le sac étanche de Papa repose à ses pieds.

— Tout est là, dit-elle. Aucun habit ne manque.

— Al, dis-je, les yeux tournés vers le sud, la seule direction où le ciel est visible. (Loin de s'éclaircir, il est de plus en plus trouble, agité par des tourbillons bas, au lieu d'être uniformément gris.) Il va encore neiger, je crois.

Al suit mon regard.

— Ou pire.

— Qu'est-ce qui serait…

— De la pluie.

Pas idéal, d'accord, mais pire ?

— Quoi qu'il en soit, ses traces vont être effacées.

— Il n'y a pas de traces, T.

— Pas ici, mais s'il se déplace, il en a forcément laissé.

— Tu crois qu'il se déplace ?

— J'en sais rien, Al. Mais il fait froid et humide et il est resté longtemps dehors.

Elle s'éloigne du feu.

— On devrait manger quelque chose, dis-je.

Elle me lance une barre de céréales.

— J'en ai plein les poches.

Je fouille le Duluth, glisse plusieurs barres dans mes propres poches, ainsi qu'une paire de moufles et des allumettes. Dans le sac étanche de Papa, je prends sa veste en duvet, que je roule en boule, et son gros manteau, que je noue autour de ma taille. Si seulement on avait une Thermos, pour transporter de la soupe. Ou du thé. Une boisson chaude.

Comme si elle avait lu dans mes pensées, Al remplit sa tasse de café, y ajoute du sucre, visse le couvercle. Sans un mot, elle se met à marcher. Quand je m'élance à sa suite, elle a presque disparu derrière les arbres. Toutes les trente secondes, environ, j'appelle Papa. Nous devrions nous arrêter pour tendre l'oreille, au cas où il nous répondrait, pourtant Al continue d'avancer. Si Papa émet le moindre son, il sera couvert par nos halètements, le crissement de nos pas. Je la rattrape, lui effleure l'épaule.

— Si on allait vers l'ouest, cette fois, en revenant par l'est ?

Elle contemple la neige sur ses guêtres en Goretex.

— OK, dit-elle. Ouvre la voie.

— Après chaque boucle, on fera une pause près du feu. Pour voir s'il est rentré. Et manger, se réchauffer.

22

DORY

DORY N'ARRIVE PAS à y croire, elle est en sueur et doit repousser les mèches plaquées sur son front et ses tempes. Assise devant le tiroir vide-poches de Bill, elle n'arrive pas non plus à croire qu'elle a conservé sa collection de cartes de visite, de bouts de crayons, de tournevis, de montres cassées, de couteaux suisses aux lames émoussées qui ne peuvent sous aucun prétexte être jetés. Viennent ensuite des cartes d'anniversaire rédigées par les enfants il y a vingt ans, des listes de choses à faire plus anciennes encore et, enfin, une liste de numéros du Wisconsin avec des noms et des anniversaires, celui de sa mère en tête. Dory s'en saisit d'une main tremblante. Qui doit noter l'anniversaire de sa propre mère ? Bill, voilà qui. Dory sait qu'il serait incapable de se souvenir du sien, même sous la torture.

Un numéro sort du lot, parce qu'aucun nom n'y est associé. Son code secret.

Il appartient sûrement à Marcie, sa petite amie au lycée. Une figure de son adolescence, des années avant qu'il rencontre Dory. Il avait gardé Marcie sous le coude, parce qu'on ne sait jamais, peut-être la sortirait-il de l'ambre un jour, histoire de revivre toutes ces nuits fiévreuses sur la banquette arrière de la voiture de Maman. Plus il perdait ses cheveux, plus il prenait du ventre, plus Marcie lui apparaissait comme un miracle, éternellement jeune, innocente et enthousiaste, une relique de l'époque où l'audace de Bill les émerveillait tous les deux.

Parfois, la pitié l'emporte sur la colère. Comment peut-on vivre ainsi, se demande Dory, sans jamais couper les liens ni prendre de véritable décision, en s'accrochant à une chimère, en s'obstinant à garder toutes ses options ouvertes ? Bill dirait qu'il suit le mouvement. Dory dirait qu'il se comporte en gamin. L'a déjà dit, tant de fois.

La liste serrée entre le pouce et l'index, elle referme le tiroir au lieu de le sortir de la commode pour tout mettre à la poubelle – apparemment, elle aussi rechigne à couper les liens. Puis elle se redresse et se met à la recherche de son téléphone.

Il est sur le canapé, près de la télécommande. Dory prend alors conscience qu'elle ferait mieux de refréner ses critiques, même envers Bill. C'est l'hôpital qui se fout de la charité.

Elle compose le numéro, un chiffre après l'autre. Au neuvième, elle s'immobilise, perdue dans ses pensées. Et si le numéro était aussi obsolète que le téléphone à disque rotatif qu'il faisait sonner avant, son cordon en spirale distendu à force d'être étiré par la petite princesse qui emportait le combiné dans sa chambre, parce qu'elle avait "besoin d'intimité !", un cri qui se répercutait d'un bout à l'autre du couloir ? Dory scrute la liste et se rend compte que l'ancien numéro a été effacé ; les traces de chiffres fantômes subsistent sous les coups de crayon. Elle tape sur le dernier chiffre.

À la troisième sonnerie, elle perd courage. Elle s'apprête à raccrocher quand une voix aussi normale et fatiguée que la sienne répond.

— Bill ?

Il aurait donc appelé Marcie avec son téléphone ? Dory abaisse son portable et le scrute, comme s'il pouvait lui fournir des preuves, des photos, des messages. Puis elle le colle de nouveau contre son oreille.

— Marcie ?

À l'autre bout de la ligne, Marcie prend une inspiration, surprise.

— Qui est à l'appareil ?

— Dory, l'ex de Bill. (Marcie pousse un léger soupir.) J'appelle à propos des enfants. Rien à voir avec Bill, je vous assure. Rien à faire, même.

— Je suis inquiète pour eux, dit Marcie.

— Ils sont ensemble ? demande Dory, le cœur battant à tout rompre.

— Oui, autant que je sache.

— Ils sont partis à l'aventure ?

Dory entend presque Marcie sourire.

— Oui.

— Je m'en doutais. Du moins je l'espérais. Je n'ai plus de nouvelles depuis plusieurs semaines.

— Bill est parti d'ici il y a quinze jours. Je l'ai déposé à l'aéroport.

Dory ignore si "ici" signifie Cudahy, leur maison, les bras de Marcie ou quoi.

— À l'aéroport ? Vous savez où ils allaient ?

Dory croit percevoir un bruissement. Marcie n'est tout de même pas en train de hocher la tête… Vraiment, Bill ?

— Je lui ai demandé de me préciser sa destination. Il m'a dessiné une carte et tout.

— J'imagine qu'il a choisi un endroit sans réseau. Juste une intuition.

Marcie rit. Un vague gloussement un peu triste.

— Je n'étais pas emballée par ce plan.

— Voilà qui a dû le faire réfléchir. (Marcie rit plus franchement cette fois.) Vous avez un numéro où le joindre, un contact ?

— Je ne crois pas, mais je ne l'ai pas avec moi.

— Quoi ?

— La feuille sur laquelle il a tout noté. Elle est chez lui.

— Il a accepté de noter les détails du voyage ?

Une question que Dory ne peut s'empêcher de poser.

— J'essaye de lui faire noter un maximum d'informations. Votre numéro, par exemple.

Marcie n'en dit pas plus, aussi Dory se demande-t-elle pourquoi quiconque exigerait pareille chose. Surtout de quelqu'un comme Bill. Autant essayer d'apprendre à un éléphant à sauter.

— Vous lui parlez encore ? dit Marcie.

— Non.

C'est la stricte vérité.

— Je…, j'étais infirmière avant. Maintenant, je suis auxiliaire de vie.

Dory retient le "je vois" lourd de sous-entendus qu'elle a sur le bout des lèvres. Une autre infirmière, Bill ?

— Je l'ai aidé avec sa mère, ajoute Marcie, comme si cela allait de soi.

Soudain, Dory comprend.

— Il vous a embauchée ?

— Vous avez déjà été auxiliaire de vie ? demande Marcie sur un ton soudain plus sec.

— J'ai passé trente ans aux urgences.

— Alors vous savez que ce n'est pas le genre de boulot qu'on fait gratuitement. Oui, il m'a embauchée.

— Merde, répond Dory, je m'étais inventé toutes sortes d'histoires.

— Par exemple ?

Une note d'hilarité perce dans sa voix.

— Vous et Bill.

Elle éclate d'un rire horrifié.

— Vous êtes sérieuse ? On est sortis ensemble au lycée ! Quatre ou cinq mois, maximum. Il y a quarante ans.

— Désolée.

— Je ne devrais peut-être pas raconter ça à Miller, mais j'en meurs d'envie.

— Miller ?

— On a fêté nos vingt-cinq ans de mariage la semaine dernière. Il m'a emmenée à une soirée friture. La sortie du vendredi soir, vous voyez le genre ?

Dory, qui s'est souvent rendue dans le Wisconsin avec Bill, voit très bien.

— Oui, j'y ai souvent eu droit, aussi.

— J'ai croisé Bill en ville quand sa mère était malade et il m'a embauchée sur-le-champ.

— Il n'a jamais aimé l'inconnu.

Marcie laisse échapper un long soupir.

— La maladie d'Alzheimer est difficile à gérer, il était complètement dépassé.

— Je comprends.

— Quand lui avez-vous parlé pour la dernière fois ?

— Il m'a appelée à la mort de sa mère. Je l'appréciais beaucoup. (Elle réfléchit un instant.) Rien depuis.

— Vers la fin, j'ai commencé à remarquer des choses, dit Marcie, la voix murmurante maintenant, comme lorsqu'elle a décroché le téléphone.

— Il peut avoir cet effet-là. Toujours une issue à portée de main, un parachute, une sortie de secours et j'en passe.

— Je suis désolée, dit Marcie, je ne retiens pas les prénoms. Comment vous appelez-vous, déjà ?

— Dory, je suis la mère des jumeaux.

— Al et Trig.

— Vous les connaissez ?

Elle ne parvient pas à cacher sa surprise.

— J'ai croisé Trig à l'enterrement de Lorrie.

— Ah, bien sûr.

— Je voulais dire que j'avais remarqué des choses à propos de son état.

— Par exemple ?

À nouveau, Marcie soupire. À l'évidence, les soupirs sont sa spécialité.

— Il oubliait des choses qu'il n'aurait pas dû oublier.

— Ses clés de voiture ? Son téléphone ? Son portefeuille ? Il les oubliait tous les jours.

Dory est à deux doigts d'ajouter qu'elle tient une feuille de papier sur laquelle il a écrit la date d'anniversaire de sa propre mère.

— Dory, dit Marcie. (Elle parle avec sa voix d'infirmière à présent, un ton calme qui vous oblige, en douceur, à écouter ce que vous n'avez pas envie d'entendre.) Il oubliait de sortir la poubelle. Il oubliait que je devais passer. Une fois, il a même oublié qu'il m'avait embauchée.

Dory ferme les yeux.

— Il n'a pas soixante ans.

— Vous savez bien que ça ne change rien. (Marcie marque une courte pause.) J'ai trouvé des listes.

— Il faisait sans arrêt des listes. Des tas de listes. J'en ai une sous les yeux.

— Sur l'une d'elles, j'ai lu, ACHETER À MANGER. Pas une liste de courses, hein, juste un pense-bête. Sur la porte de derrière, il avait collé un post-it CLÉS. (Dory reste silencieuse.) Quand je lui en ai parlé, il a dit que c'était destiné à sa mère. Sauf qu'elle ne quittait plus la maison seule depuis cinq ans.

— Et il est avec les jumeaux en ce moment ?

— Oui. (La voix murmurante, à nouveau.)

— Vous n'avez pas pensé que c'était peut-être une mauvaise idée ?

Patiente, Marcie attend plusieurs secondes avant de répondre. Des Dory, elle en a connu des centaines, au fil des ans.

— Après la mort de Lorric, je passais souvent le voir, pour vérifier que tout était en ordre. Si ses chaussettes étaient assorties, par exemple. Je buvais un café avec lui et j'en profitais pour regarder si de nouveaux post-it étaient apparus.

— Vraiment ?

— J'avais l'impression qu'il s'en sortait. Ses oublis étaient peut-être dus au stress et au deuil. C'est dur, quand votre propre mère ne vous reconnaît plus.

— Et il vous a parlé des jumeaux ? De l'aventure dans laquelle il s'apprêtait à les embarquer ?

— Il était surexcité. Quand j'ai frappé à la porte, il m'a ouvert avec un duvet à la main, à moitié fourré dans sa housse. On aurait dit un gosse avec son doudou.

Dory sourit, elle essaye d'imaginer Marcie, un chignon de cheveux grisonnants, corpulente, pas une pin-up, plus maintenant. Des yeux bienveillants.

— Marcie, vous pourriez aller chez lui ? Et récupérer la feuille où il a tout noté ?

— Je vous rappelle dans vingt minutes.

Assise à la table, Dory prend soudain conscience qu'elle est toujours connectée. Au vide. Elle appuie sur l'icône verte en forme de téléphone, qui vire au rouge et disparaît.

Disparaît.

23

DANS L'APRÈS-MIDI, après avoir ravivé le feu et préparé un repas sommaire, de la soupe agrémentée de fromage fondu que nous aspirons bruyamment en tapant des pieds pour les réchauffer, Al me demande ce que j'ai en tête depuis que Papa a disparu.

— Combien de temps va-t-on le chercher, Trig ?

La neige s'est remise à tomber et semble partie pour durer. Si la tempête s'apparente à celle de la veille, nos traces, nos seuls véritables repères, seront bientôt effacées.

J'avale une cuillerée de soupe, que nous mangeons à même la casserole, debout près du feu, épaule contre épaule.

— Jusqu'à ce qu'on le retrouve.

Je sais que ma réponse est absurde.

— Et si on ne le retrouve pas ?

Je me mordille la lèvre, me demandant quand je vais goûter du sang.

— On rentre et on prévient les secours.

— De l'aide ? Qui va nous aider ? Chad ? (Je mets une seconde à replacer le nom : Dudley Do-Right.) Il est à deux semaines d'ici, Trig. Au moins.

J'opine et avale une autre cuillerée de soupe, réprimant un frisson.

— On va le retrouver, Al. On n'a pas le choix.

À son tour, Al plonge sa cuillère dans la casserole.

— Et la glace qui t'inquiétait tant ?

Elle vient de tirer la sonnette d'alarme que j'ai passé la journée à essayer d'ignorer.

— Je sais.

— Et ?

— On ne peut pas l'abandonner, Al ! (J'agite ma cuillère nappée de fromage fumant.) Pas dans ces conditions.

— On n'a pas trouvé la moindre empreinte, Trig. (Elle réfléchit.) Il a peut-être été enseveli.

J'ai inspecté chaque bosse, évaluant sa longueur, sa hauteur. J'ai fouillé sous chaque arbre, redoutant d'être confronté à la vision du cadavre gelé de mon père.

— Si on part, il le sera, où qu'il soit.

— Et s'il est déjà trop tard ? Si on reste ici, à chercher, à attendre, et que le lac finit par geler ?

— J'en sais rien, Al. Tu crois vraiment que ça pourrait être pire ?

Je connais la réponse aussi bien qu'elle. Mieux. Après tout, le vortex tourbillonnant, c'est mon domaine.

Je laisse tomber ma cuillère dans la casserole vide, retire la poignée de la moufle d'Al et descends au lac. Le long du rivage, la glace semble avoir gagné du terrain.

À mon retour, Al n'a pas bougé. Je pose la casserole à côté du foyer, assez près des flammes pour que l'eau tiède décolle le fromage, mais pas trop non plus pour éviter qu'elle ne s'évapore.

Je me redresse et j'imagine nos pistes erratiques dans la neige, des boucles de plus en plus larges, pareilles aux cercles qui se forment dans l'eau lorsqu'on jette une pierre, avant d'aller se briser sur la berge.

— Alors, dis-je. On reprend du service ?

— Tu crois vraiment que ça sert à quelque chose ?

— Merde, Al, c'est même primordial.

— Je me demandais juste si…

Sa voix s'estompe.

— On n'a pas le choix

Al reste silencieuse un long moment.

— On devrait partir, dit-elle enfin, à mi-voix. (Je contemple les flammes.) Partir, ce truc dont tu parles sans arrêt depuis des jours ?

— Là, maintenant, il faut se démener pour le retrouver.

— Mais…

— Partir maintenant reviendrait à l'abandonner pour de bon. Il ne survivra pas le temps qu'on prévienne les secours.

Elle hoche la tête. Après un dernier coup d'œil sur le camp, nous repartons, dessinant une boucle plus large que les autres dans la neige immaculée, aussi dépourvue d'empreintes que mes cris restent sans réponse.

24

Nous passons l'après-midi à le chercher, de plus en plus loin. Au crépuscule, la neige tombe dru et nous resserrons nos boucles afin de nous rapprocher du camp, persuadés d'avoir couvert un périmètre plus large que Papa n'aurait pu le faire seul dans le noir. Je saisis une longue branche, plus grande que moi. Al se méprend sur le sens de mon geste et commence à rassembler du bois. Puis elle me voit plonger à plusieurs reprises la branche dans un petit monticule, me décalant chaque fois d'un ou deux centimètres. Je sonde la neige.

— Je croyais que tu ramassais du bois, dit-elle en laissant tomber les bûches.

Elle ne s'est pas égosillée toute la journée, pourtant sa voix est aussi enrouée que la mienne.

Nous bricolons un feu avec ce que nous avons sous la main avant d'aller abattre du bois dans la forêt, en dépit de la fatigue. Mes cris sont remplacés par les coups de hache et de hachette mais, vu la manière dont le son est absorbé par les arbres ou se propage sur l'eau, si Papa les entendait, ils sembleraient provenir de toutes les directions à la fois.

Nous alimentons le feu sans relâche, un véritable brasier. Ensuite, évitant de nous avouer que nous avons atteint notre limite – nos jambes sont usées à force de déraper sur les branches ensevelies, les pierres glissantes et les broussailles invisibles – nous nous affalons dans nos fauteuils avec autant de grâce que des ordures atterrissant dans une benne. Je tape des pieds pour sentir la terre sous mes semelles.

Je suis captivé par les flammes, plus encore que d'habitude. De longues minutes s'écoulent avant que je parvienne à m'arracher à ma léthargie.

— Je vais faire à manger.

— Une petite goutte ? propose Al.

Je hausse les épaules ; je n'en ai pas la moindre envie. L'absence de Papa m'oppresse les poumons. La petite goutte. Sa façon de célébrer la fin d'une autre journée d'aventure. Peut-être en avons-nous besoin pour une raison plus grave, ce soir.

Je vais remplir la gamelle au lac, sachant que nous aurons besoin de faire bouillir de l'eau, même si je n'ai pas encore ouvert le Duluth pour étudier nos options.

Je dois briser la glace d'un coup de talon. Elle s'étire sur plus d'un mètre et le lac est aussi lisse qu'une vitre. Une petite brise contribuerait à la disperser. Pour la première fois, je regrette l'absence de vent.

À mon retour, je trouve Al près du feu, sa tasse à la main. Lorsque j'évoque la glace, elle se met à pleurer. À peine une larme ou deux, n'empêche, je ne l'ai presque jamais vue pleurer avant.

— Faut qu'on se tire d'ici, Trig.

— Je sais, je sais.

Après avoir posé la gamelle, je me place derrière elle, pour lui frotter les épaules ou juste pour la toucher, un simple contact. Je remarque alors que sa tasse, qu'elle tient serrée dans ses mains comme une boisson chaude, est vide. Je m'approche du Duluth et sors la flasque du compartiment à cartes, sa place habituelle.

— Tiens.

Elle affiche un sourire forcé et me tend sa tasse.

— Ressaisis-toi, Al, merde, dit-elle en s'essuyant les joues avec sa moufle.

— T'es fatiguée, c'est tout. Moi aussi, j'ai du mal à tenir debout.

Elle acquiesce.

— Je suis pratiquement dans le feu, Trig. Et j'ai encore froid.

La tasse tremble dans sa main pendant que je verse le whiskey. Elle la cale entre ses genoux tandis que je lui frictionne les bras, les plaquant contre ses flancs.

Lorsque je la sens frissonner, bien que cela me semble la pire chose à faire, un peu comme si je procédais au partage des biens, je vais chercher le duvet de Papa dans sa tente, prenant garde de ne pas le laisser traîner dans la neige. Je l'ouvre sur toute sa longueur et le drape en travers des épaules d'Al.

— Merci, T, je ne suis pas une invalide, non plus. Ni une grand-mère qui somnole devant l'âtre.

Elle avale une gorgée de whiskey, prend une profonde inspiration, se redresse.

— Il faut qu'on se dépêche, Trig. On devrait s'occuper du paquetage.

— Il fait nuit, Al. Et tu es transie alors que tu es tout près du feu.

Elle appuie son front contre le rebord de sa tasse. Je dois la tirer en arrière pour éviter que ses cheveux s'enflamment.

— Trig, dit-elle, la voix à peine audible. Tu crois qu'il avait tout prévu ?

À mon tour, j'avale une gorgée, plus grosse que prévu. L'alcool me fait larmoyer, une vague de chaleur me parcourt le corps, jusqu'aux orteils. J'inspire, j'expire, j'inspire, j'expire.

— Quoi ?

— Je ne sais pas, dit-elle. Ses excuses, le reste… Tu crois qu'il a voulu faire amende honorable avant de, je sais pas, tirer sa révérence ?

— Pourquoi aurait-il…

— Tu n'es pas aveugle, Trig. La plupart du temps, il croyait que maman était avec nous.

— Il a eu des petites absences, c'est vrai.

— Il ne savait pas où on était. Il a oublié les cartes. L'équipement. On a été combien de fois sur Lonely Lake ? Trois ? Combien de fois on en a fait le tour, à la recherche de quelque chose qu'il était incapable de nommer ?

— Et tu penses qu'il voulait notre mort, à nous aussi ? dis-je.

Ma voix achoppe sur le mot "aussi".

— J'en sais rien, répond Al à mi-voix.

Je lui tends ma tasse, traîne le Duluth jusqu'à mon fauteuil – je ne me sens pas la force de m'accroupir pour l'inspecter, encore moins de me relever après – et me livre à une fouille en règle.

— Il nous faut des calories. Macaronis au fromage ? Riz au poulet ?

— Il a pris des macaronis ? (À croire qu'elle a quinze ans, j'essaye de rire, mais elle ajoute :) Je m'en fous, Trig. L'un ou l'autre.

Nous mangeons en nous passant la casserole. La neige continue de tomber, une chute silencieuse et régulière, rien qui puisse nous enterrer vivants, a priori. Nous ne touchons plus à la flasque. Je ne sors pas mon étui, le dernier soldat que je réservais pour une occasion spéciale. Après le dîner, Al remplit la casserole de neige et la pose à côté de son fauteuil. Quand je lui demande si elle veut du thé, elle secoue la tête. Je transfère l'eau brûlante de la gamelle à la casserole. Aussitôt, la neige disparaît. J'ajoute une giclée de savon.

— Si on allait se coucher ? dit Al.

La phrase me ramène à San Jose. Un jour, j'ai emmené une fille camper là-bas. Pour une aventure, un terme qu'elle a pris plaisir à répéter, jusqu'à ce qu'elle prononce les mêmes mots qu'Al à l'instant, Si on allait se coucher. Je m'apprêtais à nous servir une petite goutte, comme au bon vieux temps, me demandant à quoi étaient occupés Al et Papa. La fille avait froid, elle avait envie d'essayer la tente, les ébats au grand air, une expérience catastrophique, dès la première pomme de pin sous son épaule, la première brindille sous son cul. Elle a voulu changer de position, mais la sensation du nylon sur son crâne lui était insupportable. Et moi qui me remémorais mon enfance, le feu un univers à lui seul, le moment où nous pénétrions dans notre palais des mille et une nuits, le plus bel endroit au monde.

La partie de jambes en l'air n'a pas été mémorable.

Nous avons fini par plier bagage en pleine nuit, tout étant trop sombre, trop froid, trop silencieux pour elle. Une fois en ville, la fille m'a proposé de dormir chez elle. "J'ai un matelas et tout." L'invitation semblait forcée, aussi ai-je répondu qu'il me fallait trier mon équipement, que j'avais entassé à la hâte dans le coffre. "À cette heure-ci ?" Je ne l'ai jamais revue.

Al m'effleure le bras.

— À quoi tu penses, T ?

Je lève les yeux, souris.

— À la vaisselle. Si je ne m'en occupe pas ce soir, tout aura gelé d'ici demain. Cette bouillie sera aussi dure que de la pierre.

— Pas grave.

— J'aime que mon camp soit bien tenu, dis-je.

Cette phrase, Papa a dû la répéter un milliard de fois. Au moins.

— Il n'est plus là, Trig.

Je remue l'eau fumante et savonneuse avec une branche, puis j'en verse quelques gouttes dans les assiettes. Pas de sable, je prends une poignée de neige pour frotter la crasse. "Remettre la vaisselle au lendemain, c'est une pente glissante, destination la sauvagerie." Papa adorait tous ces "s". Il les prononçait avec l'accent de Stallone. Je sens les larmes qui montent, je n'arrive pas à croire qu'il soit seul dans la forêt. Je verse l'eau grisâtre dans la neige avant de m'attaquer à la casserole.

— Une fois, j'ai emmené une fille camper, dis-je.

Al ne répond rien – ni cri de triomphe ni "Bien joué, T !" Elle n'exige pas de connaître chaque détail.

— Quand j'étais à l'université. Vous me manquiez tellement. (Les mots se précipitent hors de ma bouche, pareils à un sanglot.) J'avais le mal du pays, là-bas.

— Vraiment ? Et moi qui pensais que tu savourais chaque seconde. Tu voulais conquérir le monde.

Elle se racle la gorge.

— Je vais faire sauter le coffre ! lâche-t-elle d'une voix beaucoup plus grave que la mienne.

Une imitation à laquelle je m'attendais.

— Qu'est-ce que tu voulais que je dise ? Après tout ce qui nous était arrivé ?

J'étais au lycée, je dormais dans la même chambre que ma sœur, ma mère était happée par son travail.

— Tout, mais pas ça.

Je me concentre sur la vaisselle.

— J'ai perdu mon emploi, Al. Tout. J'ai tout perdu. Chaque centime que j'ai gagné et plus encore.

Al exhale un nuage de buée. Le duvet sur ses épaules – le duvet de Papa – est saupoudré de neige.

— Quoi ? C'est arrivé quand ?

— Le mois dernier.

J'ai l'impression que c'était dans une autre vie, un rêve, peut-être.

— Et tu ne m'as pas prévenue ? Tu ne m'as rien dit ?

Je hausse les épaules.

— Tu étais à Denver.

Des vacances avec un type, juste après le lycée, qui s'étaient prolongées, une année, une vie… Maman m'avait emmené en Californie et déposé à l'université. Juste elle et moi.

— Et maintenant ?

J'esquisse un sourire.

— Je suis là.

— Tu ne travailles plus ?

J'acquiesce.

— Et tu habites…

Je prends une profonde inspiration.

— Dans ma voiture.

— Dans ta… Putain, T !

— J'ai passé plusieurs nuits dans un motel. Mais c'était trop cher.

— Tu n'as pas pensé à m'appeler ?

Je triture le feu.

— Qu'est-ce que tu aurais pu faire ?

— T'envoyer de quoi payer l'essence. Allô ? Histoire que tu viennes à Denver, pour avoir un toit sur la tête.

Je plonge mon tison dans les braises, pousse un morceau de bois rougeoyant ici ou là.

— On en reparlera, dit-elle. Dans l'immédiat, T, je suis complètement HS.

— Tu crois que tu vas réussir à dormir ?

Elle secoue la tête.

— Moi non plus. (Je lève les yeux, sonde les ténèbres par-delà le feu.) Imagine qu'il soit encore…

— Aucune chance, Trig. Tu le sais très bien. Par ce froid ? Sous la neige, sans abri ni nourriture ?

— Ouais, mais…

— Il nous tuerait si on continuait à se mettre en danger pour lui.

Je hoche la tête, le regard perdu au loin. Un million d'acres…

Elle se lève, attend que je la suive, mais j'en suis incapable. Je risque de me désintégrer.

— Viens, Trig.

Elle me tend la main. Je secoue la tête.

— Je vais aller chercher du bois. Pour entretenir le feu.

Elle me dévisage – un regard que j'évite – et s'éloigne en direction de la tente.

Je me lève, j'allume ma lampe frontale, je force mes jambes à bouger, à s'étirer, à me porter jusqu'à la forêt.

Je rassemble plus de bois que nous n'en brûlerions si nous passions la nuit à veiller, priant pour qu'Al s'endorme avant que je me couche ; je ne veux pas qu'elle m'entende marmonner la suite de Fibonacci, 55, 89, 144. La vérité, c'est que je le cherche encore, balayant les arbres avec le faisceau de ma lampe. Le bois n'est qu'un prétexte.

Dans l'heure qui suit, je fais plusieurs allers-retours et construis un véritable brasier, à la Casey Jones*, dirait Papa. Le feu projette une lumière repérable de loin, à condition d'avoir les yeux ouverts, bien sûr. Et puis j'attends. Ébloui par les flammes, j'attends de sentir son contact, sa main me tendre son bonnet, lequel n'a pas quitté mon crâne.

— Trig ?

La voix d'Al est aussi rêche que du papier de verre.

— Je suis là.

— Ne passe pas la nuit dehors. Il ne reviendra pas pour autant.

Je vais me poster devant la tente de Papa, la tête renversée en arrière. Ma lampe éclaire les branches, les arbres lestés de neige, la chute silencieuse des flocons. Jamais je ne pourrai dormir là-dedans. Je gagne la tente d'Al. Aussi discrètement que possible, je retire mon manteau, mon pantalon imperméable. Une fois mes lacets défaits, j'éteins la lampe.

— Tu ne vas pas disparaître, toi aussi ?

* Célèbre mécanicien de locomotive.

— Non, Al, je suis là.

Agenouillé devant l'entrée, je monte le zip du double toit, ôte mes chaussures, les enveloppe dans mes vêtements imperméables.

— T'es à droite ?

— Toujours.

Je me glisse sous le nylon en poussant mon manteau devant moi, puis j'entreprends de me déshabiller sans cogner Al avec mon coude ou mon genou.

Elle attend le dernier froissement du duvet, le dernier soupir sonore, avant de parler.

— Tu as fait de ton mieux, T. (Elle me tapote la jambe, du moins elle essaye, à travers nos deux duvets – trois, si on compte celui de Papa.) On ne peut rien faire de plus.

Je crois la conversation terminée, mais elle murmure à nouveau.

— T ?

Une question vieille comme le monde : Tu dors ?

Je marmonne une vague réponse.

— Demain matin ?

— Je ne sais pas, dis-je, la voix aussi faible que la sienne.

— Il faut qu'on parte.

— Oui.

— Sinon, on sera pris au piège.

— Oui.

Elle se tait un long moment.

— Tu as assez chaud ? demande-t-elle après un temps.

Je réponds par l'affirmative, pourtant je suis recroquevillé en position fœtale. Sans prononcer un mot, Al tire le duvet de Papa sur moi.

Je commence à compter.

25

DORY

MARCIE NE LA RAPPELLE PAS dans vingt minutes. Ni même dans vingt heures. Le lendemain, pile au moment où Dory se demande quoi faire, l'écran de son téléphone s'illumine. Elle appuie sur l'icône verte sans attendre que retentisse la sonnerie.

Marcie commence par s'excuser, elle allait franchir le seuil quand Miller est rentré, ils s'en sont payé une bonne tranche – "Je suis désolée" – à l'idée qu'elle ait pu se remettre avec Bill puis…

Dory l'interrompt.

— Vous avez trouvé le mot ?

Nom de Dieu, "le mot", comme si elle enquêtait sur un suicide.

— Je l'ai sous les yeux.

— Vous êtes chez lui ?

— Non, j'ai la clé, il me l'a donnée à l'époque où je m'occupais de sa mère et…

— Marcie…

Elle n'a pas besoin d'en dire plus.

— Il y a des horaires, de vols, on dirait, Minneapolis puis International Falls. (Dory attend.) Quelle drôle d'idée… Minneapolis puis International Falls ?

— Marcie… répète Dory.

Mais les vols l'interpellent aussi. Avant, ils traversaient le pays en voiture, de vrais guerriers de la route. Ils vivaient pour les lignes rouges dans les atlas routiers, longtemps avant l'arrivée de Google Maps. Longtemps avant la naissance de l'inventeur de Google Maps, même.

— Il a noté leur destination ?

— Il y a d'autres horaires. San Francisco-Minneapolis ?

— Trig.

— Denver ?

— Al.

— Il y a aussi écrit ENTERPRISE.

— Quoi ? Le vaisseau spatial ?

Marcie glousse.

— L'agence de location de voitures, plutôt.

Le vaisseau spatial ? Dory est à deux doigts de se frapper le front du plat de la main.

— Et NYM LAKE.

— Nym lake ?

— Oui.

— C'est tout ?

— Oui.

— Vous savez à quoi cela correspond ? Où se trouve ce lac ?

— Navrée.

— C'est tout ? C'est ça, le fameux itinéraire que vous l'avez obligé à noter ?

— Ce n'est pas comme s'il me l'avait dicté.

— D'accord, d'accord, je suis désolée. (Elle pousse un soupir, à la Marcie.) Où est ce foutu lac ?

— Google Maps.

Une remarque que Dory choisit de ne pas relever. Elle s'apprête à raccrocher lorsque Marcie parle à nouveau.

— Dory ?

— Oui.

— Il y a autre chose, et c'est plutôt mauvais signe.

— Quoi ?

— J'ai vu un tas d'affaires dans le garage, près de la porte.

— Quel genre d'affaires ?

— Des sacs étanches, un gros truc en toile semblant dater du siècle dernier. Pleins à craquer.

— Son équipement ? (La réponse est évidente.) Il aurait oublié son équipement ?

26

PLUS TARD, MON CERVEAU s'embrume, les chiffres se désagrègent, le sommeil me gagne ; soudain, je prends conscience que l'éclat du feu a disparu. Je ferme les yeux, les rouvre, le noir persiste. Je me redresse, m'extirpe de mon duvet.

Aussitôt la voix d'Al transperce les ténèbres.

— Quoi ?

— Pipi.

— Ne te perds pas, OK ?

Sans prendre la peine de m'habiller, je glisse mes pieds dans mes chaussures, j'enfile ma lampe frontale.

Devant le feu, j'essaye d'être discret, j'évite de casser les branches, de faire quoi que ce soit risquant de me trahir. Quelques braises fument encore, je souffle dessus pour raviver le feu. Le temps qu'il reparte, je suis transi. N'empêche, c'est une pause pipi d'une durée record. Lorsque je réintègre la tente, les flammes éclairent la nuit.

— Il n'y a personne pour les voir, T.

— Je sais.

Je frissonne. Al drape le duvet de Papa sur moi et se love contre mon dos, sans retirer son bras. Malheureusement, la chaleur de son corps ne traverse pas les strates des duvets.

— Pauvre T, murmure-t-elle. Si loyal.

Je ne sais plus où j'ai laissé la suite de Fibonacci, je reprends du début. 1, 1, 2, 3, 5, 8… et le temps s'écoule.

Quand les flammes s'éteignent, que la lumière disparaît, Al, comme si elle me surveillait, me retient dès que je remue.

— Non.

J'ignore s'il est tard. Ou tôt.

— N'y va pas.

— Où est le problème ?

— C'est absurde, Trig.

— C'est mieux que de ne rien faire.

Elle ne répond rien ni ne desserre son étreinte. Je pèse le pour et le contre. Dois-je entretenir la flamme éternelle, quitte à me disputer avec ma sœur ?

— T ?

J'attends. Elle sait que je suis réveillé.

Elle pousse un soupir qu'elle semble retenir depuis longtemps.

— Tu te souviens… tu te souviens de… (Elle prend une profonde inspiration.) Papa. Tu le revois, debout dans l'embrasure ? Quand on était censés dormir ?

Elle semble avancer à tâtons dans un tunnel.

— Pour vérifier que tout allait bien ? dis-je.

— Oui, mais parfois, il s'éternisait.

Je fouille ma mémoire, en vain.

— Pas vraiment, non.

— Plus on grandissait, plus il venait souvent.

— Hmm.

— Plus *je* grandissais.

Elle respire à peine. J'ignore si elle perçoit le frisson qui me parcourt de la tête aux pieds.

— De quoi tu parles, Al ?

— Tu te souviens de ses crises de somnambulisme ?

Je tente un petit rire.

— L'autre jour, c'était une première pour moi. Maintenant, je n'arrive à penser à rien d'autre.

— Il ne s'est jamais glissé dans ton lit ?

Je ferme les yeux, aussi fort que possible, le noir absolu.

— Al…

— Voilà de quoi il voulait parler. Hier, dans le canoë.

— Al…

— Il m'a demandé si c'était vraiment arrivé.

Cette fois, je suis incapable d'articuler son prénom.

— Il m'a carrément posé la question.

— Al.

— Je n'avais qu'une envie, t'appeler. (Son soupir se mue en gémissement.) Comme avant.

— Al.

— En même temps, je ne voulais pas que tu l'apprennes. Jamais.

J'essaye de me tourner pour la prendre dans mes bras, mais elle resserre son étreinte, je comprends alors qu'elle préfère s'adresser à mon dos, peu importe la pénombre.

— Il ne pouvait pas s'arrêter.

J'ignore si elle fait référence à leur échange ou à notre enfance. Malgré moi, je pense à Erik Baumgardner, aux acrobaties sur la balancelle, puis je songe à Papa, venu s'immiscer au milieu de cela. À moins qu'il ne l'ait fait avant, transformant Al en une personne différente de celle que j'avais toujours connue, si débordante de vie qu'elle se devait de la partager.

— Alors… (Je me remémore ses larmes, si rares et inattendues.) Il est peut-être simplement parti.

— Al.

— Je n'ai rien fait, Trig, je te le jure.

— Toi ? Al, bien sûr que…

— Il se glissait dans mon lit. Il me murmurait à l'oreille…

Je repense à la première nuit dans ma chambre à l'arrière de la maison. Al m'a rejoint avec ses couvertures. Parce qu'elle savait qu'elle me manquait, soi-disant. Et Papa qui répétait, à chaque coup de scie, chaque coup de marteau, que tous les gamins rêvaient d'avoir une chambre à eux, un concept qui ne nous avait jamais effleurés, ni Al ni moi.

— Je lui ai demandé d'arrêter.

J'ignore toujours si elle parle de l'époque où j'étais aveugle et où elle était sans défense, un qualificatif que je ne lui ai jamais associé avant, ou de la veille, quand Papa a voulu s'excuser, un verbe qui me paraît minuscule dans ce contexte, quasi subatomique.

Je me tourne et parviens presque à l'envelopper dans mes bras, cependant elle résiste.

— S'il te plaît, gémit-elle, non.

Et ces mots, un écho des années passées, m'achèvent, j'ai envie de courir dehors, de me jeter dans le lac, de plonger dans les eaux noires, de m'accrocher à un truc sombre et gluant – Papa peut-être – jusqu'à ce que je cesse de respirer. Aussitôt, je m'écarte.

— Al, je suis tellement désolé, je…

— S'il te plaît.

Je m'éloigne encore plus, me plaque contre la paroi. Le nylon crisse et grince, les flocons frémissent sur le double toit.

— Non, dit-elle, je ne voulais pas dire… Pas toi. Je serais morte sans toi, Trig. Ne t'en veux pas, surtout. Tu n'aurais rien pu faire.

Je suis persuadé du contraire, l'obscurité clignote, remplie de doutes et d'indices. Je passe mon adolescence au crible, mais rien ne me revient. Je n'aurais pas pu imaginer ça, même si j'en avais perçu les signes.

— Al…

J'essaye de l'apaiser, comme si je m'adressais à un animal blessé.

— Ne dis rien de plus, Trig.

À l'idée que nous allons rester étendus côte à côte jusqu'au bout de cette nuit gelée, hantés par la présence de Papa, mon pouls s'accélère. J'ai envie de hurler, de casser quelque chose, de retrouver Papa et… Quoi ? L'étrangler ? Le battre ? Lui demander comment il a pu ?

Al me touche le visage.

— Trig ? Trig ?

J'ouvre la bouche, à la recherche d'air, un brochet arraché à son élément, projeté dans un monde où il ne peut respirer.

Al pose ses paumes sur mes joues, me caresse les cheveux.

Je mets plusieurs secondes à comprendre ce qu'elle dit, à déchiffrer les mots qu'elle chuchote, pareils à une berceuse.

— Un un, deux, un deux, trois, deux trois, cinq, trois cinq, huit. Allez, Trig. Compte avec moi.

Un truc que Papa nous a transmis, Al s'en sert de la même manière que lui. Ce truc, je le porte en moi depuis des années, mais je ne l'utiliserai jamais plus pour accéder à un état plus serein.

Je sors la main du duvet, étreins les doigts d'Al, les plaque contre ma joue.

— On va s'en sortir, dis-je.

— Bien sûr.

— Demain, on se tire d'ici.

Elle hoche la tête, la main sur son visage, ma main sur la sienne.

— Toi et moi contre le monde entier ?

La phrase me semble si inappropriée, à présent. Même si je l'ignorais, c'était toujours Al contre le monde entier. Néanmoins, j'acquiesce.

— Tu l'as dit.

Nous restons ainsi jusqu'au petit jour, jusqu'à ce que je distingue le visage d'Al à nouveau. Sa respiration est régulière, ses yeux sont fermés, ses mains reposent sur mes joues. Pour me consoler, ainsi qu'elle a passé notre enfance à le faire. Cette enfance que je pensais avoir partagée avec elle.

27

Je ne bouge pas un muscle avant que les paupières d'Al ne se mettent à papillonner. Elle ouvre les yeux, remue la bouche. Lorsqu'elle croise mon regard, elle sourit. Un sourire d'Al au réveil, c'est exceptionnel.

Je m'appuie sur un coude.

— Je vais préparer le café.

Elle hoche la tête. Je m'assois, m'attaque aux boutons, au velcro, aux zips. Me glisse dehors. Vingt centimètres de neige se sont ajoutés à ceux de la veille. Le ciel ressemble à de la flanelle.

Quand Al sort de la tente, le jour s'est levé, le café est prêt. Je déplie son fauteuil, lui tends sa tasse. Elle avale une gorgée de café.

— Tu as pensé au sucre.

Elle s'installe, observe le camp. Cela m'est presque insupportable, de voir la sœur que j'ai toujours connue dans cette nouvelle réalité bouleversée.

— Tu l'as encore cherché.

Du menton, elle désigne les traces fraîches que j'ai laissées dans la neige.

— La glace s'est épaissie, mais on peut encore pagayer.

— Aucun signe de Papa ?

Elle ne peut pas s'empêcher de poser la question, pourtant elle sait que si j'avais repéré le moindre signe, je lui en aurais aussitôt fait part.

Je mélange les canneberges et les flocons d'avoine à l'eau.

— On devrait partir le plus tôt possible.

Nous mangeons en silence, soufflant des nuages de vapeur que la chaleur du café rend plus épais encore. D'énormes volutes s'échappent des narines d'Al, elle ressemble à un dragon, le genre de chose qui nous amusait beaucoup avant, mais elle continue de cracher du feu sans m'accorder le moindre regard ou sourire, comme si elle était seule. Nous terminons le petit déjeuner puis, sans attendre que je me redresse, Al va remplir la casserole d'eau et y ajoute une giclée de savon.

Nous chargeons le Duluth, nous replions les fauteuils, Al démonte la tente, alors je suis obligé d'admettre que nous allons partir sans lui. Je jette un œil à sa tente couverte de neige, pense aux deux canoës.

Al range la tente dans la housse et la pose à côté du Duluth.

— Si on laissait celle de Papa ? dis-je.

— Sa tente ?

— Au cas où.

Elle hoche la tête.

— On aura plus chaud à deux. Et les portages seront moins pénibles. On pourrait laisser le hamac, aussi.

— Et son fauteuil.

— Toutes ses affaires, en fait. Sauf les chaussettes. Et les moufles.

Elle fouille dans le sac étanche de Papa tandis que je rouvre le Duluth pour en sortir le hamac et y ranger la tente. Nous étalons les objets superflus dans la neige, déposons ceux que nous souhaitons garder sur la bâche.

— On va amarrer le canoë simple. Ou le caler dans un arbre, si on y arrive. Histoire qu'il ne soit pas enseveli, si Papa revient…

— Mais, Trig…

— On ira plus vite en pagayant à deux.

— D'accord. Tu vas pouvoir garder son bonnet, finalement.

Je lève le bras, donne une petite secousse à la pampille, puis je prends conscience que le bonnet risque de lui rappeler Papa. Soudain, je n'arrive pas à croire que je laisse tout cela. Sous les yeux d'Al, en plus. Je retire le bonnet afin de le jeter dans le feu. Rapide comme l'éclair, elle m'en empêche.

— Tu ne peux pas. (J'attends.) Ne me traite pas comme une poupée en porcelaine, T. En porcelaine brisée.

Je n'arrive pas à détacher mon regard du feu. Le dernier que nous ferons ici. Le bout du chemin.

— Rien n'a changé, T, tu as juste découvert un truc qui est arrivé il y a longtemps. Je n'ai pas changé.

Elle saisit le bonnet usé, m'attrape le visage, me force à la regarder. Avec son autre main, elle enfonce le bonnet sur mon crâne.

— Il te va bien, dit-elle. Depuis le début, le vrai trappeur, c'est toi.

Lorsque je baisse les yeux, elle relève mon menton, secoue la tête.

— Toi et moi, Trig. Rien ne peut nous atteindre.

Dire qu'elle a traversé cette épreuve seule, complètement seule. Et moi qui accumule les échecs, sans emploi, sans domicile.

— Absolument rien, dis-je.

— Voilà.

Sans nous presser, nous terminons de faire le tri. Je range les habits de Papa dans son sac étanche. Al enveloppe le reste de ses possessions dans le hamac. J'époussette la neige sur la tente, afin qu'elle redevienne une toile grise et propre. J'ouvre le double toit, pousse le sac étanche tout au fond, une sorte d'oreiller. Je me retourne, Al me tend le hamac.

— Et son duvet ?

— Je l'ai rangé avec les nôtres.

— Mais…

— On va en avoir besoin, T. Vraiment.

Je commence à reculer. Al s'écarte pour me laisser sortir.

— Et s'il…

— Il ne reviendra pas. Jamais.

— Merde, Al, on ne peut tout de même pas…

— Il n'y a plus que nous, maintenant, Trig. Je ne sais pas toi, mais moi, j'ai la ferme intention de survivre.

Elle s'éloigne en direction du feu.

Je reste agenouillé devant la tente, abasourdi, puis je me redresse, baisse le zip et lui emboîte le pas.

— On ne peut pas le laisser sans son duvet, Al.

— Il. N'a. Plus. Besoin. De. Rien.

J'ajoute du bois dans le feu, pour qu'il rugisse une dernière fois. Le sac étanche que j'ai rempli avant qu'Al ne se lève repose près du Duluth. Elle le montre du doigt.

— Qu'est-ce que c'est ?

— D'autres trucs à Papa.

Je le ramasse et me dirige vers l'arbre auquel j'ai suspendu le Duluth quelques jours plus tôt. La corde de parachute est encore accrochée à une branche.

— Occupe-toi de nos sacs, je me charge de celui-là.

Mais Al me suit.

— Qu'est-ce que tu fais ?

— Rien.

Je ne peux pas m'en empêcher. Même en sa présence.

— Qu'est-ce qu'il y a, là-dedans ?

— Quelques repas déshydratés. Des allumettes, une lampe frontale. (Je souris.) Même s'il ne l'utilise jamais.

— T, il ne va rien utiliser *du tout.*

Je hoche la tête.

— Mais…

— Arrête.

— Je ne peux pas m'en empêcher.

— Il n'existe plus, Trig.

Au moment où je noue la corde autour du sac, Al m'agrippe le poignet – mon manteau, mon pull, sa moufle amortissent son étreinte.

— Il faut que je te gifle ou quoi ? Comme dans les films ? Pour que tu te ressaisisses ?

— Lâche-moi. (Je hisse le sac en tirant sur la corde, un vrai lever de drapeau.) Je me fous des statistiques, Al. Je ne veux pas qu'il retrouve le camp pour découvrir qu'il n'a plus qu'à crever.

Elle me dévisage. Je soutiens son regard, ainsi que nous le faisions enfants. Le premier qui baisse les yeux a perdu.

— Il nous reste assez de nourriture ? demande-t-elle après quelques secondes.

— Chaque jour qui passera nous rapprochera de la civilisation. À partir de maintenant, c'est un compte à rebours. Tout ira bien.

— Assez bien pour offrir nos réserves aux écureuils ? Aux corbeaux ?

Cela n'a pas de sens, de laisser des provisions mais pas le duvet, de même que l'inverse, néanmoins, et bien que je m'en veuille déjà, je refuse de céder.

— D'accord, finit par dire Al. Il faut qu'on y aille. Tout de suite.

Je sécurise le sac avec une série de demi-clés. Plus que nécessaire, afin de ne pas avoir à affronter le regard d'Al. Si seulement je savais faire un des nœuds parfaits de Papa.

— OK ? Tu es prêt ?

J'ignore si je hoche la tête ou si je hausse les épaules. Je la contourne, m'approche du feu, l'attise, plie mon fauteuil, le range dans sa housse. Al m'aide à soulever le Duluth et s'empare des sacs étanches, un à chaque épaule. Nous suivons mes traces jusqu'aux canoës. Je place le Duluth au centre du canoë double enchâssé dans la glace.

Al cale les sacs étanches de chaque côté du Duluth et les arrime avec les sangles. Je scrute les arbres. J'en ai déjà repéré deux qui feront l'affaire. Je les pointe du doigt.

— Tu crois qu'on pourrait monter l'autre canoë dedans ? En mettant la proue dans cette fourche, la poupe dans l'autre ?

— S'il le faut.

Lorsqu'elle aperçoit la canne à pêche de Papa en travers du siège et du joug, avec les pagaies, les gilets de sauvetage, elle hésite, toutefois elle se tait.

Nous coinçons le canoë dans les arbres. Al me regarde nouer l'amarre de proue à l'un des troncs, puis elle déroule l'amarre de poupe. Une fois l'opération terminée, je donne une petite tape à la coque. À l'évidence, elle tiendra plus longtemps que la tente. J'enroule l'amarre de l'ancre autour du joug. L'ancre gît dans la neige.

Al empoigne sa pagaie et désigne la proue du canoë double, où j'ai déjà installé sa canne.

— Je m'assois à l'avant ?

— On va avoir besoin de poisson.

Je saisis ma pagaie, jette un dernier regard sur le camp. Si nous avons oublié quelque objet, il est enseveli sous la neige à présent. Al m'imite, les joues striées de larmes.

— Al ?

Elle se détourne, fait glisser la proue sur la glace, se frotte le visage avec sa moufle.

— Je ne le détestais pas. Je… (Elle reprend son souffle.) Je n'ai jamais voulu qu'il meure ici.

Dos à moi, elle scrute l'eau sombre et inspire profondément. J'étudie la glace qui borde le rivage.

— Je vais pousser le canoë, sauter, et tu vas nous propulser en avant avec ta pagaie. On devrait arriver jusqu'à l'eau libre, sinon, vu le poids qu'on transporte, la coque brisera la glace.

Al acquiesce et avance, sa pagaie à la main.

La glace ne cède pas sous son premier pas, ni sous son deuxième, quelques centimètres au-dessus de l'eau. Al enjambe le plat-bord, le siège, s'agenouille, laisse reposer sa pagaie sur les plats-bords. Elle tourne la tête, observe le camp un long moment.

— Al, on ne sait même pas comment s'appelle cet endroit.

— Le lac de Nulle part, dit-elle avant de s'installer face à l'eau.

— On ne pourra même pas dire où Papa a disparu. Pour lancer les recherches.

Elle me dévisage.

— Prêt ?

À sa voix, je comprends qu'il s'agit d'une vraie question. Elle est disposée à attendre le temps qu'il faudra.

J'acquiesce. Elle se met en position, soulève sa pagaie, bande les muscles.

— En avant, Capitaine, murmure-t-elle.

Une expression de Papa. Elle est indestructible.

Je respire et m'apprête à m'élancer. Subitement, je remarque que l'amarre de l'ancre n'est plus attachée à la poignée de poupe. Je fouille sous le pontet : rien, hormis la boîte à pêche. Je scrute le canoë sur toute sa longueur.

— L'ancre est de ton côté ?

Al jette un œil devant elle, hausse les épaules.

— On n'a pas besoin d'ancre, T.

Je commence à protester, me ravise. Al a raison, nous n'allons pas nous arrêter, autant nous passer du poids supplémentaire. Je ne peux m'empêcher de scruter la plage. Mais avec cette neige, même si l'ancre se trouvait à quelques mètres de moi, je ne la verrais pas. Si on se met à perdre du matériel, on ne va pas s'en sortir.

Je me concentre.

— À tes marques ?

— Ça fait un bail.

— Prêt, prêt.

Je pousse le canoë de toutes mes forces, comme s'il s'agissait d'un bobsleigh.

— Partez !

Je cours sur la terre ferme, dérape sur la glace, atterris à plat ventre sur le pontet, le souffle court. Agrippé aux plats-bords, je sens la coque qui oscille – nous voilà sur l'eau libre. Je m'avance tandis qu'Al stabilise le canoë.

Tant bien que mal, je gagne le siège arrière. Al garde son sérieux au lieu de s'esclaffer en m'imitant, ainsi qu'elle le ferait en temps normal.

— On va longer la côte. À mon avis, la neige ne nous empêchera pas de trouver le portage. On est passés devant hier, quand on a fait le tour du lac.

Avant-hier. J'ai l'impression que c'était il y a des années. Peut-être avons-nous perdu la notion du temps, en plus de l'ancre.

— Débarquer sur la glace, ce sera le vrai défi, ajoute-t-elle.

— Hmm-hmm.

Je me contorsionne tel un tire-bouchon pour contempler le camp.

— Le lac de Nulle part, dis-je à mi-voix.

J'aimerais tant voir Papa en train de nous faire de grands signes, debout sur la rive, sa petite blague ayant assez duré.

28

Lorsque je me retourne, Al a immergé sa pale. D'un même geste, nous nous éloignons de la berge, lentement au début. Nous gagnons en vitesse tandis que nos muscles s'habituent à l'effort. À peine une demi-heure plus tard, nous apercevons une trouée entre les arbres, la piste menant au ruisseau minuscule.

Nous procédons avec prudence, testons la glace avant de briser la plaque, qu'un léger courant empêche de s'épaissir, rendant cette plage plus accessible que les autres. Après avoir accosté, nous hissons le canoë sur nos épaules, laissant derrière nous Papa et son lac. Sans un mot, nous progressons dans la neige, les broussailles, remontons l'étroit ruisseau tortueux. Parfois nos chaussures s'enfoncent dans une boue noire et nauséabonde et nous souillons la neige à chacun de nos pas.

Au lac suivant, nous sommes si concentrés que nous ne levons même pas les yeux. Nous rechargeons le canoë et le poussons sur la glace. Sur l'eau libre, nous hésitons juste le temps de nous repérer. Al braque sa pagaie sur la gauche.

— Je crois, oui, dis-je. Il nous faut du poisson, Al.

En guise de réponse, elle pose sa pagaie, saisit sa canne – à l'extrémité de laquelle s'agite le crocodile – et attend que je nous éloigne de la rive. Ensuite, elle lance la ligne et coince la canne sous son genou.

Nous maintenons une vitesse de traîne jusqu'à ce qu'un brochet morde. Nous restons silencieux. Al ramène le poisson sans effort, un vulgaire ballot de linge. Je continue de pagayer. Une minute plus tard, elle le hisse sur le plat-bord, l'achève et le place derrière son siège. Une fois notre dîner assuré, elle se joint à moi, alors nous accélérons pour de bon, plongeant nos pales à l'unisson, tirant l'eau comme si nos vies en dépendaient.

Plusieurs heures s'écoulent ainsi. Nous n'échangeons pas un mot, nous contentant de planter nos pagaies, de tracter l'eau, de les planter encore.

Al ne s'arrête pas avant d'avoir repéré le portage suivant, qu'elle désigne avec le bout de sa pale. Nous nous en souvenons tous les deux, une vraie piste cette fois, pas une sente dans les fourrés : le chemin enneigé semble presque pavé. Al martèle la lisière de la glace avec sa pagaie, la plaque se fait plus solide à mesure que nous approchons du rivage. À peine soixante centimètres d'eau sous la surface, mais y plonger ne serait-ce qu'une jambe aurait des conséquences terribles. Nous brisons autant de glace que possible, faisons volte-face, revenons à pleine vitesse. Au dernier moment, Al se penche en arrière pour alléger la proue ; nous glissons sur le miroir, puis la neige.

— Fastoche.

Al enjambe le plat-bord, tire le canoë sur la plage. Nous passons les sacs à notre épaule.

— On le porte ou on fait deux voyages ? dis-je.

À l'aller, tituber aveuglément sur la piste, la tête enfouie sous la coque, ne m'avait pas semblé le meilleur plan du monde.

— Ce portage est plus long que le précédent et il grimpe. (Al hausse les épaules.) Mais on veut gagner du temps. Si c'est trop dur, on pourra toujours poser le canoë et revenir le chercher.

Nous avançons péniblement. J'ai le Duluth sur le dos, le sac étanche sur le torse, le canoë sur la tête. Avec cette neige, impossible de savoir où nous mettons les pieds. Nous trébuchons, dérapons, jurons et haletons. À mi-chemin, Al butte sur une branche et trébuche. Elle repousse le canoë, manquant me décapiter au passage. Je tombe à mon tour.

— Ça va ? dit Al, avant même que la neige soulevée par notre chute ne soit retombée.

— Je crois.

— Putain, Trig, si on se pète un genou, on est foutus.

J'essaye de me redresser, lesté par le Duluth, entravé par la neige. Soudain, je bascule en arrière et j'éclate de rire.

— Quoi ? demande Al, en mode tortue elle aussi.

— On est cons, Al. On est tellement cons.

Le canoë est couché sur le flanc. Nous échangeons un regard, adossés à nos sacs. Je secoue la tête.

— Quoi ?

— On marche dans un mètre de neige avec plus de quarante kilos de matériel sur le dos. Qu'est-ce qu'on fait ? À ton avis, qu'est-ce qu'on fait ?

Elle me scrute, immobile. Elle se demande si elle va devoir me raisonner, me tenir en laisse et me traîner derrière elle.

— On porte notre paquetage sur le dos et notre luge sur la tête.

Elle jette un œil sur le canoë. Un sourire apparaît sur son visage. Elle se frappe le front du plat de la main.

Nous redressons le canoë, chargeons notre équipement, saisissons l'amarre de poupe et nous élançons. Au début, nous devons faire quelques ajustements. Nous transférons des affaires de la coque à nos sacs pour éviter que le canoë ne s'enfonce trop dans la neige et parvenons au lac suivant, quel que soit son nom, avant même d'avoir optimisé notre mode opératoire.

— Trig, t'es un génie, dit Al en lâchant l'amarre.

Elle pose son sac étanche dans le canoë.

— Aussi lisse que des poils de grenouille, dis-je en l'imitant.

Épaule contre épaule, nous contemplons les eaux noires, le scintillement gris de la glace.

— Tu sais comment il s'appelle, celui-là ?

Elle hoche la tête, hausse les épaules.

— Ils paraissent tous différents maintenant. Tout paraît différent.

— Tout se ressemble, tu veux dire.

— L'un ou l'autre.

Je me cache les yeux afin de me concentrer, tâchant de me rappeler l'avant-dernier camp. Où étions-nous, qu'avions-nous fait ? J'abaisse mes mains.

— Merde, Al, c'est le lac où j'ai vu les empreintes de l'ours.

— Je doute qu'il nous ait attendus.

Mais je ne crains pas l'ours, simplement j'ai l'impression de me référer à de l'histoire ancienne.

— On peut camper sur une île.

Je secoue la tête.

— Mieux vaut retracer précisément nos pas. Si on s'écarte du chemin, on risque de perdre nos repères.

À nouveau, nous propulsons le canoë sur la glace – le cœur battant à tout rompre –, nous pagayons comme des damnés sur l'eau lisse, puis nous scrutons la rive à la recherche de notre emplacement. Al voit une pente neigeuse dont elle est persuadée qu'il s'agit du bloc de granit où nous nous placions pour recueillir l'eau. Je scrute un autre bloc que nous venons de dépasser, en proie au doute.

Nous attaquons le collier de glace avec nos pagaies, faisons demi-tour et fonçons droit dessus. Juste avant l'impact, Al se penche en arrière. Elle perd l'équilibre et bascule sur le côté, entraînant le canoë dans sa chute. Par miracle, la glace ne cède pas sous son poids. Al dérape au ralenti et se met à ramper, l'amarre de proue à la main. Elle prend soin de répartir son poids, telle une araignée d'eau, jusqu'à ce qu'elle touche enfin la terre et tire le canoë sur le rivage.

— Une méthode aussi bonne qu'une autre, finalement.

Elle s'époussette les bras, tape des pieds pour déloger la neige de ses vêtements et entreprend de gravir le bloc.

Je m'affaire à décharger le canoë quand je l'entends crier.

— C'est bon !

À croire que nous venons de remporter une sorte de victoire.

Sur le rivage opposé, le ciel s'assombrit et le soleil n'est plus qu'un vieux souvenir.

Nous montons le camp en silence, déblayons le foyer, faisons place nette pour la tente, à l'écart du feu, histoire d'éviter qu'une étincelle transperce le nylon. Nous dégageons la neige à coups de pied, les petites pelles achetées à Minneapolis se révélant parfaitement inutiles. En tassant la neige, Al butte sur le tas de bois que nous avons laissé aux campeurs censés nous succéder.

— Un bonus pour la politesse, dit-elle, une phrase que Papa prononçait chaque fois que nous tombions sur un site pourvu d'une réserve de bois.

Néanmoins, nous sortons la hache et la hachette pour couper les branches à même les arbres, les autres étant ensevelies sous la neige. Sans nous concerter, nous veillons à ne pas nous éloigner l'un de l'autre.

Après avoir amassé un stock qui, en temps normal, durerait plusieurs jours, nous déplions les fauteuils.

— Tu préfères t'occuper du feu ou vider le poisson ? demande Al.

— Ça m'est égal.

Elle défait les sangles du Duluth, sort les ustensiles de cuisine, le couteau à filets. Elle me lance les allumettes avant de se diriger vers les canoës.

— Gaffe à l'ours !

Elle brandit le couteau, une manière de me signifier qu'elle est prête à se battre à mort pour moi, quoi qu'il arrive.

Je retire mes moufles, dresse le bois d'allumage autour des aiguilles. Le temps que je parvienne à produire une flamme, j'ai les doigts qui tremblent. Le feu démarre à peine qu'Al est déjà de retour, avec deux filets sur des bâtons.

— Tu me fais pitié, déclare-t-elle, mais son cœur n'y est pas vraiment.

Elle s'installe près de moi. Constellés d'écailles luisantes, ses poignets étincèlent tandis qu'elle sort l'huile et la poêle, martelant le rebord du bout de ses doigts.

Enfin, le feu dévore tout ce que nous lui donnons. Je continue de l'alimenter, afin d'obtenir de la chaleur, des braises qui nous permettront de cuire le poisson sans le carboniser. Al remplit la gamelle et la casserole. Quand les premières bulles remontent à la surface, elle verse l'eau dans un carton de mélange pour galettes de pommes de terre qu'elle referme aussi sec.

— Des galettes, ça te va ?

— Super.

— Une petite goutte ?

Je ne réponds rien. Al sort la flasque et remplit nos tasses. Sans trinquer ni porter de toast, nous contemplons les flammes et savourons la chaleur illusoire de l'alcool. Dès que les braises sont assez chaudes, j'étouffe les flammes, pousse dans le feu deux pierres sur lesquelles je place le grill. Al me tend la poêle et je me charge de l'huile.

Nous terminons notre petite goutte, puis Al verse les flocons réhydratés dans la poêle. Je les aplatis avec la spatule.

Nous les regardons grésiller. La nuit tombe et le monde rapetisse, bordé par le halo du feu, les arbres enneigés les plus proches. J'ai le sentiment que nous avons toujours vécu ainsi.

Lorsque les galettes sont dorées à point, je les repousse sur le côté. J'ajoute un peu d'huile dans la poêle. Al y jette les filets, qui crépitent et se recourbent.

Elle nous ressert une petite goutte et cogne sa tasse contre la mienne, produisant un tintement métallique.

— Une demi-heure avant que le diable…

— Sache qu'on est morts.

Nous avalons chacun une gorgée, les yeux rivés sur la poêle, les filets qui se détendent.

— Tu les retournes ? demande Al, pile au moment où je saisis la spatule. Je crois que je pourrais en manger trois de plus.

J'émets un vague grognement et j'allume ma lampe frontale pour vérifier que les filets sont cuits. Al me tend les assiettes, j'y fais glisser les filets et les galettes, puis je pose la poêle et le gril dans la neige. Al nourrit les braises jusqu'à obtenir un feu dont nous devons éloigner par deux fois nos fauteuils. Après tous ces préparatifs, nous engouffrons notre dîner en quelques secondes, penchés sur nos assiettes, une course contre le froid.

Al essuie l'huile sur ses lèvres, son menton, et renfile ses moufles. J'ajoute une branche dans le feu, à court de mots.

— Décollage à l'aube demain ?

J'acquiesce.

— J'ai perdu le fil des jours, T. Je ne sais plus combien de temps on a passé ici.

— Deux semaines. On a rejoint Papa à l'aéroport il y a seize jours.

— T'as toujours été doué avec les chiffres. (Elle se trompe ; les chiffres, c'était le truc de Papa.) On a fait demi-tour hier ?

— Oui, mais on a passé deux jours sur le dernier lac. Et on a pris notre temps à l'aller.

— Donc ?

— Donc il nous faudra onze jours pour rentrer. Ou dix.

— Tu crois qu'on peut gagner quelques jours ?

— Si les journées n'étaient pas si courtes... Si on avait des cartes... (Je secoue la tête.) Je sais pas, Al. Peut-être deux. Ou trois. Mais les embarquements et les débarquements sur glace... Je ne suis pas sûr que je m'y risquerais de nuit.

— Plus d'une semaine alors.

Elle renverse la tête en arrière, comme si cette perspective lui était insupportable.

— Dix jours, c'était une estimation optimiste.

Al se tient un peu plus droite, le regard toujours perdu dans le ciel.

— T'as vu ?

Elle lève une moufle en l'air. Aveuglé par l'éclat du feu, je mets plusieurs secondes à m'accoutumer à l'obscurité, puis je l'aperçois, un mince ruban d'étoiles entre les nuages.

— Le temps va peut-être s'améliorer.

— Peut-être. Mais si les nuages se dissipent, il fera plus froid cette nuit.

— Au moins, il ne neigera pas.

— Il y aura plus de glace.

Je la sens me dévisager.

— Ça fait quoi, de vivre dans le vortex ? D'imaginer toujours le pire ?

— Je réfléchis, Al, c'est tout. J'anticipe.

— Tu anticipes quoi ? On se lève la nuit, on pagaye comme des fous jusqu'à ce qu'il fasse nuit à nouveau. On dort, on se réveille, on recommence. Il n'y a rien à anticiper.

— On doit s'assurer qu'on est sur le bon lac, retrouver les portages…

— Tais-toi. (Elle avale son whiskey, boit une gorgée d'eau, se lève et tend la main.) Je vais remplir les gourdes ce soir et les mettre dans la tente pour éviter que l'eau gèle.

Je lui donne ma gourde. Elle s'éloigne des flammes et allume sa lampe. Je regarde le faisceau blanc rebondir entre les arbres.

À peine une demi-heure plus tard, nous nous dirigeons vers la tente. Quand nous nous agenouillons devant l'entrée, les étoiles s'embrasent au-dessus de nos têtes : le peu de chaleur accumulée durant la journée se précipite dans le cosmos scintillant. Aussi vite que possible, nous ôtons nos chaussures, montons le zip et retirons nos habits avant de pénétrer dans nos duvets. Al prend tout juste le temps d'étaler le duvet de Papa sur nous, une épaisseur en plus. Elle éteint sa lampe.

— J'y crois pas.

Elle se roule en boule, pareille à un tatou, et se frotte vivement les bras, faisant bruisser le tissu. Si Papa a survécu à la nuit précédente, il ne survivra pas à celle-là, pas sans son duvet. J'espère qu'il est déjà parti, même si je sais qu'il aurait aimé admirer les étoiles une dernière fois.

— Tu penses à lui ? demande Al une fois sa séance de friction terminée.

— La faute aux étoiles.

— Je sais, moi aussi.

Je ne comprends pas qu'elle puisse encore songer à lui ainsi. Comme si j'avais parlé à voix haute, Allie dit :

— C'était quelqu'un de bien, avant, Trig. Avec toi, même avec moi. Avant que, avant qu'il…

— Ouais.

— Il a eu la décence de se retirer, au moins.

Je suis à deux doigts de me redresser.

— C'est pour ça ?

Elle hoche la tête, j'en suis sûr.

— Dans ce cas, pourquoi est-il revenu ? Pourquoi nous a-t-il construit cette chambre ?

— Non, après. Il a… Il a arrêté. Le premier soir, il est venu. Cette fois, j'étais assez mûre pour… pour savoir que c'était complètement… pour lui dire que c'était complètement inadmissible. Et il a dit qu'il devait s'en aller.

— C'était, genre, du chantage ?

— Non, plutôt parce qu'il ne… Il ne… pouvait pas s'arrêter.

— Et maman ? dis-je, ma voix presque un murmure.

Toute la journée, j'ai redouté de connaître la réponse à cette question.

— Elle n'en savait rien, elle n'en a jamais rien su.

J'ai l'impression de recevoir un coup de poing en pleine figure.

— Et on va faire en sorte que ça ne change pas, Trig. Jamais.

Étendu à ses côtés, je frissonne.

— Je n'en ai jamais parlé. Jusqu'à ce qu'il me force à le faire. Il voulait savoir si c'était vraiment arrivé.

Je garde le silence.

— Il m'a forcée à en parler, putain, répète-t-elle, incrédule.

— Je ne me doutais de rien.

— Le passé, c'est le passé, Trig. Ça n'a pas duré longtemps. Je savais pas comment réagir.

Je n'ai pas de mots. Personne ne devrait avoir à réagir à ça.

— On a une longue journée en perspective. Si on se reposait un peu ? dit-elle.

— On peut toujours essayer.

Je doute qu'il y ait assez de chiffres dans la suite de Fibonacci pour m'emporter, ce soir. J'écoute Al s'endormir, quelque chose que j'ai l'impression de faire depuis que je suis né.

29

LES JOURNÉES SE SUIVENT et se ressemblent, la température continue de baisser, la glace de s'étendre. De moins en moins repérables, les portages s'apparentent à des séances de torture consistant à hisser, à traîner. J'ai l'impression de voir chaque lac pour la première fois et je ne suis pas sûr de me souvenir des endroits où nous campons. La faute à la neige, me dis-je, à la glace. Peut-être Papa a-t-il eu la même sensation à l'aller, celle d'être de plus en plus perdu à mesure que défilaient les kilomètres.

Chaque matin, nous propulsons le canoë sur la glace, le cœur battant à tout rompre. Ensuite, Al lance sa ligne dans la brume. L'extrémité de sa canne vibre et bondit, la cuillère voltige tandis que nous glissons sur l'eau silencieuse, à travers la brume épaisse. Notre sillage s'élargit et vient laper la bordure de la glace, d'où montent de minuscules crépitements. Je compte les campements à rebours, pour m'assurer que je ne me suis pas trompé dans mon calcul. Quelque part dans le ciel, un corbeau lance son étrange croassement rocailleux. Une minute plus tard, je le vois planer à l'autre bout de la baie, noir contre la neige blanche, le ciel gris.

Dans les arbres, un deuxième corbeau se fait entendre. La glace s'accumule sur la ligne d'Al, des bernacles sur un pilotis. Jamais je n'ai connu d'endroit si étrange.

Lorsque sa canne se plie en deux, Al pose la pagaie, ferre sa proie d'un coup sec et rembobine sa ligne, sérieuse comme un pape, jusqu'à ce qu'elle enfonce ses doigts dans les ouïes d'un énorme doré jaune – un monstre, un festin à lui tout seul – et pousse un petit cri de triomphe, presque un appel de huard.

— *Bon appétit** à nous !

Je souris. Elle achève le doré et le place derrière son siège. Nous repartons, plus rapides maintenant que nous ne sommes plus obligés de maintenir une vitesse de traîne. Je reprends mon décompte, me remémorant les coudes et les virages, les anses et les îles, le prochain portage. Je me demande combien de kilomètres nous allons parcourir aujourd'hui, combien de lacs nous allons franchir. Ils sont si nombreux, si indissociables, qu'au bout d'une heure, je ne sais plus de quoi je me souviens. S'agit-il d'une journée en particulier ou d'une boucle continue, une succession ininterrompue de pins, d'eau, de granit, de hauts-fonds et de racines vers lesquels j'ai pointé la proue à la recherche de poissons ? Où Al et Papa ont-ils fait une touche ? Quel lac Papa a-t-il appelé Lonely Lake en premier ? Quel jour était-ce ? Je donnerais n'importe quoi pour avoir une carte regroupant ce puzzle en un tout cohérent, mais je n'ai que des pièces éparses, et aucun modèle auquel me référer.

* En français dans le texte.

Si seulement Papa avait choisi une direction et s'y était tenu. Chaque jour il en prenait une nouvelle. Nous avons tant zigzagué qu'une boussole ne nous serait d'aucune utilité. Les rives et les portages sont nos seuls repères, hélas les lacs ne sont pas rectilignes, ils se courbent, s'incurvent et s'arrondissent. Ils me sont *tous* familiers. Si le ciel était dégagé, au moins je saurais où se situent les points cardinaux. Impossible de se repérer sous ce ciel grisâtre, nous pourrions tourner éternellement en rond sans même nous en rendre compte.

Parfois je crois reconnaître un détail, une falaise qui interrompt l'avancée de la forêt sur la rive, un arbre à deux troncs, penché à quelques centimètres de l'eau, et dont les branches s'élancent vers le ciel. Mais la plupart du temps, je me contente de pagayer, espérant un indice, une preuve que nous sommes sur la bonne voie.

Ce matin, la brume persiste et le silence n'en est que plus sinistre, nous avons l'impression de faire du surplace, des hamsters dans une roue immergée. Hypnotisé par les doubles tourbillons qui jaillissent et disparaissent de part et d'autre de ma pale, j'entreprends de les compter. Combien de tourbillons ai-je créés aujourd'hui, depuis que nous sommes descendus de la jeep, depuis notre enfance ? Jusqu'où nous ont-ils menés ?

Une voix s'élève dans l'air ouaté.

— Trig ?

Je m'arrache aux tourbillons. Tournée sur son siège, Al me dévisage.

— Tu rêvasses ou tu regardes où on va ?

Nous nous dirigeons droit sur une plaque de glace bordant une petite pointe. J'exécute un coup de pagaie en J pour l'éviter.

— Tu ne fais plus gaffe ou quoi ?

J'esquisse un sourire. Al gesticule vers la droite, de l'autre côté de la pointe.

— Le portage devrait se trouver à l'extrémité de cette baie, au fond d'une petite anse, s'il y en a une, bien sûr.

Je hoche la tête.

— D'accord. (Je passe aux aveux :) Je suis paumé, Al. Complètement paumé.

Son visage est ourlé de givre, le devant de son bonnet, la doublure de ses oreillettes, son col, ses cheveux en sont recouverts. Son manteau. Le mien aussi. Le brouillard s'est figé sur nos vêtements, nous enchâssant dans un cocon glacial. Je le balaye d'un revers de la main.

— J'ai l'impression qu'on est toujours sur le même lac, pas toi ? Ou sur un lac exactement comme celui-ci. Ou dix. Ou vingt.

Elle acquiesce.

— Je ne me rappelle même plus quand on est partis. Mais sur l'eau, ça me revient. Après ce portage, il y a le lac tordu et tout en longueur, c'est ça ?

Je hausse les épaules.

— La nuit, je crois me souvenir de tout. Les camps, les conversations, les repas, le chemin parcouru, les poissons pêchés. (Je plante ma pale dans l'eau.) Dans le canoë, avec la neige fondue qui gèle sur la pagaie, le brouillard, le croassement des corbeaux, j'ai la sensation de me trouver dans un autre monde.

— C'est le même monde, Trig, promis. (Elle fait face à la proue.) Mieux vaut continuer. Si on se refroidit maintenant, on n'arrivera plus à se réchauffer.

Je redouble d'efforts, pour lui prouver que je l'écoute. Féroces, mes tourbillons aspirent les bris de glace et les emportent dans l'abysse.

— Contourne la pointe, dit Al.

Je longe la glace, l'éclabousse avec la vague d'étrave. L'eau franchit la lisière cristalline, se répand sur le gris, le lustre noir, le bleu, amorce sa transformation et devient laiteuse, une vague solide.

— OK, Trig, maintenant, on traverse la baie. Ensuite, on bifurque à droite. Il devrait y avoir un ruisseau reliant ce lac au suivant.

Tout à coup, je me souviens. Les rapides qui miroitaient au soleil, l'éclat jaune des feuilles de saule. Papa menait, Al et moi suivions. Chaque fois qu'il prenait une vague, il hurlait de joie. Lorsque le courant nous avait recrachés sur les eaux plus larges et plus lisses de ce lac, Al avait agité sa pagaie au-dessus de sa tête.

— Les eaux sauvages, dis-je.

— Notre fameuse descente en eau vive, s'esclaffe Al.

Pressé de voir le ruisseau se jeter dans l'eau, je pagaye de plus belle et j'accumule de la chaleur, les yeux rivés sur la fuite des tourbillons.

Nous l'atteignons dans l'après-midi. Le courant tient la glace à distance, aussi pagayons-nous jusqu'au rivage. Le ventre d'Al se met à gargouiller sitôt qu'elle enjambe le plat-bord. Elle sort deux paquets de raisins secs de son manteau. Ils ne sont pas gelés, leur texture est moelleuse, sucrée dans ma bouche. Les barres de céréales sont moins malléables, nous les brisons en morceaux avant de les laisser fondre sous notre langue, d'abord le sel, puis le chocolat, enfin les cacahuètes.

— Si seulement on avait le temps pour une soupe, dit Al en sautillant pour se dégourdir les jambes.

— Je peux nous en préparer une, si tu veux.

— Il faudrait construire un feu, trouver du bois.

Je scrute les arbres à la recherche de branches.

— J'imagine qu'un réchaud aurait été trop demander.

Papa détestait les réchauds presque autant que les lampes frontales.

— Continuons d'avancer. On s'occupera du feu ce soir.

— Si on avait une Thermos, on pourrait emporter la soupe avec nous.

— Si on avait un réchaud, on pourrait en faire une ici même. Ou un café, pourquoi pas.

Al me tend une dernière barre de céréales et s'éloigne en direction des arbres. Quelques secondes plus tard, elle dit avoir trouvé la piste, revient la bouche pleine et saisit l'amarre de proue. La neige a gelé sous le canoë mouillé, la coque est aussi rugueuse que du papier de verre. Nous devons tirer de toutes nos forces pour la faire bouger. Heureusement la piste arase le fond du canoë et les saules près du ruisseau en arrachent la neige gelée.

Pas de glace sur le lac suivant, un cadeau du courant, même si nous devons lutter contre lui pour atteindre l'eau lisse. Nous sommes persuadés d'être arrivés sur le bon lac, pourtant nous ne le reconnaissons pas. Après quelques heures, Al finit par admettre qu'elle ne se souvient de rien, elle essaye juste de repérer le portage. Je me demande si nous nous sommes trompés de ruisseau, si notre descente en eau vive a eu lieu ailleurs.

Mais le lac est bien tordu, tout en longueur, et nous pagayons encore quand le jour commence à décliner.

À présent, Al a abandonné l'idée de trouver le portage et cherche un emplacement où camper. A priori, nous avons dormi sur ce lac à l'aller. Pourtant, lorsque nous glissons sur la glace pour débarquer sur un semblant de plage, nous ne repérons pas la moindre trace de feu sous la neige. Nous déblayons une clairière pour la tente, une autre pour le foyer. Une autre nuit dehors, plus froide encore que les précédentes.

30

LE LENDEMAIN, au point du jour, je ravive les braises quand Al revient du lac en secouant la tête.

— On est dans la merde, Trig.

Elle empoigne la hache et je la suis jusqu'à l'eau. Grise près du rivage, la glace vire au noir à mesure qu'elle s'étire vers le large. De la neige fondue clapote à sa lisière et s'accumule en un petit rempart à une quinzaine de mètres de la plage. Une vingtaine. De la brume flotte au-dessus de l'eau libre. Double, double, peine et trouble* !

— Comment on va atteindre l'eau libre ? demande Al. Et accoster la plage ce soir ?

— On pourrait pousser le canoë aussi loin que possible, puis le propulser en avant avec nos pagaies.

— Un peu comme traverser un parking à la rame, quoi.

— Je sais pas.

Elle me lance un coup d'œil.

* *Macbeth*, William Shakespeare, acte IV, scène v, traduction de François-Victor Hugo.

— On devrait peut-être partir tout de suite ? Avant que les conditions se dégradent ?

Un ruban de givre s'est déjà formé sur son bonnet, le col de son manteau. À cause de sa simple respiration.

— Un feu, un café, un petit déjeuner d'abord ?

— On va perdre une heure. Au moins. Sans parler du temps qu'on va mettre à plier le camp.

— On a besoin de calories. Je cuisine, tu remballes ?

Le regard rivé sur les eaux menaçantes, elle souffle un nuage de vapeur.

— OK. Je vais faire un trou dans la glace.

Tandis que je regagne le camp, j'entends s'abattre la hache, l'étrange trémolo de l'onde sonore.

— Huit centimètres d'épaisseur près du rivage, dit Al à son retour.

Elle dépose la gamelle et la casserole dans la neige, s'affaire à démonter la tente.

Je mets l'eau à bouillir, puis j'aide Al à ranger la tente, le tapis de sol, le double toit. Nous sortons le café, les raisins, les flocons d'avoine, chargeons les sacs dans le canoë et les arrimons avec les sangles.

Je suis pris d'une violente crise de frissons. Lorsque nous retrouvons enfin le feu, le café me ramène à la vie. Nous avons déjà rangé les tasses, aussi partageons-nous la gamelle, buvant à grand bruit. Nous nous brûlons les lèvres, nous tapons des pieds, nous sourions et nous grimaçons. Une fois le café terminé, Al s'empare de la casserole. Les flocons d'avoine ne sont pas vraiment cuits, les raisins à peine ramollis. Nous mastiquons en nous passant la casserole, la cuillère. Enfin, nous éteignons le feu et rejoignons le rivage. J'accroche la poignée de la gamelle à une des sangles du Duluth, la cuillère cliquetant à chacun de mes gestes.

Nous étudions la glace, les bras serrés contre la poitrine.

— Je suis la plus légère, dit Al. Je vais me placer au niveau de la proue et me tenir aux plats-bords. Si j'entends la glace craquer ou grincer, je sauterai dans le canoë.

— Pourquoi ne pas t'asseoir tout de suite ?

— La glace est assez épaisse pour supporter notre poids.

— Jusqu'où ?

— Tout ira bien, Trig.

Elle s'élance. Je n'ai pas d'autre choix que de pousser le canoë en m'efforçant de ne pas perdre l'équilibre.

Quelques mètres plus loin, Al s'arrête, sort la hache et l'abat sur la glace, produisant un bruit mat au lieu d'un écho creux. Mais vortex oblige, j'imagine la hache traverser la glace et disparaître sans un remous, et avec elle le bois qu'elle ne sera plus en mesure de nous fournir.

— Attends, dis-je. (Je sors la corde de parachute.) Si on l'attachait ?

Je tends la main à Al pour qu'elle me donne la hache, Al me tend la sienne pour que je lui donne la corde, je lève les yeux au ciel et la lui lance. Elle retire ses moufles avec les dents, enroule la corde autour du manche, en avant, en arrière, un nœud aussi solide qu'une soudure.

— Comment tu…

— Cabestan double, dit-elle.

— Papa t'a montré un nœud qu'il ne m'a pas montré à moi ?

Il est la seule personne que je connaisse capable de faire ce genre de nœud. Le regarder manipuler une corde, c'était un peu comme voir un clown transformer un ballon en caniche.

Elle secoue la tête.

— Brent était dans la marine. On s'exerçait ensemble. Notre relation aura au moins servi à ça.

— La marine ? Genre, à bord de l'*USS Constitution* ?

— Ouais, pour une espèce de test. Au cas où le réacteur refroidirait, un truc dans le genre.

Al attache l'extrémité de la corde à la poignée de proue et se remet à marcher en donnant de grands coups devant elle. Soudain la glace ploie sous son poids au lieu de se fissurer. Al bondit par-dessus le plat-bord et atterrit sur son siège, à croire qu'elle a fait ça toute sa vie. Elle saisit sa pagaie, qui dérape aussitôt vers l'arrière. Je pousse la coque une dernière fois et saute sur mon siège. La glace s'incline tandis que nous prenons appui sur elle avec nos pales. Enfin, la plaque craque et coule, nous atteignons l'eau libre.

Je commence à pagayer. Al est encore occupée à monter sa ligne quand nous apercevons un portage qui coupe à travers les arbres. Al pivote, hausse les épaules.

— Pourquoi pas ? dis-je.

Nous prenons notre élan et glissons sur la glace, en mode lancement de fusée.

Nous pensons avoir de la chance, nous sommes parvenus à embarquer et à débarquer sans trop de mal et nous avons tout de suite trouvé le portage. Cependant la piste, dont je n'ai aucun souvenir, se révèle un véritable enfer, toute en montée, elle vire et sinue sans cesse. Le dénivelé devient quasi impraticable, puis nous parvenons au sommet et nous immobilisons, les mains sur les genoux. Nos poumons se contractent tels des soufflets. Le vortex tourbillonne de plus belle, la certitude que nous sommes perdus menace de m'emporter. Subitement, Al se redresse.

— Le putain de Mont Crumpit*.

Je me rappelle l'avoir entendue dire la même chose à l'aller et j'éclate de rire, soulagé de savoir que nous sommes déjà passés par là. Dire qu'une seconde plus tôt, j'étais persuadé de me trouver sur un lac inconnu, un réseau entier de lacs inconnus, chacun nous éloignant un peu plus de la civilisation.

— On a fait le plus dur, dis-je.

Papa a prononcé ces mots précis à cet endroit précis. J'essaye de compter le nombre de jours écoulés depuis. Le jour d'avant le jour d'avant le jour d'avant la nuit précédant la nuit de l'ours, la veille du jour où nous avons monté le dernier camp, la veille du jour où Papa a disparu, la veille du jour où nous avons dormi seuls pour la première fois, la veille du jour où nous avons compris que nous devions l'abandonner. La somme de tous ces jours, à moins qu'il ne s'agisse de moments appartenant à la même journée, ou…

Al me secoue le bras.

— Trig ?

Je lève les yeux.

— T'es avec moi ?

— Je comptais les jours…

— Arrête tout de suite. Je ne sais plus si tu es en hypothermie, dans le vortex ou quoi…

Je souris.

— Un peu des deux. (Je vois son expression.) Je vais bien, promis.

* Référence à une montagne imaginaire dans *Le Grincheux qui voulait gâcher Noël*, de Dr. Seuss.

Elle me dévisage.

— T'es sûr ?

— Pas pour longtemps, si on s'attarde ici.

Nous entamons la descente. Al a la présence d'esprit de saisir l'amarre de proue, pour retenir le canoë au cas où il dévalerait la colline. En réalité, plus péniche que bobsleigh, la coque s'enfonce dans la neige, un peu comme si nous la traînions dans le sable. Heureusement, la descente est moins ardue que la montée et nous atteignons bientôt le lac suivant.

— Je vais m'asseoir à l'arrière, cette fois.

— Je te jure que je vais bien, Al.

— C'est mon tour.

— Tu sais où on va ?

— Chez nous.

Je reste planté là, à sourire, sans avoir la moindre idée d'où se trouve ce "chez-nous".

— Allez viens, Trig. Je tremble comme une feuille. On bouge.

Un autre petit ruisseau empêche la glace de prendre, aussi parvenons-nous à embarquer sans trop de difficulté. Le lac ressemble à tous les autres, toutefois le brouillard se dissipe, les nuages sont nimbés de lumière. Le soleil demeure aux abonnés absents mais derrière nous, le ciel s'éclaircit. À force de réfléchir, je finis par en déduire que nous avançons vers le nord-est, une direction qui me semble juste.

— Ne perds pas le rythme, dit Al.

Je prends alors conscience que j'ai cessé de pagayer et plante ma pale dans l'eau.

— Désolé.

— Reste concentré, T.

— Je sais, je réfléchissais à notre cap.

— On est bons.

Elle cale ses coups sur les miens et le canoë bondit en avant.

— Si on se dépêche, on se réchauffera et en plus on gagnera une journée.

À midi, nous nous laissons dériver en grignotant des barres de céréales, un reste de mangues séchées, puis nous recommençons à pagayer, toujours plus vite. J'ai les jambes raides, le corps douloureux. Al souffle comme une locomotive, un genre de *pfff, pfff, pfff.* Je garde le rythme, un sourire aux lèvres. Au lieu de me laisser hypnotiser par les tourbillons, je me tiens la tête haute, grisé par le mouvement, la sensation de battre un record de vitesse. Je vise l'amas de racines à l'extrémité du lac, qui n'est peut-être qu'un méandre. Je ne me souviens de rien ; à l'aller, je tournais le dos à ce paysage. Peut-être Al a-t-elle mémorisé des repères. Peut-être qu'elle sait vraiment où nous allons.

Lorsque nous approchons d'une piste potentielle, d'un autre emplacement peut-être, nous avançons à une allure telle qu'Al ne se donne même pas la peine de tester la glace.

— Vitesse maximale, grogne-t-elle.

Si je croyais que nous allions vite avant, je me trompais. Nous donnons tout ce que nous avons et le canoë fait une embardée. Je me prépare à l'impact. Avec mon poids à la proue, le choc est plus rude que d'habitude. La coque heurte la lisière, se soulève et glisse sur la glace. Je saisis l'amarre et saute hors du canoë avant qu'il ne perde son élan.

— Trig !

J'atterris en dérapant. À genoux, je rampe en direction du rivage, l'amarre se déroule puis se tend d'un seul coup, me faisant pivoter sur les fesses. Je tire, un bras devant l'autre, comme si Al était suspendue à une falaise. Quand le canoë coulisse jusqu'à moi, elle est déjà sur la glace et me serre dans ses bras. Peut-être cherche-t-elle simplement à me traîner sur la rive. Elle continue de souffler, pareille à une locomotive.

— Qu'est-ce qui t'a pris ? hurle-t-elle. Qu'est-ce qui t'a pris de faire cette cascade ? (Elle n'en finit plus de me secouer, pour s'assurer que je suis vraiment là, peut-être.) Putain de merde, T, tu pourrais être *sous* la glace à l'heure qu'il est.

— C'était ton idée. (Je la repousse.) "Vitesse maximale !"

Elle s'immobilise, tremblante, hors d'haleine.

— Je voulais qu'on chevauche la glace, pour voir. Je n'imaginais pas que tu allais quitter le navire.

— Trop tard.

Je saisis la poignée de proue, remorque le canoë sur la plage. Aussitôt, je tombe sur un chemin. J'ignore comment Al a deviné que le portage se trouvait là. Elle me rejoint et m'attrape par le bras.

— J'ai eu peur, c'est tout.

— Et moi, j'ai peur chaque fois que je réfléchis, Al. J'en ai eu assez.

Elle me dévisage. Je détourne les yeux, reportant mon attention sur la piste.

— Tu t'en souviens, de celle-là ?

Elle secoue la tête.

— Mais je ne me souvenais pas du Mont Crumpit avant d'arriver au sommet.

Ensemble, nous tractons le canoë.

Sur le lac suivant, la glace semble plus solide, cependant, ainsi que le dirait Papa, la glace, ses forces et ses faiblesses, est un sujet que nous ne maîtrisons pas, au même titre que la physique quantique, l'extraction de minerai ou le fonctionnement de nos téléphones. Plus que deux heures de lumière. Le lac est petit, fait remarquer Al, nous aurons peut-être le temps de franchir un autre portage d'ici à la tombée de la nuit.

Je crois me souvenir qu'à l'aller, nous avons gravi le Mont Crumpit au matin. Dégoulinants de sueur, nous avions dû faire deux voyages.

— On a déjà campé ici, non ?

— Si on veut repartir plus vite qu'on est venus, on va devoir sauter quelques emplacements. C'est mathématique.

— Mais…

À bout de souffle, je manque d'air pour terminer ma phrase.

— On ne va pas prendre de raccourcis. On ne va pas s'aventurer sur des lacs inconnus. On va se contenter de suivre les miettes, jusqu'au point d'embarquement.

— Si on…

— On n'est pas perdus et on ne se perdra pas.

— Si on se perd quand même ?

— Je sais, Trig, je sais. Mais ça n'arrivera pas. On va continuer d'avancer, un portage après l'autre. (Elle pose la main sur mon épaule.) C'est le moment de pagayer. On pourra discuter sur l'eau.

Je hoche la tête. Elle sourit, ouvre un bras en grand, une invitation à bouger. L'amarre de proue à la main, je pose un pied sur la glace, lui assénant un grand coup de pagaie. Un autre pas, un autre coup. Nous avons presque atteint l'eau libre quand le terrain devient dangereux.

— Saute dans le canoë, dit Al.

Elle pousse la poupe et je m'exécute, trébuchant sur le siège. Je saisis la pagaie, prêt à la plonger dans l'eau. Le canoë s'immobilise. La glace n'a pas cédé sous notre poids, nos pales raclent la surface.

— Nous voilà bien, dit Al dans mon dos.

Nous restons plantés là, tels des personnages de dessin animé coincés au sommet d'un iceberg.

Je défais les sangles pour attraper la hache, calée contre le Duluth.

— Tu fais quoi ? demande Al.

Je retire le fourreau en cuir. La corde est toujours enroulée autour du manche. J'attache l'autre extrémité à la poignée de proue et m'agenouille, le ventre sur le pontet.

— Fais gaffe, Trig.

Il n'est pas aisé de manier une hache en position allongée. Au premier coup, j'ai la sensation d'être devenu gaucher, la lame écorche à peine la glace, envoie voleter quelques copeaux, retombe en cliquetant. Je me concentre. Le coup suivant fend la glace, l'eau jaillit aussitôt, mais il s'agit seulement d'un trou, pas d'une fissure, encore moins d'un chemin.

— Deux, trois centimètres d'épaisseur, a priori, dis-je.

J'abats la hache, encore et encore, soulevant des gerbes d'eau. À l'arrière, Al ne voit rien.

— Qu'est-ce qui se passe ? Tu y arrives ?

Je me rassois, un sourire aux lèvres.

— Je ne comprends même pas qu'elle tienne.

Je ramasse ma pagaie, la plante dans l'ouverture, nous tire en avant sur un mètre ou plus. J'alterne coups de hache et coups de pagaie jusqu'à ce que la proue flotte sur l'eau libre. Enfin, la glace ploie sous notre poids.

— C'est bon, je crois, dis-je en posant la hache sur le pont.

J'ai vu juste. Suspendu à la lisière de la glace, le canoë glisse en avant, dans un bruit semblable à celui que produirait une brique sur une râpe à fromage. Je brandis ma pagaie au-dessus de ma tête en signe de victoire.

— Bien joué, dit Al.

Nous plongeons nos pales dans l'eau.

Éreintés, nous avançons en silence, levant nos pagaies, les immergeant de nouveau. Enfin, nous atteignons la glace qui borde le portage suivant. Cette fois, nous procédons pareils à des vieillards, tâtant la plaque avant de l'attaquer avec la proue. J'enjambe prudemment le plat-bord, comme si je marchais sur du papier. Al reste assise pendant que je tire le canoë sur la plage – pas plus d'une personne sur la glace, telle est notre règle.

— On devrait camper là, dit-elle en débarquant. Je n'ai pas la force de franchir un autre portage.

Je regarde alentour.

— Tu préfères l'affronter au réveil ? Et gaspiller les quelques heures de lumière qu'il nous reste ?

— Je préférerais affronter un hélicoptère, T, mais on est à bout, il faut qu'on mange et qu'on dorme.

— Un dernier effort, dis-je en passant mon sac à mon épaule.

Al me dévisage, sort une barre de céréales de sa poche et la casse en deux. Nous traînons le canoë en mastiquant, le souffle presque trop court pour mâcher.

La piste est courte et plate, pourtant nous devons nous arrêter deux fois pour reprendre notre respiration. Je ferme les yeux, je pourrais dormir debout.

— On campe ici ? dis-je lorsque nous parvenons au lac suivant.

— Si on pagayait un peu d'abord ? Jusqu'au prochain portage ?

Je m'assois sur le plat-bord, retire les bretelles de mon sac.

— Tout à l'heure, tu étais prête à remballer.

— Je sais, mais…

— Tu veux passer la glace à nouveau ?

— T'avais raison, T. Mieux vaut profiter des dernières lueurs.

— Et monter le camp de nuit ?

— Non, mais si on met un dernier portage derrière nous, demain, on n'aura pas à démarrer la journée comme aujourd'hui, par une épreuve.

— Ce n'est pas ce qu'on vient de faire ?

Elle contemple le ciel, puis elle me tend la main.

— Dès qu'on voit un emplacement, on s'arrête.

Elle me hisse debout.

— Ce serait sympa de ramasser le bois sans avoir à utiliser nos lampes.

— Promis.

Je tire le canoë sur la glace et m'installe. Al pousse de toutes ses forces, mais il est moins aisé de s'éloigner du rivage, sur une plaque de glace de plus en plus fine, que de s'en approcher. Je dois sortir la hache à nouveau, la manier plus longuement qu'auparavant. Une activité si éreintante qu'elle s'apparente à une punition, j'ai les bras, les épaules en feu, des vaguelettes m'éclaboussent le visage et se figent dans ma barbe hirsute. Une fois sur l'eau libre, je m'affale contre le siège, laissant retomber mes bras parcourus de fourmillements.

— Un coup de main ne serait pas de trop, dit Al au bout de quelques secondes.

— Quoi ?

Je commence à pivoter puis, sentant bondir le canoë sous l'impulsion de sa pale, je m'assois sans broncher et empoigne ma pagaie.

Nous traversons une petite baie, le ciel s'assombrit et Al longe le rivage, à la recherche d'un emplacement ou d'un portage dont j'espère qu'elle se souvient, même si je suis trop fatigué pour lui poser la question. J'imagine qu'elle est aussi épuisée que moi, pourtant aucune plainte ne s'élève dans mon dos.

— Al ?

— Je cherche ! répond-elle d'un ton brusque.

J'immerge ma pale.

— Tu cherches quoi ?

— Un endroit où débarquer de ce canoë à la con.

— Je vote pour.

La lumière continue de décliner.

— Là-bas, dit Al un quart d'heure plus tard.

Je me tourne et la vois tendre le bras. Une parcelle de neige lisse s'étire le long de la glace. Sûrement une plage. Une trouée apparaît dans les broussailles au second plan. Un chemin. Pas assez large, me semble-t-il, pour constituer un portage.

— On plante la tente ? dis-je.

Vingt-cinq mètres de glace nous séparent du rivage. Impossible de nous dégager un chemin à la hache.

— Ça m'a l'air plutôt solide, dis-je à mi-voix.

— Il n'y a qu'une seule manière d'en être sûr. Teste-la avant, cette fois.

J'empoigne la hache.

— Attention, T.

Le premier coup entame à peine la surface. Je m'agenouille et cogne plus fort, produisant un bruit mat.

Je me tourne vers Al. Elle hausse les épaules.

Je saisis l'amarre, passe une jambe par-dessus le platbord, pivote et plaque mon torse sur le pont.

— Trig ?

— Tout va bien.

Je sors l'autre jambe et recule jusqu'à ce que mes genoux touchent la glace. La main accrochée à la poignée de poupe, je sautille pour tester la plaque.

31

JE SAUTILLE À NOUVEAU. Les yeux comme des soucoupes, Al m'observe.

— C'est parti…

Je m'écarte du canoë et commence à ramper. Si je passe à travers la glace, je n'aurai qu'à tirer la coque à moi avec l'amarre. Ou l'inverse. J'atteins le rivage sans encombre. Al tape dans ses mains, une fois, incapable de réprimer un sourire. Je tracte le canoë tandis qu'elle se démène avec sa pagaie pour m'aider.

— Voyons voir ce que ça donne.

Elle enjambe le plat-bord et se dirige tout droit vers la trouée dans les broussailles. Je lui emboîte le pas. La neige nous arrive aux genoux, même dans les bois, néanmoins il est évident que nous sommes sur un emplacement de camping. Nous déblayons une clairière pour la tente. Je balaye quelques bosses du bout du pied et tombe aussitôt sur une bûche. Mon autre pied butte sur une pierre.

— J'ai trouvé le foyer.

— Feu?

Je mets une seconde à comprendre qu'il s'agit d'une question.

— Je m'occupe de la tente ? ajoute-t-elle.

Nous rebroussons chemin, sortons les sacs du canoë, l'amarrons et le retournons, puis nous regagnons le foyer. La nuit va bientôt tomber et le vent s'est levé.

— Parfait, dit Al. Manquait plus que ça.

— La houle dispersera peut-être la glace.

— Peut-être.

Je m'enfonce entre les arbres avec la hache et coupe tout ce que je trouve, les petites branches comme les grandes. Derrière moi, Al assemble les arceaux de la tente.

J'allume à peine le feu qu'Al s'empare de la hache, m'aveuglant avec sa lampe. Elle rassemble plusieurs brassées de bois tandis que je dispose les bûches dans les flammes. Enfin, elle jette une énorme branche chargée d'aiguilles rouges près du foyer.

— Pour demain.

Quand le feu rugit, je reprends la hache et vais à la rive avec la gamelle et la casserole. Le vent souffle de plus en plus fort. Sur le lac, la brise est particulièrement féroce. Lorsque je soulève le canoë, je découvre le brochet du jour collé au fond de la coque, gelé. Pas de filets ce soir, nous allons devoir cuire le poisson entier, avec la peau et les entrailles, en le posant à même les braises, tels deux hommes des cavernes affamés.

À mon retour, je trouve Al occupée à fourrager dans le Duluth. Je brandis le brochet rigide.

— Je te présente notre dîner.

Al sort la tête du Duluth.

— Gordon Ramsay en serait malade.

Je laisse tomber le poisson dans la neige, éloigne Al du Duluth et en déterre un peu de panure – peut-être contribuera-t-elle à rendre notre dîner un peu moins répugnant.

Al sort la poêle et la place sur les braises. Alors seulement, je prends conscience que je suis en train de paner un poisson entier, écailles comprises. Al s'en rend compte en même temps que moi.

— On a peut-être un peu trop forcé, aujourd'hui.

Je dépose le brochet dans l'huile chaude ; la panure épaisse et visqueuse dégouline déjà.

— Beaucoup trop, ajoute-t-elle.

Trop fatigué pour sourire, j'aplatis le poisson à mesure qu'il s'amollit, le tournant d'un côté puis de l'autre pour éviter qu'il ne brûle. Espérons que ses écailles le protègent aussi bien qu'elles l'ont fait de son vivant.

— Il me faut absolument cette recette, dit Al.

— Tu veux du riz, aussi ?

— Juste du riz, peut-être.

Nous avons presque un kilo de poisson chacun, pourtant Al verse du riz dans la casserole – des sucres lents pour nous tenir au corps – et l'agrémente d'une touche de curry. Quand le couvercle se met à trembler, elle le retire. Je continue de faire frire le poisson, qui n'est plus rigide, au contraire : il est carrément flasque.

J'insère le couteau au niveau de la queue et tâche de retirer le plus gros morceau de peau possible.

— Trig.

— Merde, Al, ça ira.

— Non, regarde.

Je pivote juste à temps pour la voir s'éloigner du feu.

L'espace d'un instant, aussi fou que cela puisse paraître, je pense, Papa. Peut-être nous a-t-il suivis, attiré par l'éclat du feu ? Le cœur battant la chamade, je jette la poêle dans la neige tassée.

— Al !

Je m'élance à ses trousses.

Elle se dirige vers la plage, sa lampe oscille entre les arbres et soudain, plus rien.

— Al ?

Aveugle à tout ce qui échappe au faisceau de ma lampe, je la trouve debout près du canoë, face au vent, les bras serrés contre la poitrine, la tête renversée en arrière.

— Qu'est-ce que tu fais ?

— Éteins ta lumière.

Je m'exécute.

— Incroyable, non ?

Je la dévisage sans comprendre. Elle tire la pampille sur le bonnet de Papa jusqu'à ce que je regarde le ciel.

Une aurore boréale embrase la nuit. Le spectacle de la semaine dernière – à moins qu'il ne s'agisse de celle d'avant, peu importe – n'était qu'un échauffement. Je n'ai jamais rien vu de pareil.

— Il paraît que les aurores boréales sont les esprits des morts. Ou des torches censées les mener à l'au-delà, murmure Al.

Je hoche la tête.

— Les esprits ont dû penser que Papa avait besoin de beaucoup de lumière.

— Vu qu'il n'a pas de lampe frontale…

À ma grande surprise, elle se colle à moi et m'enlace le dos. Peut-être cherche-t-elle seulement un pare-vent, un peu de chaleur.

— Impossible qu'il ait survécu, T.

J'acquiesce.

— On n'a plus à s'inquiéter pour lui.

La nuit vibre et palpite, les verts s'avivent, relevés de temps à autre par un éclair bleu. Nous l'admirons en frissonnant.

— On devrait manger le brochet avant qu'il ne gèle à nouveau, dis-je après un temps.

— Ouais.

Mais elle n'esquisse pas un geste. Une étoile filante traverse le ciel.

— Le voilà.

Doucement, je me dégage de son étreinte et la tire par le bras, rallumant ma lampe frontale.

— Viens, Al. Les nuages ont disparu, il va faire un froid de gueux ce soir.

De retour près du feu, je découpe le brochet, m'efforçant d'oublier qu'il n'a pas été vidé. Je mélange la chair blanche avec le riz et nous l'avalons en quelques minutes. Al s'enfonce dans son fauteuil, souffle un nuage de vapeur en direction du ciel. Au-dessus de nos têtes, l'aurore scintille et trémule.

— Un thé ?

Je brandis la gamelle. Al balaye ma proposition d'un revers de la main.

— Je vais avoir envie de pisser, T.

Prenant soudain conscience qu'elle vient de faire une rime, elle sourit.

— OK, Ray.

Une blague qui ressemble un peu trop à Papa, aussi choisissons-nous de ne pas la relever.

Je glisse la main sous mon manteau, ma veste, sors mon étui, agite le dernier survivant.

— Un hommage au paternel ?

Al hausse les épaules. J'allume le joint et le lui passe. Nous le partageons en silence.

— Je n'en suis pas revenu, le soir où il est resté avec nous, finis-je par dire, recrachant un nuage de fumée.

Al hoche la tête et inhale une bouffée, les yeux fermés, le visage baigné par la lueur des flammes.

Penchés l'un vers l'autre, nous fumons jusqu'à ce que le filtre nous brûle les doigts, sans cesser d'alimenter le feu, les genoux bouillants, le cul gelé. Avec un soupir, Al jette le mégot dans les braises, puis nous nous redressons afin d'exposer notre dos et nos paumes aux flammes. Nous restons ainsi de longues minutes à rôtir.

— J'ai trop froid, T, dit Al après un temps. On sera mieux dans nos duvets.

J'opine, sors la trousse du Duluth et découvre que le dentifrice a gelé. Al hausse les épaules et s'éloigne dans la neige. Je me dirige alors vers la plage mais le vent, les pulsations de l'aurore boréale m'arrêtent net.

— Bonne route.

J'attends qu'une étoile filante me réponde, en vain. Je pourrais admirer le ciel pendant des heures, mais au bout d'une minute, j'ai les dents qui claquent et je regagne la tente. Encore une nuit à me cramponner à Al comme si ma vie en dépendait. Peut-être est-ce le cas.

Au milieu de la nuit, Al me donne un coup de coude.

— Trig ? Trig ?

— Hmm ? Quoi ?

Papa ? Un ours ?

— La tente est glaciale.

Je me tourne vers elle. Aussitôt, un courant d'air froid s'engouffre dans mon duvet. Mon nez, mes joues, sont parcourus de picotements. Suis-je vraiment réveillé ?

— Il est quelle heure ?

— Comment veux-tu que je le sache ?

Au point d'embarquement, nous avons rangé nos portables dans la boîte à pêche.

— Tu crois que les duvets sont jumelables ? demande Al. On aura plus chaud ensemble, non ?

Elle allume sa lampe frontale et la serre dans son poing. La lumière filtre entre ses doigts. Elle saisit mon duvet, scrute la fermeture Éclair, puis celle du sien.

— Comment savoir ?

— Aucune idée.

Claquant des dents, elle ouvre son duvet sur toute la longueur avant de passer au mien.

La lutte est âpre, nous voilà exposés au froid, vêtus de nos seuls sous-vêtements ; ils retiennent la chaleur moins de temps qu'il ne nous en faut pour comprendre que les duvets ne peuvent être jumelés.

— Putain !

— Et celui de Papa ?

Nous réitérons la manœuvre.

— Ça marche ! s'écrie Al.

Elle assemble les deux duvets, remonte la fermeture, achoppe sur un bout de tissu, le décoince et termine l'opération.

— Occupe-toi de l'autre côté, dit-elle en calant ses doigts sous ses aisselles. Je ne sens plus rien.

Je tâtonne un peu mais finis par y arriver. Nous nous emmitouflons en drapant mon duvet sur nous. Aussitôt, je me love contre Al. Collés l'un à l'autre, en position fœtale, ses bras serrés contre sa poitrine, mes bras serrés contre les siens, nous tremblons comme si nous étions branchés sur une prise.

Au bout de quelques minutes, nos dents cessent de claquer et nous respirons normalement.

— J'hallucine, chuchote Al.

— Quoi ?

— Les duvets.

— Les duvets ?

— Les duvets jumelables. Il les a achetés à Minneapolis.

— Et ?

— Tu avais déjà le tien, il en a acheté deux autres. Un pour moi, un pour lui. Comme par hasard, ils sont jumelables.

— C'est… c'est forcément une…

— J'en doute. (Elle me saisit le bras.) Merci, Trig. Merci de ne pas être celui qui a disparu.

Sidéré par ce qu'elle vient de dire, je ne réponds rien. Nous restons immobiles dans le noir, parcourus de temps à autre par un frisson.

Quand les tremblements s'estompent et que la morsure du froid s'émousse, Al se remet à parler.

— On est dans la merde, pas vrai, Trig ?

— Je pense que ça va aller, maintenant.

— Je parle de la glace.

Je me rends soudain compte que, pour la première fois depuis qu'elle est apparue, je ne me suis pas inquiété de la glace, alors qu'à ce moment-là mon inquiétude aurait été justifiée. Formidable.

— Je sais pas. On verra demain.

Je resserre mon étreinte, le visage enfoui dans ses cheveux, ou la maille de son bonnet, peut-être.

Ensuite, et malgré la température, nous sombrons, comme si nous étions dans l'utérus. Avant même que je puisse entamer la suite de Fibonacci.

32

DORY

ELLE N'EN EST PAS à son premier coup de fil. Ni à son deuxième. Elle a contacté les magasins de sport. Les agences de location de canoës. Pourquoi n'a-t-il pas pris la voiture, prélevé deux canoës dans sa collection ridicule ? Après coup, elle a réfléchi, consulté le site du parc, les règles, les recommandations. Elle a fini par trouver une station de rangers dans une ville du nom d'Atikokan. À présent, elle compose le numéro, sentant poindre une lueur d'espoir. Et tombe aussitôt sur le répondeur. Une agréable voix canadienne décline les horaires d'hiver. Dory regarde l'heure et secoue la tête.

— Neuf heures. Un peu tard, en effet.

Elle raccroche, se sert un autre verre de vin.

Nym Lake. Sur son ordinateur, elle ouvre le moteur de recherche. Ils n'y sont jamais allés ensemble, même s'ils ont souvent visité la région. Rien qu'elle et Bill, au début. Puis avec les enfants, si petits qu'il fallait les attacher pour éviter que les moustiques ne les emportent. Elle passe la nuit sur Google Maps, zoome, dézoome, atterrit du côté du Minnesota et du Wisconsin, des villes dont elle connaît les noms, des lacs dont elle se souvient, les nuits constellées d'étoiles, l'appel des huards au matin. Tous les quatre, ils s'amusaient plus qu'elle ne s'est autorisée à l'admettre depuis longtemps. Avant l'arrivée des jumeaux, Bill et elle aussi s'amusaient, ils se chevauchaient sous les astres, de vrais mustangs, et tant pis pour les moustiques. Ensuite, ils se grattaient en se frottant le dos contre les troncs, pareils à des ours.

Elle referme la bouteille de vin. Les effets de l'alcool. Nom de Dieu.

Le lendemain, Dory prend sa journée, prétextant un virus, une première. Pas à cause du vin de la veille. Elle a déjà travaillé dans un état second, elle a toujours su se ressaisir en cas d'urgence. Simplement, elle est déterminée à contacter la station de rangers sitôt qu'ils auront levé leur drapeau à motif feuille d'érable.

Dire que l'ex-petite amie de Bill l'a laissé emmener les jumeaux dans le Grand Nord alors qu'elle en est à vérifier si ses chaussettes sont assorties. Non pas qu'elle ait son mot à dire, empêcher Bill de partir à l'aventure étant aussi facile que d'arrêter un train en se couchant sur les rails.

Sur le répondeur, la voix affirmait que la station ouvrait à dix heures, pourtant personne ne décroche. Après plusieurs tentatives, Dory laisse un message expliquant qu'elle s'inquiète au sujet de campeurs dans la région.

Puis elle s'assoit, contemple les murs et décide d'aller travailler. Mieux vaut se remuer que rester ici à se tourner les pouces.

Bien évidemment, lorsqu'elle rentre chez elle où, bien évidemment, elle a oublié son téléphone – peut-être devrait-elle demander à Marcie de la surveiller, elle aussi – un message l'attend. Un Canadien enjoué du nom de Chad l'invite à le recontacter, il serait ravi de l'aider, même si, à sa connaissance, aucun campeur ne séjourne dans la région en ce moment.

— À votre connaissance, dit Dory. Pas très professionnelle, la formule, Chad, mon gars. Un peu léger.

Elle rappelle pour découvrir que la station a déjà fermé et imagine Chad, en tartan rouge et noir, occupé à descendre des Kokanee*. Elle laisse un autre message.

* Bière canadienne.

33

Nous ne tenons pas jusqu'à l'aube. Nous frissonnons dans le noir en écoutant le vent secouer la tente.

— Toi et ton thé, gémit Al.

— J'en ai pas préparé, dis-je.

— Tu l'as proposé.

Elle sort en pestant contre le froid, se soulage à quelques centimètres de la tente et rentre en se déplaçant comme un crabe, si vite qu'elle touche à peine le sol. Blotti contre elle, j'absorbe ses frissons. À croire qu'elle a été givrée. Puis, ainsi que je m'y attendais, ma propre envie, inexistante deux minutes plus tôt, devient si pressante que je dois sortir à mon tour. Je ne m'éloigne pas beaucoup plus qu'Al, le froid étant si intense que ma peau se rétracte à son contact. C'est à peine si je prends le temps d'admirer les dernières lueurs au nord.

Je me rue dans la tente et reprends ma position fœtale, faisant sursauter Al.

— Tu es glacial !

— Sans déconner.

Elle est parcourue d'un frisson qui, par un étrange phénomène d'osmose, se transmet à moi. Trop fatigués pour en rire, nous poussons des soupirs saccadés.

— De retour dans l'utérus.

— La belle vie.

— Ouais… (Elle parle d'une voix assoupie.) Il y a des choses, tu sais…

— Quoi ?

J'ai le bras coincé sous son dos. Délicatement, je le libère et le replie au-dessus de son épaule, ma main sur ma joue, sa tête dans le creux de mon coude.

— Disons que certaines personnes ne valaient pas la peine qu'on le quitte.

Un frisson d'un genre nouveau me traverse. Papa, me dis-je, pourtant je me trompe.

— Brent, par exemple.

Je souris, cale mes genoux derrière les siens. Pas de suite de Fibonacci ce soir, rien que le vide.

J'oublie que je suis de ce monde, jusqu'à ce qu'Al s'extirpe de notre étreinte, allume sa lampe et passe un ongle sur le nylon, ramenant un morceau de givre.

— Sérieux ? Il est quelle heure, au fait ?

— L'heure de se remuer ?

— Sortir dans le noir ? Et geler sur place ?

— J'imagine que c'est à moi de préparer le café, dis-je en me redressant.

Al s'enfouit sous le duvet.

— J'avais peur que tu ne comprennes jamais.

Sans allumer ma lampe ni ouvrir les yeux, j'enfile péniblement mes habits ainsi qu'un pantalon imperméable, ce que j'ai de plus proche d'un vêtement spécial températures extrêmes. Mais le froid a franchi un nouveau palier et je suis obligé d'allumer la lampe afin de fourrager dans mon sac à la recherche de ma polaire, que je réservais pour des conditions extrêmes. Elle est pourvue d'une capuche, aussi dois-je retirer mon manteau et ma veste avant de l'enfiler, les remettre, sortir la capuche et la glisser par-dessus le bonnet de Papa, qui me retombe sur les yeux.

La voix d'Al monte de son duvet.

— C'est pas bientôt fini ?

Je me plie en deux pour sortir. Mes chaussures sont si rigides qu'il me faut les piétiner pour les assouplir.

— Qu'est-ce qui se passe ? On s'est réveillés en janvier ou quoi ?

Le vent a faibli, au moins.

Au lieu de prendre tout de suite, le feu fume et crachote. J'ai des crampes à des endroits dont je ne soupçonnais pas l'existence. Chacun de mes gestes, aussi lent soit-il, me coûte. Je me surprends à contracter les épaules, j'essaye de les détendre, c'est trop douloureux. Après m'être octroyé quelques minutes pour me réchauffer, j'emporte la hache, la gamelle et la casserole au lac.

Accroupi près du trou, je balaye la surface avec mon faisceau ; il fait trop sombre pour jauger la glace. De retour près du foyer avec l'eau, je tâche de me rappeler quels sont les autres éléments. Trop engourdi, mon cerveau en est incapable.

Penché au-dessus des flammes, je me dis qu'au moins, nous allons démarrer tôt aujourd'hui, peut-être même gagnerons-nous une journée. Je reprends mon décompte fragmenté. Encore six jours, à vue de nez. Cinq, si la chance est avec nous et qu'elle ne nous quitte pas d'une semelle. J'en suis réduit aux conjectures.

Je sors le café, les flocons d'avoine, les canneberges (gelées), le sucre brun (gelé). L'eau ne va pas tarder à bouillir, des bulles apparaissent dans la gamelle et la casserole. Une lumière diffuse semble percer à l'est, au sud-est. Soudain, cela me revient. Les deux éléments manquants.

— La terre et l'air. La terre, l'air, l'eau et le feu.

— Impressionnant, lance Al depuis la tente.

Je verse le café dans la gamelle.

— Salut. Je m'apprêtais à replier la tente avec ton corps endormi dedans.

— Il ne fait même pas jour.

— Le ciel s'éclaircit.

— Tu vois le soleil ?

— Pas tout à fait.

Je remue le café avec une brindille.

— Préviens-moi quand tu le verras.

— Al, le café est presque prêt. On va embarquer à l'aube. Histoire de mettre un ou deux lacs en plus derrière nous.

Elle pousse un gémissement suivi d'un grognement qui ferait la fierté de Papa.

— Je ne suis même pas sûre de pouvoir bouger, T, alors pagayer…

— Allez viens, le froid détend les muscles à merveille.

— T'es con.

Je l'entends s'agiter sous la toile.

Je me lève, détourne les yeux du feu. Il fait assez clair à présent pour voir au loin. Je me dirige vers le lac afin de planifier notre fuite.

Quand j'émerge des arbres, je constate que le brouillard a disparu ; aujourd'hui, au moins, nous aurons une vue dégagée, au lieu d'avancer à l'aveugle dans un paysage fantôme.

Puis le soulagement laisse place à l'angoisse. Le brouillard a-t-il été chassé par le vent ? Risque-t-il de se lever à nouveau ? Mais je ne sens pas le moindre souffle sur mes joues.

Au moment où j'atteins la plage, je comprends pourquoi il n'y a ni brume ni brouillard.

La glace.

Je fais demi-tour et prends un peu de hauteur, tâchant de maîtriser ma respiration, la nausée soudaine qui m'envahit. La glace s'étire aussi loin que porte le regard.

Je titube jusqu'au camp, où je n'entends plus Al. Elle a dû se rendormir, emmitouflée sous les trois duvets. Je décide de ne pas la réveiller. À quoi bon ?

Je m'affale dans le fauteuil, me frotte le visage, ferme les yeux. Lorsque je les rouvre, rien n'a changé. Je me force à saisir la gamelle dans la neige fondue près du foyer pour remuer le café, y ajouter un filet d'eau. J'essaye de déglutir, cependant j'ai la gorge nouée, desséchée.

La main tremblante, je retire ma moufle, découpe un morceau de sucre dans le bloc gelé, puis je remets ma moufle, remplis ma tasse et la tasse isotherme d'Al, revissant le couvercle aussi discrètement que possible.

Al ne dormait pas, elle se soulageait derrière la tente. Elle se fraye un passage dans la neige et prend sa tasse, les mains secouées de frissons dont j'espère qu'ils sont feints. Je verse les canneberges et les flocons d'avoine dans l'eau bouillante. Al reste debout près du feu, afin d'absorber un maximum de chaleur. Elle approche la tasse de ses lèvres.

— Il est brûlant, dis-je, la voix chevrotante.

— Tout va bien ? demande aussitôt Al.

Je détourne les yeux, je préférerais avoir autre chose à lui annoncer.

— Le lac est gelé, Al. On est pris au piège.

— Pris au piège…

Soudain elle comprend et se dirige à grandes enjambées vers la plage. J'aimerais la suivre, toutefois je n'en ai pas la force.

À son retour, elle ne marche plus à grandes enjambées, ses jambes flageolent, comme les miennes quelques instants plus tôt.

— Tout à l'heure, il faisait trop sombre pour voir l'autre rive… dis-je.

— Gelé d'un bout à l'autre.

— On aurait dû s'y attendre

— Si tôt ?

— Depuis le temps qu'on se gèle les couilles, Al.

— Je n'ai pas l'équipement adéquat pour en juger.

— Les couilles, les miches, peu importe.

Elle reste plantée devant moi sans esquisser un sourire.

— On va manger, attendre que le ciel s'éclaircisse. La glace est peut-être moins épaisse au large. On pourra se servir de la hache, dis-je.

— Et si ce n'est pas le cas ?

Je lève les mains, paumes tournées vers le ciel.

Nous avons beau avoir perdu l'appétit, nous avalons les flocons d'avoine, question de principe, et de toute manière, il nous faut des calories, même si nous ne décollons jamais du feu. Nous essayons d'estimer la température, -20 -25. Al finit par décréter que nous ferions mieux d'arrêter.

Incapables de trouver un autre sujet de conversation, nous jetons du bois dans le feu et sirotons notre café en silence, les yeux rivés sur les flammes.

— Je pense au type, là, tu l'appelais comment déjà ? demande Al après un temps.

— Qui ça ?

— Le ranger.

Je mets plusieurs secondes à le remettre.

— Dudley Do-Right ?

Elle opine.

— Il doit se douter qu'on est dans la merde, non ? Avec cette neige ?

La vague de froid a forcément été évoquée aux actualités. L'hiver si rude et si précoce.

— À tous les coups, il pense qu'on est déjà partis.

— La voiture est encore sur le parking.

La Cherokee rouge cerise. Je l'avais complètement oubliée, celle-là. J'adresse un regard à Al.

— C'est la première fois que le ciel est dégagé depuis des jours. Tu entends quelque chose, un avion, un hélicoptère ?

La forêt est si calme qu'on entendrait une montgolfière approcher. Pourtant, nous levons les yeux, comme si Dudley Do-Right amorçait sa descente vers le lac. Le ciel est vide, hormis l'habituelle traînée de condensation, un vol commercial à destination de Toronto, New York, Reykjavik, des passagers qui râlent – le siège devant eux est trop incliné, la nourriture médiocre, l'air étouffant – avant de commander un autre verre.

— Trig ?

Je me tourne vers elle.

— Une suggestion ?

Je hausse les épaules.

— On pourrait ramasser du bois vert, un truc pourri… N'importe quoi susceptible de produire de la fumée.

— Si on marchait ? Rester ici, faire de la fumée, ça revient plus ou moins à admettre qu'on va attendre d'être sauvés ou…

— Quoi ?

— Mourir de froid. Ou de faim.

Je reporte mon attention sur les arbres, leurs branches basses et vertes. Les trucs pourris sont ensevelis sous la neige. De toute manière, en dehors des pneus et du plastique, j'ignore quelles matières génèrent une fumée épaisse.

Je me lève, trouve la hachette, abats une branche, la jette dans le feu. Elle chauffe et noircit, les aiguilles se recourbent, une colonne de fumée s'élève dans le ciel et s'infléchit vers le sud. Je coupe d'autres branches, mais Al m'agrippe le bras et m'arrête dans mon élan.

— Le soleil s'est levé, on devrait aller au lac.

Je la dévisage sans comprendre.

— Rester ici, c'est une solution de dernier recours.

Je balance une dernière branche dans les flammes et nous gagnons le lac. Il est entièrement gelé. Impossible de jauger l'épaisseur de la glace sans la tester.

— Si on passait juste une journée ici, dis-je. Pour vérifier nos réserves, faire de la fumée. Vu le temps qu'on a eu, c'est le moment idéal pour lancer des recherches, non ?

— À condition que quelqu'un s'inquiète pour nous…

— Al, même Dudley a parlé d'opérations de sauvetage.

Al fait volte-face et je lui emboîte le pas. De retour près du foyer, nous restons aussi proches des flammes que possible. Nous n'allons pas tarder à sentir la viande séchée, si ce n'est pas déjà le cas.

— Tu te rappelles le jour où Papa lui a montré notre itinéraire sur la carte, en citant tous les lacs ? dit Al.

— Je crois, oui.

— Dudley ne le regardait pas.

— Il te regardait, toi ?

Elle hoche la tête, la bouche tordue en une moue, cette malédiction qui la poursuit depuis sa naissance.

— Donc à ton avis, il n'a pas la moindre idée d'où on se trouve ?

Elle hausse les épaules.

— Tout dépend de ce qu'a indiqué Papa sur le permis. Comment savoir ? Le savait-il seulement lui-même ?

— Dudley sait où on a embarqué. Et il sait qu'on n'a pas pu aller si loin que ça, même en pagayant deux semaines d'affilée.

— Le permis couvrait une durée d'un mois. On en est tout juste à la moitié. Pourquoi il s'inquiéterait ?

— Canadien ou pas, il se doute que ce n'est plus une partie de plaisir, à ce stade. D'autant qu'il y a une femme en détresse. Quoi de plus irrésistible pour un manteau rouge* ?

Al me fusille du regard.

J'entasse du bois sec sur le feu, ainsi qu'une branche verte. Nous orientons nos fauteuils vers le nord, hors de la fumée, du moins pour l'instant. J'étale une bâche sur la neige et vide le Duluth dessus. Tout au fond, coincés dans un pli, se trouvent les crampons. Comme si j'avais tout prévu depuis le début.

— J'étais sûr qu'ils serviraient à quelque chose, dis-je en les brandissant.

Al secoue la tête.

— À côté de toi, Einstein est un sous-doué.

* Référence à l'uniforme des membres de la Gendarmerie royale du Canada.

Je pose les crampons sur la bâche.

— A priori, on est partis avec un mois de provisions, non ?

— Sur les portages, c'est l'impression que j'ai eue.

J'ai fouillé dans le Duluth des centaines de fois, mais je ne me suis jamais livré à un véritable inventaire. Nous passons une heure à examiner nos vivres.

— J'arrive pas à croire qu'on ait laissé Papa s'occuper de tout sans lever le petit doigt, dit Al.

— On est des enfants.

— On a surtout de la chance qu'il ait pris autre chose que du mélange pour pancakes.

Selon notre estimation, nous avons de quoi tenir une semaine. Deux si nous attrapons des poissons.

— Pêche sur glace ? dis-je.

— T'as pensé à prendre une vrille ?

— Vu comme tu manies la hache…

Quand le soleil atteint le zénith, nous redescendons à la plage. Pas la moindre trace de brume, même au milieu du lac.

— L'eau est peut-être peu profonde, dis-je. Si ça se trouve, ce lac est le premier à geler en hiver.

— Ou il fait un froid de chien.

— On devrait jeter un œil sur le lac suivant.

Al désigne la glace.

— Comment, à ton avis ?

— Tu sais où se trouve le prochain portage ?

Elle me fusille du regard.

— T'avais les yeux bandés, à l'aller, ou quoi ?

— Plus ou moins.

— On pourrait marcher, tu crois ?

Je hausse les épaules.

— Pourquoi pas ?

Al étudie la neige le long de la rive.

— Ça promet d'être pénible, Trig.

— Les portages n'étaient pas si durs que ça.

— C'étaient des pistes. Cette fois, on sera dans les broussailles. On risque de se casser la figure.

Je lève les mains.

— D'accord, je réfléchis à voix haute, c'est tout.

— Réfléchis à voix basse, alors.

— T'as une meilleure idée ? T'as peur qu'on finisse comme les Donner* si on reste ici, donc…

Elle continue de scruter le lac.

— On pourrait y aller en canoë. Si on arrive à rejoindre le large. La glace y est sûrement plus fine.

— Comment…

— Comme avant. On pousse le canoë et on se sert de la hache.

— On ne va pas traverser tout le lac à coups de hache, Al.

— La glace n'est peut-être pas si épaisse, insiste-t-elle.

— Al…

— On pourrait essayer, au moins.

L'idée me paraît absurde.

— Lever le camp, charger le canoë, pour un simple test ?

— D'abord, on y va à vide, juste pour voir.

* Référence aux quatre-vingt-sept pionniers américains qui ont été bloqués par la neige en tentant de rallier la Californie en chariot. La plupart des membres de l'expédition Donner ont péri et certains survivants ont recouru au cannibalisme.

— Et si ça marche, on fait demi-tour, on lève le camp, on charge le canoë et on recommence ?

— On ne va pas rester là à attendre sans rien faire, Trig. Au moins, on aura ouvert la voie.

Je braque un doigt sur l'horizon.

— On va là-bas, on fait demi-tour, on lève le camp, on charge le canoë et ensuite, on se débrouille pour rallier le large avec une embarcation deux fois plus lourde. Puis on profite du peu de lumière qu'il reste pour pagayer jusqu'au prochain portage, ou se frayer un chemin à la hache ?

— On charge le canoë tout de suite, alors. On peut tenter le coup.

— On va avoir un mal fou à atteindre le portage, Al. On risque de passer la nuit sur de la glace trop fine pour nous porter et trop épaisse pour être brisée à la hache. Une nuit dans le canoë, à attendre que durcisse la glace, à la Shackleton.

— T'as raison. Mieux vaut s'enfouir sous nos duvets et attendre près du feu jusqu'à ce qu'on tombe de nos fauteuils, aussi raides que ce stupide brochet.

Je lui décoche un dernier coup d'œil avant de me diriger vers le camp.

— Tu vas où ? crie-t-elle dans mon dos.

Comme si un choix infini s'offrait à moi.

— Faire de la fumée.

Elle court et me rattrape au niveau du feu.

— C'est toi le patron, maintenant ? Tu prends les décisions et moi, j'obéis ?

— Le ciel est dégagé, Al. On va faire de la fumée. Guetter les avions. Dès que les nuages reviendront, on se remettra en route.

Elle saisit la hache, s'enfonce dans les arbres, se déchaîne sur les branches.

Hormis les coups furieux d'Al, pas un bruit ne s'élève sinon le crépitement du feu, le craquement des branches qui se fendent et se tordent. Elle finit par se calmer et je descends plusieurs fois au lac pour surveiller le ciel, debout sur la glace, le corps parcouru de frissons. Rien d'autre ne vole dans les airs sinon un occasionnel corbeau qui, après une descente en piqué pour mieux m'observer, s'éloigne dans un concert de croassements.

Lorsque les premières étoiles apparaissent, nous sommes exténués. Quatorze heures d'obscurité nous attendent. Chaque fois que nous nous asseyons, que nous coupons le bois, que nous observons le lac, le ciel, nous nous déplaçons comme si nous avions couru un marathon. Sous les duvets, nous avons beau nous blottir l'un contre l'autre, nous n'avons pas échangé plus de dix mots dans la journée.

34

LE LENDEMAIN MATIN, je demeure immobile, à écouter la respiration d'Al, histoire de m'assurer qu'elle est encore en vie. Après un temps, j'affronte le froid abyssal pour préparer le petit déjeuner. Je lance le feu, sors le café, le sucre, les raisins secs, puis je descends au lac avec la hache. Une fois à découvert, je prends conscience que le ciel est un bol vide au-dessus de ma tête. Pas la moindre étoile ou planète en vue. Les secours ne sont pas près d'arriver, malgré notre journée passée à grelotter près du feu en l'alimentant de branches vertes.

À la lumière de la lampe frontale, je brise la pellicule de glace qui s'est formée sur le trou de la veille, je remplis la casserole, la gamelle, regagne le foyer tel un équilibriste, tâchant de ne rien renverser.

Quand Al se lève, aux aurores, je n'ai plus besoin de lampe. J'évoque l'absence d'étoiles. Il fait assez jour à présent pour voir que le ciel est couvert. Il semble retenir le froid au lieu de la chaleur.

Nous allons au lac, nos tasses à la main.

— Je doute que la glace se soit affinée pendant la nuit, dis-je.

Al soupire.

— Qu'est-ce qu'on va faire, Trig ?

— J'ai réfléchi…

— Rejoindre le large n'est plus une option, à mon avis.

J'acquiesce sans prendre la peine de relever le “plus” dans sa phrase – à croire qu'en insistant pour qu'on passe la nuit là, je nous ai privés de notre seul espoir.

— On peut éviter de marcher dans les bois, dis-je.

Elle se tortille de manière exagérée, comme si elle essayait de regarder son propre dos. Puis elle m'attrape le bras et me fait pivoter.

— Al…

— Je vérifie juste que tu n'as pas d'ailes.

— Haha, très drôle.

— Qu'est-ce que tu veux que je te dise, Trig ? On ne peut ni pagayer ni marcher ni faire des signaux de fumée. J'ai oublié quelque chose ?

— On charge le canoë et on le traîne le long du rivage. Sur la glace. Suffit d'enfiler les crampons.

Elle m'observe. J'entends presque les rouages tourner dans son cerveau.

— Si on mangeait ? finit-elle par dire.

Devant le feu, nous partageons la casserole de flocons d'avoine.

— Plus de raisins, dis-je.

— Tu crois que la glace tiendra ?

— J'en suis presque sûr, sauf si on tombe sur une zone fragile, une source, un amas de racines ou quoi.

— Presque sûr, ça veut dire que c'est une certitude mais pas vraiment ?

— Les certitudes n'ont plus cours depuis qu'on a retrouvé Papa à l'aéroport.

Al jette une poignée de neige dans la casserole et frotte le fond.

— On pourrait laisser le canoë ici…

— Bonne idée. On voyage léger, rien que le Duluth et les sacs étanches.

— On abandonne le canoë, les pagaies, les gilets de sauvetage. Moins de poids sur le dos.

— Une vingtaine de kilos.

Elle me regarde en arquant un sourcil.

— Je n'ai pas seulement additionné les chiffres de Fibonacci cette nuit.

Elle sourit.

— Si on marche sur la glace, mieux vaut ne pas faire l'impasse sur les gilets.

— Bien vu, dit-elle, aussi aimable qu'elle est capable de l'être au matin.

— On prend la tente, les sacs et les habits. Impossible de s'en passer.

— Sans déc'. (Elle se tapote la tempe.) T'arrête pas, t'as le cerveau en feu. Pour une fois qu'il ne sert pas uniquement de porte-chapeau.

J'ajuste le bonnet sur mon crâne.

— Les allumettes, les ustensiles de cuisine… La hache, la hachette.

— On pourrait…

Je ne lui laisse pas le temps de finir sa phrase.

— On coupe plus de bois qu'un camp de bûcherons. Sans parler des trous dans la glace. Il nous faut les deux.

— OK.

— Les fauteuils. (Al ouvre la bouche et j'ajoute:) Tu préfères t'asseoir dans la neige?

Elle me fait signe de poursuivre.

— Les provisions. Tout le contenu du Duluth.

— Sauf les bols et les assiettes. On ne s'en sert plus de toute façon. (Al se redresse pour dénouer ses épaules.) La poêle pèse une tonne. La cocotte de Papa aussi.

— Plus de gâteaux?

Une des spécialités de Papa. Les gâteaux aux pépites de chocolat. Les tourtes aux myrtilles, c'était le truc de Maman, bien qu'après le divorce, il ait appris à les préparer sans son aide.

— À la dure.

— Va pour la cocotte. On garde la poêle pour faire frire les poissons.

— Je doute qu'on ait le temps de pêcher, Trig.

— Le soir, peut-être? Après avoir monté le camp? De toute façon, on sera obligés de percer la glace pour accéder à l'eau.

— D'accord, mais le but est d'aller le plus vite possible…

— Si on est pris au piège, il faudra bien qu'on…

— Pris au piège?

— S'il neige encore. Tu nous crois capables de bricoler une paire de raquettes?

Elle se lève, jette les dernières branches dans le feu.

— On devrait lever le camp et filer.

— Al, on va quand même avoir un sacré poids sur le dos.

— Et ce sera plus dur que de traîner un canoë de cinq mètres, à ton avis?

— Sur le lac, la surface est plate, pas de bosses ni de branches ni de cailloux.

— Jusqu'aux portages.

— Quoi qu'on fasse, on n'échappera pas aux portages. Et trimballer notre matos ne facilitera pas les choses.

Al s'appuie sur la branche qui lui sert de tison avant de la laisser tomber dans le feu.

— En tout cas, ça sert à rien de rester plantés là.

Elle va à la tente.

— On est en novembre, Al. En automne. La tempête était exceptionnelle.

Elle attrape un duvet, l'enroule sous l'auvent.

— Oui, mais on est au Canada.

— Imagine que la glace fonde ? Le lac redeviendra navigable…

Elle s'arrête, lève les yeux.

— Les lacs fondent moins vite qu'ils ne gèlent.

— N'empêche, si on abandonne le canoë, on sera vraiment dans la merde.

Je me lève, plie les fauteuils, les range dans leur housse.

— D'accord, on prend le canoë et on voit comment ça se passe. Au pire, on l'abandonne plus tard.

Je vide le contenu du Duluth afin de procéder à un nouveau tri. Je dépose la cocotte de Papa, sa fierté, huilée et noircie par les années, à côté du foyer. Cinq ou six kilos de poids en moins. Je garde la poêle numéro 10, environ trois kilos. Il reste du mélange pour pancakes. Gaspiller de la nourriture n'est pas envisageable ; si nous larguons le canoë, nous passerons la matinée à faire des pancakes et nous laisserons la poêle près du feu.

Lorsque nous chargeons le canoë, marcher me semble une idée de plus en plus plausible. Nous avons réduit notre paquetage au Duluth – dans sa version allégée – et aux deux sacs étanches. Je défais l'amarre de poupe, l'attache à la proue. Nous fixons les crampons à nos semelles, raclons la glace pour les tester. Al secoue la tête, incapable de réprimer un sourire.

— S'il nous voyait, il se ferait dessus, murmure-t-elle.

Nous tirons le canoë sur la glace. À en juger par le trou de la veille, nous avançons sur une plaque de dix à douze centimètres d'épaisseur. Solide comme un roc.

— Il y en a qui n'hésiteraient pas à rouler dessus.

— Dans le Minnesota, peut-être.

Nous arrimons les sacs, la hache, puis nous enfilons les gilets de sauvetage, desserrant les attaches au maximum pour les passer par-dessus toutes nos couches d'habits.

— Après dix minutes à traîner cet enfoiré, on n'aura qu'une envie, retirer nos fringues, dit Al.

— D'ici à midi, on sera à poil.

Je lui souffle un nuage de vapeur en plein visage. Elle me décoche un regard noir.

— Prêt ?

Je redresse mon bonnet, cale l'amarre sur mon épaule.

— Vers l'infini et…

Al empoigne la boucle qu'elle a nouée à l'extrémité de sa corde.

— Mush !

35

DORY

— La famille Mathématiques ! s'écrie Chad sitôt qu'elle mentionne les jumeaux.

Un gamin de douze ans venant de remporter un concours.

— Oui, dit Dory avec une grimace. J'ai perdu ce combat-là.

— Ils étaient à la station. C'est le dernier groupe à avoir embarqué, à l'exception de deux randonneurs venus passer la journée sur l'eau.

Lorsqu'elle évoque le permis, Chad lui donne aussitôt la date de leur arrivée. Elle ne l'entend pas feuilleter un bloc-notes ni pianoter sur un clavier.

— Merci, répond-elle. En fait, c'est plutôt la date de leur retour qui m'intéresse.

— Je suis désolé, ils ne m'ont pas signalé leur départ, et ce n'est pas faute de les avoir guettés.

Al, pense Dory. Aussitôt, elle s'en veut. Ce n'est pas la faute d'Al si les hommes sont des porcs.

— Je n'en doute pas.

— Ils ont quitté la région entre le 30 et le 1er.

— Il y a une semaine, donc.

— Voilà.

— Et pas de nouvelles depuis ?

Une longue pause s'ensuit, un silence total – toujours pas le moindre bruit de papier ou de clavier à l'autre bout de la ligne. Chad pourrait tout aussi bien se trouver en orbite. Il se racle la gorge.

— Ils vous appellent souvent, d'habitude ?

— D'habitude, ils répondent au téléphone.

— Leurs batteries sont peut-être mortes.

— Ils ne les auraient pas rechargées de la semaine ?

Nouvelle pause, moins longue que la précédente, mais indéniable néanmoins.

— Leurs portables ont peut-être pris l'humidité.

— Tous ?

— Ce genre de chose arrive, par ici. Il n'y a presque que des lacs.

— Je connais la région, merci. (Elle se reprend aussitôt ; Chad n'est peut-être pas une lumière, mais il est sa seule lueur d'espoir.) Je viens d'apprendre que, enfin, on m'a dit que mon ex, leur père…

Elle n'en mène pas large.

— Le prof de maths, dit Chad.

— Oui. Il se peut qu'il ait Alzheimer. Une forme précoce.

Cette fois, le silence se prolonge.

— Je suis désolé, finit par répondre Chad. Il semblait en pleine forme quand je l'ai vu.

— On parle d'un homme qui a donné à ses enfants le nom des matières qu'il enseigne.

Chad émet un drôle de petit rire.

— Ils semblent toujours en pleine forme, poursuit Dory, jusqu'à ce qu'ils ne le soient plus. Et il était à la tête de cette expédition, Chad.

— Madame. (Un mot qui ne manque jamais de la faire frémir. Une touche de condescendance avant une bonne vieille session de *mansplaining*.) Je suis allé jeter un œil sur leur véhicule chaque jour. (Il laisse échapper une sorte de hoquet.) Ainsi que le requièrent les responsabilités attenantes à mon poste.

Mon cul, oui, pense Dory.

— Le 1er novembre, la voiture n'était plus sur le parking.

Dory s'affale sur sa chaise. Il aurait dû le dire tout de suite.

— Quel genre de voiture c'était ? demande-t-elle, histoire de se donner une contenance.

Elle ne comprend toujours pas pourquoi Bill n'a pas pris l'Aventuremobile.

— Une jeep Cherokee rouge cerise.

— Vous en êtes sûr ?

À nouveau, il émet un petit rire.

— Je les ai accompagnés au point d'embarquement.

Il ne supportait pas de la laisser partir, pense Dory.

— Bill déteste les jeeps, dit-elle. Il les appelle les charrettes à tonneaux.

— Quand bien même.

Voilà tout ce que Chad trouve à lui répondre.

— Se pourrait-il que…

— Madame ? l'interrompt-il.

Dory a envie de traverser l'éther qui porte leurs voix et de l'étrangler.

— Oui ? répond-elle sur son ton le plus glacial.

— Vous avez consulté la météo ?

— Non.

Elle se demande où est passé son cerveau. Il lui manque.

— La saison bat tous les records. Votre famille n'a pas dû faire long feu.

— Quel genre de records ?

Sa voix s'élève à peine au-dessus d'un murmure.

— De la neige. Du froid. Du vent. La totale.

Elle imagine la région telle qu'elle ne l'a jamais vue, ne l'ayant connue qu'en été.

— C'est censé me réconforter ? Que ma famille n'ait pas fait long feu ?

— Ils ont eu la sagesse de partir avant que les conditions ne se dégradent, en tout cas.

— Vous savez quoi, Chad ? Je ne me sens pas réconfortée. Je ne me sens pas réconfortée du tout.

— Voilà ce que je vous propose. Je vais faire le tour du parking une dernière fois, pour vous rassurer. Et vous donner mon numéro de portable. Vous n'aurez qu'à me passer un coup de fil dès qu'ils vous contactent, d'accord ?

Dory raccroche avant de se mettre à pleurer.

36

— Ce lac… est comme… une autoroute, dis-je entre deux halètements.

Sur ma droite, à une longueur de bras de moi, Al avance pliée en deux sur sa corde, formant un angle de 30°.

— Une… putain… d'Autobahn, dit-elle.

Je ris.

— Tu sais… où est… le portage ?

— T'as hâte, hein ?

Elle se redresse et lâche l'amarre.

— Pause effeuillage.

Elle retire son gilet de sauvetage, ouvre son manteau et le range dans le canoë. Je l'imite, puis nous renfilons les gilets.

— Avec ou sans, si on passe à travers la glace, on est cuits.

— Si on faisait un feu et qu'on montait le camp, on s'en sortirait, non ?

— On ne se réchaufferait pas avant le mois d'août.

Tracter le canoë sur une surface plane, sans éclaboussure au démarrage, est relativement aisé. Nous n'avons pas trébuché une seule fois. Sur les zones où le vent a chassé la neige, les crampons métalliques s'accrochent comme du velcro, le canoë glisse comme du Téflon. Sur la neige croûtée, notre progression est plus laborieuse. Si nous traînions tout le temps un poids mort, nous serions incapables de parler.

Un peu avant midi, nous tombons sur une piste dont Al est convaincue qu'il s'agit du portage. Nous retirons les gilets, les posons sur les sièges et nous installons dessus pour remettre nos manteaux.

— Tu ne t'en souviens pas ? demande Al.

Je secoue la tête et sors les sandwichs préparés avec nos rations d'urgence, du pain pita rassis tartiné de l'immonde pâté de jambon que Papa a fait entrer en contrebande. Je vais m'en tenir aux barres de céréales, déclare Al. Sitôt qu'elle en a avalé une, cependant, elle s'empare d'un sandwich.

— J'ai besoin de calories.

Elle désigne le portage.

— C'est le premier d'une série de trois pistes plutôt courtes, je crois.

— Le trio ?

— Oui, d'où mon emploi du mot "trois", tu piges ?

Elle mastique et déglutit, avale une poignée de neige pour aider le pain à descendre.

— Tu crois qu'on arrivera à tous les faire aujourd'hui ?

— On peut toujours essayer.

Elle se lève, renfile son gilet de sauvetage.

— Un bon rembourrage, dit-elle en calant l'amarre sur les coussinets.

Je fais de même et nous attaquons le portage. S'il est moins facile de tirer le canoë que sur la glace, nous l'avons déjà fait, aussi sommes-nous préparés à l'effort.

Le lac suivant est minuscule. Gelé de part en part peut-être, qui sait ? À peine avons-nous repris notre souffle que nous retrouvons la neige et les arbres.

Sur le troisième lac, nous ne réfléchissons plus vraiment, nous ne nous soucions ni de la glace ni de nos courbatures, nous contentant de mettre un pied devant l'autre, soulagés d'avancer sur une surface lisse.

Avant de franchir le dernier portage, nous faisons une pause. Dans nos gourdes, l'eau a gelé au niveau du goulot et s'effrite en copeaux.

Après quelques gorgées glaciales et le mal de tête qui s'ensuit, nous nous affalons dans la neige aussi moelleuse qu'un matelas. Je ferme les yeux et m'abandonne au froid qui m'envahit.

— Tu penses encore à lui ? demande Al.

— Quoi ? (Puis :) Oui, au fait qu'on l'ait laissé tomber…

— Tu sais à quoi je pense, moi ?

— Je n'ai pas la force de te poser la question.

Elle se tait. Je comprends alors que je suis censé deviner.

— Aucune idée… À un bateau à moteur ?

Elle rit, une espèce de halètement.

— Une vraie plaie sur les portages.

— Tu parles de toi, là ?

— Je vais te tuer.

Le genre de menace qu'on proférait dix à vingt fois par jour avant.

— Non, poursuit-elle, à Maman.

Je ne réponds rien.

— Tu ne l'as pas appelée. Et Papa non plus.

— Ni toi.

— Elle essaye peut-être de nous joindre.

Voilà un moment que je ne me suis pas autorisé à considérer le monde par-delà les lacs.

— Tu lui as parlé de ton licenciement, non ?

J'ai à peine assez d'énergie pour hocher la tête.

— Tu lui as dit que tu revenais vivre avec elle ?

— Je lui ai demandé si elle était d'accord, plutôt.

— Et ensuite, tu as disparu ?

— C'était il y a quelques semaines, Al.

Presque un mois, en réalité.

— Tu crois qu'elle n'a pas eu le temps d'imaginer tout ce qui a pu arriver d'affreux à son petit chéri depuis ?

Je me relève péniblement.

— Un dernier portage et on monte le camp ?

— Trig…

— Si on reste ici, soit on va geler soit on va devoir camper sur place. Avec un portage dès le réveil.

Les bras tendus, elle attend que je la hisse debout.

Je m'approche, l'attrape par les poignets. Ses moufles s'enroulent autour des miennes.

— Ta carrière a explosé en plein vol. Tu vis dans ta voiture.

— Elle n'est pas au courant de ce dernier détail.

Al m'adresse un regard appuyé.

— Tu crois sincèrement qu'elle ne s'inquiète pas pour toi ?

— Al, si tu laissais…

— Merde, T, même moi, je m'inquiète pour toi.

Je passe l'amarre à mon épaule.

— Dans l'immédiat, je ne peux rien y faire.

Plié en deux, je commence à avancer. Le canoë crisse et grince.

— Pas si vite, chef, crie Al dans mon dos.

Elle court, se saisit de son amarre et me rattrape. La corde se tend. Le canoë glisse sur la glace. Tout est plus simple. Tout est à sa place.

37

DORY

— ÉCOUTEZ-MOI BIEN, CHAD.

— Qui est à l'appareil ?

— C'est encore moi. La mère d'Al.

Chad n'a pas besoin de plus de précisions.

— Oui ?

— La voiture a été déclarée volée.

— Quelle voiture ?

Quelque chose grince à l'autre bout de la ligne. Dory imagine Chad s'affaler dans une de ces anciennes chaises de bureau en chêne pourvues de roues en bois, les jambes flageolantes, son monde étant soudain devenu beaucoup plus compliqué. Tout comme celui de Dory.

— La putain de jeep Cherokee.

— Vraiment ?

À l'évidence, ses jours de *mansplaining* sont derrière lui.

— J'ai appelé l'agence de location à International Falls. La voiture ne leur a pas été restituée.

— Mais…

— Ils l'ont louée pour une semaine, pas un mois. Elle a peut-être été volée. Ou bien ils sont toujours dans le parc.

— Ou ils ne l'ont pas encore rendue.

— Vous êtes sérieux ? Vous pensez qu'ils s'amusent à rouler dans votre petit blizzard ?

— Pas si petit, le blizzard, dit-il avec un rire maladroit. (Puis, se rendant compte que le moment est mal choisi pour vanter leur météo à la con, il se racle la gorge.) Je suis allé sur le parking. Je sais quand la voiture a disparu.

— Et personne n'a jamais volé de voiture à Atikokan, je suppose ?

— En général, il y a juste un peu de casse.

— Qu'est-ce qu'on fait maintenant ?

— Je vais consulter les rapports.

— Les rapports de quoi ?

— Des véhicules abandonnés. La plupart du temps, ce sont simplement des gosses qui s'amusent. C'est…

— Vous parlez de la voiture ? Vous allez chercher la *voiture* ?

Chad doit la prendre pour une folle. Il n'a peut-être pas tort.

— Que voulez-vous que je fasse d'autre, madame ? Au moins, on aura la certitude qu'ils n'ont pas repris leur véhicule.

— Il n'y a presque que des lacs dans la région, c'est vous-même qui l'avez dit. Peut-être que vous devriez plutôt commencer par les chercher *eux*.

— Le Quetico couvre plus de quatre cent mille hectares.

On croirait entendre un publireportage.

— Et ma famille est quelque part dedans.

— Comment suis-je censé…

— Trouvez-vous un putain d'avion, Chad.

— Au moment où je vous parle, je ne distingue même pas le trottoir opposé. Le ciel ressemble à de la paille de fer.

— Le Canada a une armée de l'air, des appareils équipés de détecteurs de chaleur, à infrarouge ou thermiques, un truc dans le genre. Contactez-la.

— Vous voulez que je contacte la défense nationale au sujet d'une voiture volée ?

— Il ne s'agit pas seulement d'une voiture volée ! hurle Dory.

— Un avion, murmure Chad. Vous avez une idée de mon budget ?

— Votre budget ? Tout à l'heure, le problème, c'étaient les nuages. Maintenant, c'est le budget. Vous avez autre chose de prévu aujourd'hui, Chad, mon gars ?

Il ne répond rien.

— Vous savez ce qui est inscrit sur mon agenda, à moi ?

Comme il garde le silence, Dory improvise, sans prendre le temps de réfléchir.

— Je monte dans ma voiture. À tout de suite.

38

CHAD

Il est au lit lorsqu'elle l'appelle pour hurler à propos de la voiture.

— Nom de Dieu, marmonne-t-il en repoussant les draps.

Cindy ouvre un œil et roule sur le flanc. La pièce empeste ce qu'ils faisaient encore il y a une heure. Toute la vie de Chad empeste.

Nu comme un ver, il s'assoit dans le salon, approche sa chaise du poêle presque froid et s'efforce de calmer Dory. Apparemment, la jeep a été déclarée volée. Cela n'a aucun sens, le permis couvrait une durée d'un mois, ils ont encore du temps. À moins qu'ils n'aient décidé de poursuivre leur séjour ailleurs.

Il échoue lamentablement à l'apaiser. Elle exige des recherches en avion, la défense nationale. Elle menace même de venir le voir, pour son plus grand bonheur, évidemment. Ah, ces Américains. Il est loin d'avoir les idées claires, par ailleurs il craint que son cul ne soit en train de geler sur le faux cuir de la chaise. Qu'est-ce qui lui prend, à cette femme, de l'appeler en pleine nuit ? Aurait-elle joint l'agence de location par le biais d'une mystérieuse hotline nocturne ?

Il regarde son téléphone et se demande s'il est en plein cauchemar. Peut-être rêve-t-il encore. Puis il voit le nombre d'appels manqués, indicatif régional 406, le même numéro à chaque fois. La tête entre les mains, il appuie ses coudes sur le poêle presque froid. Que faisait-il pendant tout ce temps ? Il était… occupé. Et Cindy qui s'époumonait, pareille à une banshee, feignant l'extase de la plus triste des manières, comme si elle avait trop longtemps vécu seule, à regarder les plus pitoyables des films pornos.

Il se lève, froisse du papier en boule, introduit le petit bois dans le poêle, actionne le briquet, ajuste les clapets. Il n'aurait jamais dû lui donner son numéro de portable.

Dès qu'il fera jour, il appellera l'agence de location. Histoire de tirer cette affaire au clair. Il espère avoir gardé les coordonnées quelque part. National, lui semble-t-il. Chad se frotte les yeux.

Il se lève et attise le feu, s'éraflant le bras sur les bûches les plus grosses. Une fois les clapets refermés, il se recroqueville sur le canapé et tire la couverture à lui, les coussins en faux cuir d'un côté, la laine abrasive de l'autre. Cindy ronfle dans la chambre et la fille, Al, se trouve à des années-lumière de lui.

39

NOUS CAMPONS sur un lac immense. Le lendemain, à l'aube, Al jure qu'elle aperçoit de la brume au loin. Ma vision est au moins aussi bonne que la sienne, pourtant j'ai beau plisser les yeux, les détourner, les poser de nouveau sur le lac, une main en visière sur le front pour parer le soleil inexistant, je ne vois rien. Pendant ce temps, au lieu de scruter la glace, Al me dévisage. Je me tourne vers elle en haussant un sourcil.

Elle secoue la tête et se dirige vers le foyer.

— Quoi ?

Je lui emboîte le pas.

— La brume est bien là.

Elle met l'eau à chauffer et je plante la hache dans la neige. L'eau a déjà gelé sur la lame, même si le froid semble un peu moins mordant que la veille.

— T'es sérieuse ?

Elle acquiesce en remuant le café.

— Si on tire le canoë jusqu'à l'eau libre, on pourra naviguer sur ce monstre au lieu de le traîner jour après jour.

— Je n'ai pas repéré la moindre trace de brume, Al.

Elle continue de remuer. Plus longtemps que nécessaire.

— Je sais ce que j'ai vu.

Marcher le long du rivage n'est pas si mal, mais pagayer serait un peu comme voler. Rejoindre le milieu du lac, là où la glace est plus fragile, en revanche… Rien que d'y penser, j'ai le pouls qui s'emballe.

— On en reparle tout à l'heure.

Elle prépare les flocons d'avoine pendant que je m'affaire à lever le camp. Quand je charge les sacs dans le canoë, je ne vois toujours pas de trace de brume. Je me demande si Al l'a rêvée. Peut-être verse-t-elle dans la pensée magique.

À mon retour, elle me tend la casserole, d'où dépasse une cuillère.

— On n'a plus de canneberges.

— Et le sirop d'érable ?

— Si tu arrives à le décongeler.

Je m'assois. Des flocons d'avoine nature. Difficile de faire plus survivaliste.

— Et le sucre brun ?

— Il y en a juste assez pour mon café, sans quoi je suis incapable de boire cette mixture infecte, alors n'y pense même pas.

J'avale une bouchée. Autant bouffer de la colle.

— Les rondelles de pommes séchées ?

— On les a terminées il y a longtemps.

J'avale une autre bouchée.

— C'est donc ainsi que ça commence.

— Quoi ?

Je lui passe la casserole.

— La phase où, chaque fois que tu me regardes, tu vois une dinde fumante et dorée à point.

Elle sourit, opine, s'affale dans son fauteuil.

— J'en peux plus, Trig. J'ai juste envie d'être loin d'ici.

— Chaque jour qui passe nous rapproche du but, dis-je, surpris de parvenir à prononcer cette phrase.

Al secoue la tête, les yeux rivés sur les flammes.

— À moins que ton manteau rouge se pointe, dis-je à mi-voix, on n'a pas d'autre choix que de mettre un pied devant l'autre. Pour démêler l'écheveau de Papa.

— Je n'arrête pas d'y penser.

— À Papa ?

— À son écheveau. (Elle se penche en avant, la tête entre les mains.) La manière dont il nous a fait tourner en rond sur ces lacs, sans carte, avant de s'en aller mourir.

— Il s'est perdu, Al, c'est tout.

— Je me demande s'il l'a fait exprès.

— De se perdre lors d'une pause pipi nocturne ?

— De nous perdre.

— Qu'est-ce que tu racontes ?

Elle hausse les épaules.

— Une idée difficile à supporter, hein ?

— Pourquoi il ferait une chose pareille ?

— Qu'est-ce qu'on fout là, à ton avis ? Pourquoi il nous a contactés si tard dans la saison ? Pourquoi tout est si merdique, putain ?

Je la dévisage avant de plier mon fauteuil et de le glisser dans sa housse.

— Oswald a agi seul. On a vraiment marché sur la Lune. L'holocauste a vraiment eu lieu.

Elle me détaille comme si j'étais devenu fou.

— Inutile d'inventer un truc affreux, Al. La réalité est bien assez déprimante.

— Je n'invente…

— Qui sait, il n'a peut-être jamais eu de plan, ou il l'a oublié dès qu'on s'est mis à pagayer. Et ensuite, il a voulu continuer, pour qu'on reste ensemble.

Elle continue de m'observer fixement.

— Allez, dis-je. On a une journée à gagner.

Je me dirige vers le canoë, seul. Lorsque j'entends Al replier son fauteuil et me suivre, je manque m'évanouir de soulagement.

Sur la plage, elle s'immobilise, les bras ballants. J'arrime la gamelle et la casserole, fourre la cuillère dans ma poche. Sans lui accorder un regard, j'enfile mon manteau, j'ajuste les crampons sur mes semelles et je traîne le canoë sur la glace. Elle ne pousse pas la poupe pour m'aider. Je déroule les amarres, cale la mienne sur mon épaule et lui tends la sienne. J'attends, en vain.

— Tu vas jouer les passagères passives, aujourd'hui ?

— T.

Enfin, je me tourne. Debout sur la berge, à une cinquantaine de centimètres de la glace, elle scrute l'extrémité du lac.

— Tu vois toujours de la brume ?

Elle reste silencieuse un long moment.

— Je crois, oui.

— OK.

Je commence à marcher.

— Dès que tu en seras sûre, on ira là-bas.

J'ai le temps de parcourir une centaine de mètres avant qu'elle me rejoigne, agrippe l'amarre et se penche en avant. Je trébuche, à deux doigts de m'étaler sur la glace. Jamais je n'y arriverais sans elle.

— Ça vaut le coup d'essayer, T.

Je hoche la tête et montre une petite falaise à moins d'un kilomètre de nous.

— On n'aura qu'à grimper au sommet. Pour avoir une meilleure vue.

Elle se met à tirer un peu plus fort. Je l'imite, mais elle tire plus fort encore. Bientôt, nous avançons au pas de course – difficile de croire que nous remorquons un poids mort. Nous sommes hilares, comme si nous avions douze ans. J'ai beau savoir que c'est stupide, voire dangereux, je n'ai pas le cœur d'arrêter Al, de formuler un avertissement, de succomber au vortex. Je galope à ses côtés.

À mi-chemin de la falaise, nous ralentissons, hors d'haleine. Nos rires s'estompent, pourtant notre bonne humeur persiste.

— C'est tout ce que t'as ? dit Al en secouant la tête. Pathétique.

— Tu perdais du terrain. Ce n'était plus du jeu.

Elle acquiesce.

— J'avoue, c'était dur, de te traîner derrière moi en plus du canoë.

Nous reprenons notre marche et parvenons à une pente enneigée qui s'élève vers la falaise, sans doute un autre bloc de granit.

— J'y vais, dit Al. Assieds-toi et récupère.

Je ne suis pas certain de faire confiance à sa vision, à son envie irrépressible d'eau libre, néanmoins je m'assois sur le pontet, l'encourageant d'un geste.

Elle escalade la falaise, aussi agile qu'un chamois. S'immobilise au sommet, Sacagawea guidant Lewis et Clark.

— T !

Incapable de contenir son excitation, elle dévale la pente, soulevant des gerbes de neige. Le temps qu'elle me rejoigne, elle a le souffle court.

— C'est vrai ? C'est vraiment vrai ?

Elle acquiesce.

— On est vernis, T. On a gagné un jour sur l'eau.

— À condition de pouvoir l'atteindre.

Son visage s'affaisse, j'aurais tout aussi bien pu la gifler.

— Tu es sûre que ça en vaut la peine ? dis-je.

— On pourra traverser ce lac en une journée, T. En une matinée, même. Si on marche, on mettra deux jours. Au moins.

Sans oser regarder au loin, je me lève et resserre mon gilet. Al ajuste les courroies sur sa poitrine, un sourire aux lèvres.

Je lui tends son amarre et saisis la mienne. À présent, nous les gardons à la main au lieu de les caler sur notre épaule, afin de pouvoir les jeter sur le côté en cas de chute.

Sans un mot, nous nous élançons, perpendiculaires au rivage.

Une vingtaine de mètres plus loin, nous échangeons un regard. Peut-être ne devrions-nous pas rester tous deux à l'avant, là où la glace est de plus en plus fragile. Nous faisons une pause.

— Je prends la proue, dis-je.

Al opine et se place à la poupe. Nous lâchons les amarres et poussons le canoë en agrippant les plats-bords, prêts à bondir au plus petit craquement. Non pas que la glace menace de céder, simplement, nous avons les nerfs à vif. Nous ne nous sommes jamais aventurés si loin.

Je sors la hache, qui est accrochée à la poignée de proue. Tous les trois pas, je teste la glace. Au bout d'une quarantaine de mètres, j'aperçois la brume dont Al parle depuis notre réveil. Nous avons déjà parcouru la moitié du chemin. Je me tourne et souris.

— Je te l'avais dit.

Deux pas, un coup, deux pas, un coup. J'entame à peine la surface. La lame, en revanche, montre des signes de fatigue. Nous continuons d'avancer.

L'eau nous attend, noire et libre. La glace tient toujours. Plus que quelques mètres. Je lance une œillade à Al.

— Trop facile.

Un pas, un coup, un pas, un coup, l'eau est tout près à présent. Soudain, la hache fend la surface, ouvrant un trou d'une trentaine de centimètres de large, une gueule béante. L'eau jaillit, la plaque craquelle et s'incline vers la brume. Je ne passe pas au travers, je glisse sur le bloc, à peine cinq centimètres d'épaisseur, au moment où celui-ci se brise, aussi doucement que si j'étais sur un escalator. Je n'ai pas le temps de saisir le plat-bord que je suis déjà immergé.

Je cesse de respirer. De penser.

Grâce au gilet de sauvetage, je remonte aussitôt à la surface, mais loin, bien trop loin du canoë. Juste derrière moi, il pourrait tout aussi bien se trouver à des kilomètres. Je ne sais plus respirer, j'avale de l'air, la poitrine oppressée. Les cris d'Al semblent provenir d'un rivage lointain. J'ai les paupières qui papillonnent, de l'eau plein les yeux. La bouche grande ouverte, je mords l'air plus que je ne l'inhale.

J'arrête de battre les bras, de gober l'air, j'essaye de rassembler mes pensées frénétiques et frigorifiées. Délibérément, j'expire. Tout aussi délibérément, j'inspire. Je sais à nouveau respirer. Je dilate mes poumons, j'aspire une bouffée saccadée qui me ramène de l'oxygène. Prenant conscience que je fais du surplace, je mobilise mon bras – je dois presque le sommer de bouger –, décrivant un grand C pour m'orienter vers Al, le canoë, la rive.

Le monde vire au noir et blanc. À moitié dissimulée par le canoë, Al rampe vers moi, un centimètre après l'autre. Elle me crie quelque chose que je n'entends pas, une voix au fond d'un puits.

J'improvise une espèce de crawl, le gilet m'entrave les épaules, mes vêtements détrempés me lestent les bras. Ils n'émergent pas de l'eau, je parviens seulement à soulever des vaguelettes qui m'éclaboussent le visage, la bouche, je tousse et j'aperçois le canoë qui file au-devant de moi.

Sur la glace, Al hurle son désespoir.

Elle a poussé le canoë. M'a raté. Je halète, je suffoque. Par-dessus mon épaule, je regarde le canoë qui flotte sur l'eau boueuse, puis Al. Couchée sur le ventre, elle rampe dans ma direction, prenant soin de répartir son poids sur la glace.

Je me redresse et rassemble mes dernières forces.

— Arrête !

Je m'immobilise le temps de vérifier qu'elle m'a obéi, puis je pivote, bascule à gauche, à droite, une nage improvisée. Je lève un bras, gifle la surface, lève l'autre bras, prenant soin de garder la tête hors de l'eau. À chaque mouvement, j'expire en grognant, puis j'inspire, l'air afflue telle une vague sur la plage. Je ne me reconnais plus, j'ignore qui je suis, ce que je fais.

Je saisis l'amarre de poupe, fais volte-face pour rejoindre la glace, Al. Elle n'est pas loin, à deux longueurs de canoë, mais j'ai l'impression d'avoir épuisé mes forces. J'essaye d'avancer malgré le canoë qui me retient. L'effort m'arrache un juron, un rugissement peut-être.

Le canoë glisse vers moi, l'amarre se détend, je projette mon bras droit en avant, encore et encore, tandis que mon bras gauche continue de serrer l'amarre. Une brasse indienne hystérique et désynchronisée.

J'entends Al prononcer des mots que je comprends enfin, elle me supplie de revenir, d'abandonner le canoë. À nouveau, j'agite le bras droit. Une de mes oreilles s'enfonce sous l'eau – une décharge suivie d'un silence.

Deux brasses plus tard, mes doigts heurtent la glace. Je ne sens pas la morsure du froid, juste ma main qui dérape au lieu de fendre les flots. Je balance l'amarre, traîne le canoë, me hisse sur la poupe. La proue s'élève, retombe sur la plaque. Je bats les jambes, je pousse, je bats les jambes, je pousse. Je ne saurais dire si je sanglote ou si je suffoque. J'ai les poumons en feu, chaque respiration me coûte.

Je me laisse couler, je pousse, c'est de plus en plus dur, ou peut-être suis-je de plus en plus faible. Soudain, le canoë fait une embardée. J'attrape l'amarre de proue, l'enroule autour de mon poignet, faisant jaillir des gerbes d'écume. Je continue de pousser. La coque avance sur la glace.

Al tire le canoë en ahanant.

Je donne des coups de pied sous l'eau, passe ma main libre par-dessus le plat-bord, agrippe le pontet, l'amarre toujours nouée autour du poignet.

Al tire de toutes ses forces, ma hanche cogne contre la glace, je perds prise, me voilà suspendu à la lisière de la plaque. J'agite les jambes en me tortillant, un dauphin épileptique. Soudain, mon bras gauche est entraîné vers l'avant. La hache, à l'extrémité de sa corde, heurte la plaque et dérape sur la glace.

Je progresse à tâtons, je sens la plaque ployer sous mon poids, glisser dans l'eau libre.

Je rampe, je patine, une force invisible me tracte, soudain je suis sur une surface plane, solide. Je marche à quatre pattes, Al donne un coup sec sur l'amarre reliée à mon poignet et je perds l'équilibre. Mes mains, mon visage s'écrasent sur la glace.

— Al, dis-je, la voix meurtrie.

Elle se jette sur moi.

Disparaît.

Réapparaît.

40

AL TIRE ET TIRE sur mes habits détrempés, qui ont instantanément adhéré à la glace.

— Trig, Trig, allez Trig, debout, Trig ! Lève-toi ! Essaye, essaye !

Elle agrippe les courroies à l'arrière de mon gilet tandis que je lutte pour dégager un genou, un avant-bras, enfin je m'arrache à la glace, un bruit semblable à une déchirure dans le tissu de l'univers. Mes dents claquent, un fou furieux se déchaînant sur son clavier, le fameux chimpanzé tapant une pièce de Shakespeare.

Al m'installe au centre du canoë, contre le Duluth, elle griffe le gilet de sauvetage, martèle les attaches pour que celles-ci sautent avant de geler. Elle a retiré ses moufles et ses doigts sont écarlates, livides aux extrémités.

— Al, dis-je en bégayant.

Elle baisse la fermeture de mon imperméable, faisant pleuvoir les écailles de glace comme autant de copeaux au passage du rabot.

— On continue, T. La couche suivante, jusqu'au bout.

Elle disparaît je ne sais où, le canoë fait une embardée, je glisse en arrière, vers le rivage ; l'eau libre et noire, jonchée de glace grise et de neige fondue, s'éloigne. Je baisse les yeux sur mes mains. L'une est nue, l'autre est enfoncée dans une moufle autour de laquelle est enroulée l'amarre de poupe. Je dois regarder mes doigts afin de les remuer, dénouer l'amarre. Où est passée mon autre moufle ?

Je pince la fermeture de ma veste, la triture pour la faire coulisser. Même manœuvre avec ma polaire. Mon sweat risque de poser problème.

Un petit à-coup, nous voilà sur la plage. Al court, de mon sac étanche à moi. Elle retire mon sweat et j'ai l'impression qu'elle emporte mon visage avec.

— Putain, Al, parviens-je à articuler malgré mes dents qui jouent des castagnettes.

Le haut en laine. Le maillot de corps thermique.

Al passe un maillot de corps sec par-dessus ma tête et rentre mes bras dans les manches. Vient ensuite la veste en duvet de Papa.

— Tu peux ôter ton pantalon, T ? T ? Allez T, il faut que je prépare le feu. Tout de suite.

Elle arrache le velcro de mon pantalon imperméable, défait la boucle de ma ceinture, baisse ma braguette. Me hisse à moitié hors du canoë et me fait pivoter sur le siège avant, dos au lac.

— Essaye de finir seul.

Elle détache la hache, la plante dans l'écorce de l'arbre le plus proche, un bûcheron affamé. Elle empile les branches sur le bloc de granit, déblaye la neige à coups de pied. Revient vers moi au pas de course, enlève mes chaussures, baisse mon pantalon, mon caleçon long. Je tire sur mes chaussettes, incapable de faire plus. Al fourrage dans les sacs. À son retour, elle me débarrasse de mon pantalon, couvre mes pieds avec mon vieux duvet, le remonte sur mes jambes comme une chaussette géante, le glisse sous mes fesses, fait coulisser la fermeture Éclair. Je suis un monstrueux ver tremblant perché sur un canoë.

— Tu frissonnes encore, c'est bon signe.

Elle plonge dans le Duluth et répand les ustensiles de cuisine dans la neige, à la recherche des allumettes.

D'une manière ou d'une autre, elle a déjà préparé le feu. Fasciné, je la regarde disposer les allumettes en tipi. Les têtes s'embrasent, faisant jaillir une boule de feu – Papa aurait crié au gaspillage. Les flammes se propagent aux aiguilles, puis aux brindilles, enfin aux bûches. Le feu croît, s'étoffe et s'étend.

Al prend la hache, la gamelle, la casserole et se dirige vers le lac, derrière moi, tout près, pourtant j'ai peur de ne plus la voir. J'entends le staccato des coups sur la glace, le craquement suivi du bouillonnement de l'eau. Elle revient à grandes enjambées, éclabousse la neige au passage, pose les récipients sur les braises, ajoute du bois dans le feu.

Elle trouve la Gatorade en poudre de Papa – les électrolytes, une autre de ses marottes –, en vide deux sachets dans la gamelle.

Déplie un des fauteuils. M'installe dedans.

Au début, le souffle court, elle narre chacune de ses actions, m'assurant que je vais m'en sortir. Elle s'excuse, encore et encore, d'avoir insisté pour qu'on marche sur la glace et poussé le canoë dans l'eau. Ensuite, elle enchaîne les questions.

— Pourquoi tu es allé chercher le canoë ? Pourquoi tu l'as pas laissé ?

J'ai du mal à suivre, je sais seulement qu'elle pleure. Elle marque une pause, s'essuie le nez.

— Parce que, sans le canoë, on était morts. (Un éclair de compréhension traverse son visage.) Parce que tout notre équipement était dedans. (Elle me regarde droit dans les yeux.) Nom de Dieu, j'ai failli nous tuer.

Elle souffle d'énormes nuages de vapeur, puis elle disparaît, jette dans le feu le bois qu'elle a rassemblé, se plante devant moi, baisse la fermeture du duvet, me force à en saisir les pans, à les déployer tels des ailes.

— Le duvet ne te fournira pas plus de chaleur, seul le feu peut vraiment t'aider.

Elle s'agenouille et me dévisage.

— Tiens bon, Trig, OK ?

Je hoche la tête, je crois. Mes dents continuent de claquer, un peu moins violemment, peut-être.

— Essaye de l'ouvrir juste assez pour sentir le feu.

— Vais… le faire… fondre.

Elle penche la tête, puis elle comprend.

— On s'en fout. On en a deux autres.

Elle se redresse, saisit la hache, repart en direction des arbres.

Elle me force à avaler de la Gatorade chaude. Et de la soupe, plus chaude encore.

Toute la matinée, elle travaille d'arrache-pied. Me sert de la Gatorade brûlante. De la soupe plus brûlante encore.

Elle reprend la hache, engagée dans un duel à mort avec les arbres.

Elle alimente le feu, de plus en plus haut, de plus en plus large, deux mètres d'envergure, trois. Assis dans le fauteuil, je regarde la neige fondre et révéler le granit. Papa serait fou de rage, ses feux minuscules suffisant à faire chauffer l'eau, le poisson. En été, du moins.

La tasse de Gatorade suivante m'écorche les lèvres. La soupe est bouillante. Je sens à nouveau mes doigts, la morsure de la casserole. Al me tend une de ses moufles.

Elle ajuste le duvet sur mes épaules, relève ma capuche, enfile des chaussettes sur mes pieds, les recouvre avec le duvet. Des plumes dépassent des trous que les étincelles ont creusés dans la toile.

Al s'agenouille, les fesses si près du feu que je m'attends presque à les voir fumer.

— Ça va mieux ? demande-t-elle, le visage à quelques centimètres du mien.

J'acquiesce.

— Tu ne grelottes plus.

J'opine en esquissant un sourire, peut-être ne parviens-je qu'à montrer les dents.

— Ça peut signifier deux choses : soit tu vas clamser, soit tu te remets.

Elle sourit à son tour, passe une main sous le duvet, sous mon maillot de corps. Je sursaute, sa peau est glaciale.

— Parfait, tu te réchauffes. (Elle se lève.) Je vais chercher de l'eau.

Elle prend la gamelle, la casserole et disparaît derrière moi.

De retour près du feu, elle pose l'eau au bout du bloc de granit, côté lac. Puis elle attrape la branche la plus grosse et la plus longue qu'elle trouve et se met à pousser les branches enflammées, les braises rougeoyantes, la cendre poudreuse, vers la gamelle et la casserole, raclant la pierre du bout de sa chaussure. Je n'ai aucune idée de ce qu'elle est en train de faire. Depuis que je suis tombé, elle n'a pas arrêté une seconde.

Elle empoigne la hache. À présent elle doit s'enfoncer dans la forêt, loin de ma vue, pour couper le bois. Je me raccroche à l'écho de ses coups.

Elle rassemble d'autres branches et s'affaire à reconstruire le feu qu'elle vient de détruire. Simple spectateur, je la regarde se plier en deux, aussi souple qu'un élastique – une souplesse que je lui ai toujours enviée. Elle plaque ses paumes nues sur le granit, à l'endroit où brûlait le feu quelques instants plus tôt.

Immobile, elle se fend d'un immense sourire avant de se redresser, les mains tendues. Je lève les bras. Elle enroule ses doigts autour de mes poignets, j'enroule mes doigts autour des siens, elle me hisse debout.

— Ça va ?

— Je crois, oui.

Elle se penche et sort mes pieds du duvet pendant que je m'agrippe à ses épaules. Puis elle m'attrape par le bras et fait un petit pas en arrière. J'avance une jambe vers la sienne. Mes pieds sont assez chauds pour que je sente la glace sur le granit. Ensemble, nous faisons un autre pas, une sorte de slow laborieux. Le duvet traîne derrière moi, pareil à un voile de mariée.

Elle me guide jusqu'à l'ancien foyer, dont la chaleur se diffuse sous ma peau. Elle ouvre les bras en grand, m'attire contre elle, pivote, s'abaisse, m'aide à m'asseoir. Enfin, elle m'allonge sur le dos, retire le duvet, le drape sur moi. Incroyable, le granit irradie la chaleur.

— Al. T'es. Un. Génie.

Elle sourit et tape dans ses mains.

— J'ai eu l'idée il y a dix minutes. Incroyable. Après avoir passé la journée à construire un feu sur la pierre.

Elle se redresse d'un bond, va au canoë, fouille dans le sac étanche, revient avec un caleçon long.

— Heureusement que tu ne t'es pas brûlé le cul.

Lorsque je me redresse, le duvet glisse de mes épaules. Aussitôt le froid m'assaille, seuls mes pieds sont encore à l'abri.

Al secoue la tête, un geste qu'elle semble adresser à elle-même. Avec douceur, elle me pousse sur la pierre, retire le duvet, glisse mes pieds dans le caleçon long, le remonte sur mes jambes.

— Lève tes fesses.

Je m'exécute. Elle tire le caleçon jusqu'à ma taille.

— Désolée pour… dis-je.

— Rien du tout. (Elle approche son visage du mien.) Ça va ? Tu n'as pas trop chaud ? Rien ne brûle ?

— Ni-nickel.

Elle est à deux doigts de glousser.

— J'avais oublié qu'on était sur du granit quand j'ai lancé le feu. J'étais, je… (Son rire se mue en sanglot, elle s'essuie les yeux.) J'essayais de tout faire en même temps. Te sécher, te changer, préparer le feu, te forcer à boire un truc chaud. (Elle fond en larmes.) Quand je t'ai vu nager vers le canoë, j'étais sûre de t'avoir perdu.

Je peine à garder les yeux ouverts, la chaleur agit comme une dose de morphine. Al est toujours agenouillée près de moi.

— Tout va bien, T ?

Je m'essaye à un vrai sourire, les yeux mi-clos.

— Le pain, dis-je.

Son visage se crispe.

— Le pain ? Qu'est-ce que tu racontes, Trig ?

— Quand Maman…

— Maman ? (Elle se frotte le front.) Tu sais où tu es, Trig ?

— Il y a longtemps…

Elle opine, attend.

— Maman, elle pétrissait la pâte toute chaude. La recouvrait d'un torchon. La bourrait de coups de poing…

Al continue de hocher la tête.

— Je me sens… pareil.

— Chaud ?

J'acquiesce, les yeux clos à présent.

— Et pétri. Bourré de coups.

41

LORSQUE JE ME RÉVEILLE, le jour est en train de disparaître, peut-être a-t-il déjà disparu, une étrange lumière danse autour de moi, une foule de gens. Je ferme les yeux, tourne la tête d'un côté, de l'autre. Je rouvre les yeux, la lumière est encore là. Je mets plusieurs secondes à comprendre qu'il s'agit du halo projeté par deux feux, l'un sur ma gauche, l'autre sur ma droite. Tout proches. J'ai le visage sec. Fumé. Je prends soudain conscience que les apparitions fantomatiques sont mes habits, étalés sur une multitude de tas de bois. Al se matérialise au-dessus de moi, penchée dans son fauteuil, à quelques centimètres de mon visage.

— Tu es vivant.

Laborieusement, je lèche mes lèvres gercées et crevassées.

— Et moi qui craignais que tu sois en retard pour le dîner.

Je cligne des yeux – quel jour sommes-nous ?

— Tu peux t'asseoir ?

J'appuie un coude sur la roche. Pousse, dérape, me redresse, jette un œil alentour. Je suis toujours sur le granit, le canoë attend sur le rivage, la proue dans la neige. Près du bloc, sous les pins les plus proches, Al a monté la tente sur une parcelle déneigée. La nuit s'installe, des étoiles scintillent entre les nuages.

Je déglutis, me racle la gorge.

— Salut, parviens-je à articuler.

J'ai la tête qui palpite.

Al sourit. Elle plonge une cuillère dans la casserole et la porte à ma bouche.

— L'avion va atterrir…

J'entrouvre les lèvres, la tête renversée en arrière. Peut-être que je rêve.

De la soupe de nouilles. Le genre de repas déshydraté que Maman nous préparait chaque fois qu'on était malades. J'en ai déjà mangé, je crois. Aujourd'hui ou hier.

Al pose la cuillère et glisse une tasse dans ma main.

— Une bonne dose d'électrolytes fumantes.

Je hoche la tête. Elle saisit une fourchette et embroche un morceau de poisson blanc dans la poêle près du feu. Pané et cuit à point.

— Al, dis-je, la voix râpeuse.

— Tu n'aimes plus le brochet ? Tout droit sorti du trou. Ces poissons pourraient s'attaquer à un sous-marin.

Elle introduit la chair dans ma bouche. Le simple fait de mâcher s'est transformé en épreuve.

Al alterne cuillerées et fourchetées.

— Trig. (Je lève une main pour qu'elle ralentisse.) J'ai eu tellement peur.

Je hausse un sourcil. Je crois.

— Quand tu t'es endormi, j'ai dû vérifier que tu respirais une bonne centaine de fois. En posant la main sur ta poitrine.

Elle ajuste le duvet sur mes épaules.

— Je pense… (À croire qu'aucun mot n'a franchi mon larynx depuis plusieurs décennies.) Je pense… que tu m'as sauvé la vie.

— Tu as récupéré le canoë. Qui a sauvé la vie de qui, à ton avis ? (Elle secoue la tête.) Je n'arrive pas à croire que j'aie fait ça.

— Tu voulais juste… me sauver.

— J'ai paniqué, oui. (Sa respiration se fait saccadée.) J'ai couru en rond comme un poulet sans tête. Quand tu es passé à travers la glace…

— Je, je… Tu peux m'aider… à me lever ? Pour voir… si je tiens sur mes jambes ?

Elle me hisse debout et je remarque que j'ai mes chaussettes les plus épaisses aux pieds, en laine grise et hirsute, de la même couleur que le ciel.

— Mes chaussures ?

— Elles ne sont pas encore sèches. T'as rendez-vous quelque part ?

— Pisser.

— Soulage-toi dans la neige, là.

Je fais un pas chancelant. Al me tient le bras et m'accompagne au bout du bloc, là où la neige reprend ses droits.

— Vas-y. Fais ce que font les hommes. Écris ton prénom ou quoi.

L'opération n'est pas commode, Al est juste derrière moi, mais je finis par y arriver. Elle me ramène.

— Granit ou fauteuil ?

— Fauteuil.

— Je préfère ça.

Elle m'installe dans son fauteuil, m'enveloppe dans le duvet, déplie l'autre fauteuil et s'assoit, les paumes au-dessus du feu.

— Mes habits ? dis-je.

— Pour l'instant, le caleçon suffit. On va manger, se coucher. Passer la nuit.

J'acquiesce. Al empoigne la poêle, la fourchette, et empale des morceaux de brochet.

— L'avion va atterrir.

Avec un sourire, je prends la fourchette.

— Oh, le grand garçon !

J'avale ce que je peux, puis je regagne l'extrémité du bloc, seul, afin de me soulager dans l'obscurité, la tête renversée en arrière. Je compte les étoiles, j'en dénombre une vingtaine, les autres ont été happées par les nuages.

Al se livre à ses propres ablutions, je vois briller sa lampe frontale entre les arbres. À son retour, pour la énième fois, elle me demande si je vais bien, si je suis prêt. Je lui réponds par l'affirmative, le duvet sur mes épaules, tel le châle d'une veuve. Elle me serre le coude, nous rejoignons la tente à pas comptés, puis elle ouvre les rabats en grand, comme si elle m'invitait à pénétrer dans notre bon vieux camp bédouin. Lorsque je m'agenouille, elle me soutient par le bras.

— Al, j'ai pris froid, je ne suis pas handicapé.

Elle a jumelé les duvets, ce qui facilite grandement l'opération consistant à se glisser dedans, à tout le moins pour moi. En deuxième position, Al n'a aucune marge de manœuvre et doit éviter de me piétiner. Une fois allongée, le souffle court, elle baisse le zip et dispose sur nous le troisième duvet, dont s'échappent quelques plumes.

Je m'apprête à reprendre notre position en cuillère, pour chasser les frissons avant qu'ils ne s'installent pas pour de bon, mais Al me repousse. Elle pose une main sur mon épaule, me force à lui tourner le dos, se blottit derrière moi. Un bras sous ma tête, l'autre sur mes côtes, elle m'étreint et dépose un baiser au-dessus de mon oreille.

— Je ne veux plus jamais avoir peur comme ça.

Elle me caresse les cheveux, encore et encore. Personne ne m'a jamais réconforté ainsi, pas même Maman.

— Je vais bien, Al. On va bien.

— Je sais, je sais. (Elle continue de me caresser.) Compte, Triggy, tu t'endormiras plus vite.

Soudain, j'ai les yeux grands ouverts dans le noir.

Un murmure apaisant, "Compte, Triggy. Suis les chiffres. Compte, Triggy."

Des mots étouffés qui s'élèvent du lit d'Al, ainsi que d'autres bruits, des halètements, le bruissement des draps. La voix de Papa, un chuchotis fébrile. "89, 144, 233…"

J'entends aussi Al, peut-être est-ce elle depuis le début. "Compte, Triggy, compte. Rendors-toi. S'il te plaît, Triggy, s'il te plaît." Elle a du mal à articuler, le ton suppliant. Elle m'implore.

Mais Papa était le seul à connaître la suite, il évoquait souvent son nombre préféré, 144, le carré de douze, qui bien évidemment était également devenu mon chiffre préféré. Qui a un chiffre préféré ?

C'étaient eux deux.

Papa, pour que je ne me doute de rien. Al, pour que je ne me doute de rien. Mais chacun avait ses raisons. Papa voulait se protéger. Al voulait me protéger. Elle a tout pris sur elle. Elle a enduré cette épreuve en silence afin de préserver notre famille.

Est-ce à cette époque que j'ai commencé à connaître ces matins idylliques, quand je découvrais Al pelotonnée près de moi au réveil ? La voix assoupie, elle prétextait un cauchemar avant de se rendormir.

Je lui étreins la main si fort que je crains de la blesser. Je ne peux pas m'en empêcher, je ne peux pas la lâcher.

42

CHAD

ELLE FAIT TINTER LA CLOCHE à la porte juste avant l'heure de fermeture. Dès le premier regard, Chad sait que c'est elle. La fille dans trente ans. Il se lève.

— Vous avez du nouveau ?

La main de Chad reste suspendue entre eux.

— Je suis la mère. (Enfin, elle lui serre la main.) Dory.

— Vous avez fait la route depuis le Montana ?

À croire qu'il s'agit d'un vol interplanétaire.

— Je veux tout savoir.

Chad l'invite à s'asseoir sur l'autre chaise au fond de la pièce.

— J'ai trouvé la voiture.

Sa visite chez les Aukee, leur terrain délabré, leur meute de chiens. Il n'a pas fait de patrouille ni consulté de rapports, il a juste frappé à la porte. Il n'était pas là pour les inculper, leur a-t-il assuré, il voulait simplement savoir s'ils avaient vu une voiture dont les occupants étaient portés disparus. Affichant un drôle de sourire, les frères Aukee lui ont offert une bière et fini par admettre qu'ils avaient peut-être aperçu le véhicule en question, allant jusqu'à préciser où. Selon eux, il était en piteux état, un vrai gâchis.

Un peu vagues, leurs directions ont mené Chad à une piste de débris, un morceau de chrome par-ci, un bout de pare-chocs par-là, des arbres à l'écorce fraîchement éraflée, leur tronc blanc mis à nu, suintant des gouttes de sève.

La jeep était à moitié ensevelie sous la neige, la carrosserie rayée des deux côtés, des restes d'écorce coincés dans les portières. Le pare-brise arborait un trou de la taille d'une tête. Le radiateur avait valdingué par-dessus les racines de l'arbre où s'était achevée la virée, avec un taux d'alcool avoisinant les deux grammes par litres, devine Chad.

— Chad, mon gars.

Dory claque des doigts pour le ramener à la réalité.

— Désolé. J'ai dû faire une petite enquête pour remettre la main dessus.

Dory cligne des yeux.

— Et je suis sûre que l'agence de location vous en sera très reconnaissante. Qu'avez-vous découvert d'autre ?

Cindy, pense-t-il. Si seulement il pouvait la recouvrir. Il sort le permis, montre les dates à Dory.

— Techniquement, ils ne sont pas en retard.

Elle semble surprise.

— "Techniquement" ? Vous voulez rire ?

— Je sais…

— Vous savez quel genre de temps j'ai dû affronter sur la route ? Et j'étais en voiture, eux sont en canoë !

— Je sais…

— Vous ne l'avez peut-être pas remarqué, mais tous les lacs que j'ai croisés sont gelés. Recouverts de glace, vous comprenez ? Pas des conditions idylliques pour faire du canoë, Chad.

— Je sais…

Il a foncé tout droit dans le peloton d'exécution. Elle tire.

— Vous en savez, des choses. Vous savez absolument tout.

Il hoche la tête, un réflexe malheureux. Dory en a la mâchoire qui tombe, cependant elle se ressaisit.

— Je me suis arrêtée à l'aéroport, au cas où votre petite enquête piétinerait.

Veillant à garder la bouche fermée, la tête immobile, il attend qu'elle poursuive.

— Puisque vous avez des problèmes de budget, j'ai loué un avion. A priori, le ciel va s'éclaircir.

— Oui, la vague de froid est bientôt censée prendre fin.

— Vous connaissez la région ?

— Je vis ici depuis deux ans.

Une réponse qui n'en est pas vraiment une.

— Disons que vous la connaissez mieux que moi.

Chad comprend alors qu'il va voler. À la recherche de deux canoës, peut être inexistants, perdus dans quatre cent mille hectares recouverts de neige.

— Rendez-vous à l'aéroport, dit Dory en se dirigeant vers la porte. À l'aube.

43

— Comment tu te sens ? demande Al sitôt que j'ouvre l'œil.

— Je vais bien, Al. Arrête de me poser tout le temps cette question.

— Quand j'ai poussé le canoë…

— Je sais, Al, je sais. On s'en est sortis et on a encore du chemin à parcourir.

— On devrait abandonner le canoë.

Je nous imagine porter les sacs étanches, traîner le canoë… Après ce qui est arrivé hier, je doute que nous ayons l'occasion de l'utiliser à nouveau.

— Oui, dis-je, va falloir refaire le paquetage.

Je commence à me redresser, mais Al me retient.

— Al, si c'est encore pour t'excuser, laisse tomber, s'il te plaît.

J'entends sa voix dans notre chambre, quand elle essayait de me sauver, de préserver notre famille.

Elle s'appuie sur un coude et m'observe. Il y a juste assez de lumière pour que je la voie se mordre la lèvre et sourire.

— Non, je suis tellement heureuse que tu n'aies pas disparu, toi aussi. (Elle pose son front contre le mien, me caresse la joue.) OK, dit-elle en s'écartant. Je vais lancer le feu.

— Je m'en occupe, Al. Hier, tu as assuré la corvée de feu pour toute une vie.

Sans lui laisser le temps de protester, je me lève, la tête contre le nylon. J'exécute les gestes habituels, comme si j'avais toujours vécu ainsi, avec un mètre de hauteur sous plafond, une paire de duvets pour seule source de chaleur.

Dehors, dans l'air glacial, la nuit est encore assez sombre pour qu'on puisse y distinguer les étoiles, s'il y en avait. Une journée dégagée, voilà qui serait un cadeau formidable. Formidable.

Je gagne le foyer en granit d'Al, m'applique à préparer le feu. Je n'ai pas gratté la première allumette qu'elle émerge de la tente. Elle descend au lac, fait un trou dans la glace, remplit la gamelle et la casserole.

— Regarde un peu. (Elle me montre la pierre sèche, noircie par le feu de la veille.) On n'a même pas besoin d'étaler la bâche.

— C'est presque l'été, dis-je au moment où mon allumette s'embrase.

Al vide le Duluth, les sacs étanches. Elle me tend la poêle, le sirop cent pour cent érable de Papa. Si vous lui donniez une canette de Mrs Butterworth's, il vous la renvoyait aussitôt à la figure, "Le sirop de maïs ne compte pas." Je plonge le sirop dans la casserole pour le décongeler.

— Utilise tout le mélange pour pancakes, T. On emportera les restes avec nous.

Elle dépose les flocons d'avoine, le riz, les repas lyophilisés sur la pierre. Elle secoue la flasque de Papa en me décochant un coup d'œil.

— Il reste à peu près une goutte chacun.

— On la finira ce soir.

La flasque atterrit sur le tas de provisions à emporter, ainsi que le café.

— Plus que six barres de céréales. Tu crois qu'on sera rentrés dans trois jours ?

Je hausse les épaules. Je n'ai plus aucune idée d'où on est. À plus de trois jours du point d'embarquement, sans l'ombre d'un doute.

— Allez, une barre par jour, poursuit-elle.

— Une moitié de barre par jour, au cas où.

Elle lève les yeux au ciel, glisse trois barres dans sa poche, me lance les trois autres.

— On prend les cannes ? J'ai gardé les boyaux des brochets. Pour appâter les cannibales.

— Juste la tienne.

Ma canne va sur le tas de rebut. Papa me l'a offerte quand j'avais douze ans. Pas pour mon anniversaire, sans raison aucune. Je me rends soudain compte qu'il me l'a donnée quand il s'est mis à faire ses crises de somnambulisme, me chuchotant de me rendormir. Pour acheter mon silence. À la même époque, Al a commencé à faire des cauchemars. Je ne veux plus jamais voir cette canne de ma vie.

Une fois le tri terminé, notre paquetage se limite à la nourriture, tous les habits que nous pouvons porter, la tente, les duvets, la gamelle et la casserole. Le savon et l'éponge finissent sur le tas de rebut.

— La neige suffira.

Nous conservons la hache, bien sûr.

— La hachette ? demande-t-elle.

— Aujourd'hui. Ensuite, on verra.

Elle place la hachette près de la hache. Je verse la pâte dans la poêle, regarde les bulles se former. Al démonte la tente et remplit les sacs. Les trois sacs.

Nous mangeons jusqu'à en avoir mal au ventre. Je continue à remuer la pâte, à l'étaler dans la poêle. Al laisse les pancakes refroidir, puis elle les nappe de sirop d'érable et les colle ensemble, deux par deux, comme des sandwichs, avant de les glisser dans des sacs hermétiques. Elle en fourre la moitié dans ses poches et me donne le reste.

Malgré tous ces préparatifs, nous sommes prêts plus tôt que prévu. Les deux sacs, un bleu, un orange, attendent à côté des fauteuils. Le feu continue de rugir, alimenté par le bois d'Al. Je vais au lac, pour pisser, soi-disant. En réalité, je cherche une excuse pour amarrer le canoë, en attachant les pagaies à la coque.

Derrière moi, j'entends Al jeter dans les flammes les branches vertes abattues la veille, au cas où un avion nous survolerait.

— On devrait prendre les gilets de sauvetage, dit-elle. Vu qu'on va marcher sur la glace.

Je sors les gilets du canoë et nous les passons près du foyer. Nous absorbons la chaleur des flammes quelques instants, puis je tiens les bretelles du sac étanche d'Al pour qu'elle puisse l'enfiler. Elle fait la même chose pour moi. Les sacs ont beau être plus légers que prévu, ils restent lourds et encombrants, surtout avec les gilets en dessous.

— Les fauteuils ? demande Al à la dernière seconde.

Nous avons passé la matinée dedans, pourtant nous les avons complètement oubliés.

— Trop de poids superflu, dis-je.

— Ne pas avoir à poser mon cul dans la neige ? Chaque gramme en vaut la peine.

J'esquisse un sourire, glisse un fauteuil sous la sangle de serrage de son sac, laisse la housse près du feu. Elle me retourne la faveur. Nous avançons sur la glace, contournant le canoë. Nous n'avons pas d'ancre pour le lester. Je ne peux m'empêcher de nouer l'amarre de poupe à un arbre. Je jette un coup d'œil sur le bloc de granit, le tas de rebut, la fumée blanche qui monte dans le ciel gris.

— On ne sait jamais, dit Al.

Nous nous élançons. Notre équipement abandonné reviendra à quiconque le trouvera le printemps venu, s'il en reste quelque chose après les tempêtes, la glace et le vent. D'ici là, les porcs-épics auront dévoré les pagaies.

Nous longeons le rivage, comme si la glace risquait de céder d'un moment à l'autre. La tête basse, les yeux fixés sur mes pieds, j'entame la longue marche, mes crampons raclent, cliquettent, encore des jours et des jours, j'ai déjà mal, j'ai mal partout.

Une heure plus tard, nous tombons sur un portage auquel nous ne nous attendions pas.

— Je le croyais à l'autre bout du lac, dit Al.

Un frisson d'angoisse me traverse.

— Si on avait pris le canoë, on n'aurait rien vu, ajoute-t-elle. Je ne serais même pas en train de le chercher, à ce stade.

Nous contemplons la piste lisse qui vire et disparaît parmi les arbres. Nul doute qu'il s'agit d'un portage.

— Al ?

— Ne commence pas. C'est le portage, c'est évident.

— C'est *un* portage, mais…

— Quel est le… (Elle marque une pause.) Tu crois qu'il y a deux portages sur ce lac ?

Je hausse les épaules.

— Celui-ci vient peut-être d'un autre lac… dis-je. (Al se frotte le visage avec ses moufles.) À moins qu'on soit déjà sur le mauvais lac.

— Tu tourbillonnes dans le vortex, là.

Pourtant je n'ai pas le souffle court, l'esprit embrumé par la panique. Je ne suis pas en mode poulet sans tête, pour reprendre l'expression d'Al. Peut-être suis-je trop fatigué pour avoir peur.

— Tu te souviens d'un lac aussi grand à l'aller ?

Elle se mord la langue.

— Jusque-là, je m'en souvenais, oui. Hier, quand on l'a découvert, tout me semblait correspondre.

— C'était avant-hier.

— Peu importe.

Quoi qu'elle en dise, le détail compte. Si nous perdons le fil, comment démêlerons-nous l'écheveau de Papa ?

— Traversons-le, on verra bien si le lac suivant nous dit quelque chose.

— Si ce n'est pas le cas ?

— On rebrousse chemin et on va au bout de ce lac. Mais à mon avis, ça ira, T.

— Tu te rappelles où on a campé, sur le lac suivant ?

Al secoue la tête.

— Ça fait un moment qu'on n'a pas dormi sur un des emplacements de l'aller.

— Tu ne fais plus gaffe ?

— Et toi ?

— C'est toi le guide !

Ma voix est montée d'une octave.

— Prends ma place, si tu veux.

C'était la même chose quand on était enfants.

— En avant, dis-je. Et prions pour que l'un de nous se souvienne de quelque chose.

Al m'observe un instant puis gesticule en direction de la piste.

— Tu n'as qu'à ouvrir la voie.

Je la contourne et bute aussitôt sur une branche ou une pierre dissimulée sous la neige. Un début prometteur. Nous progressons dans l'obscurité, entre les arbres dont les troncs noirs strient le paysage, une vague verticale de lamelles blanches qui déferle à mesure que nous repoussons la neige sur le côté.

Le portage n'est ni trop long – quatre cents mètres environ – ni trop abrupt, mais je n'ai aucune envie de l'emprunter dans le sens inverse. Lorsque nous débouchons sur le lac suivant, sans surprise, je ne reconnais absolument rien. Le monde, du moins ce million d'acres, consiste en une succession ininterrompue de pins et de sapins noirs et verts, d'érables et de bouleaux aux branches dénudées écrasés par l'étendue plate et grise du ciel. La mince éclaboussure blanche qui s'étire à nos pieds ne signale rien d'autre que la surface d'un énième lac.

Al s'immobilise à mes côtés. Je retiens mon souffle, dans l'attente de son verdict. Où se trouve-t-on, qu'est-on censés faire ?

— Merde.

J'espérais autre chose.

Elle regarde à droite, à gauche, jette un œil sur la piste derrière, afin de la voir telle qu'elle nous serait apparue si nous l'avions abordée en canoë.

Puis elle fait un tour complet sur elle-même tandis qu'un trio de corbeaux plane au-dessus de l'eau en croassant.

— Pourquoi ils ne migrent pas comme les autres oiseaux ?

— On n'a pas droit à l'erreur, Al.

— Je ne sais pas où on est, Trig, lâche-t-elle dans un soupir.

— Vraiment ? Tu n'as pas même une petite idée ?

— Une petite idée ne suffira pas.

Je ferme les yeux. Les rouvre. Nous restons plantés là, nos sacs sur le dos.

— Alors on fait demi-tour et on cherche un autre portage sur le lac précédent.

— Mais…

— C'est le dernier lac que tu as reconnu. Tu pensais que le portage se trouvait tout au bout.

— Et si je ne reconnais rien ? S'il n'y a pas d'autre portage ?

— On verra bien.

— D'accord.

Nous repartons dans la direction d'où nous sommes venus. Au moins, notre progression est plus aisée cette fois, nos pas ayant déjà tassé la neige.

De retour sur le lac que nous venons de quitter, nous traçons une nouvelle piste.

Plus nous nous éloignons du dernier portage, plus nous cherchons le prochain. S'il y en a un. Al scrute les environs jusqu'à ce que nous parvenions à une baie qui limite notre visibilité.

— Alors ?

Les paumes en l'air, elle hausse les épaules et poursuit sa route.

La journée touche à sa fin, le ciel s'assombrit, nous ignorons toujours où nous sommes. Au bout d'une heure, le vent se lève, aussi baissons-nous la tête. Devant nous se profile l'extrémité du lac, à moins qu'il ne s'agisse d'une autre baie. Avec le vent, les arbres semblent plus accueillants que le lac, bien qu'il soit moins facile de marcher dans la neige.

Nous avançons, un pied devant l'autre. Je demande à Al si elle veut laisser tomber, retourner au premier portage. Elle ne ralentit pas ni ne me répond. Quand nous n'aurons plus le choix, j'imagine que nous retrouverons le camp de la veille, juste à temps pour confectionner un feu, après avoir perdu la journée en allers-retours, comme si nous étions destinés à ne jamais quitter cet emplacement.

Et voilà que la piste apparaît, mince ruban qui va se perdre dans les bois. Si nous ne l'avions pas cherchée toute la journée, nous l'aurions dépassée en une foulée, sans même nous en rendre compte.

Al s'engage dessus, pivote pour regarder le lac. Les yeux plissés, elle inspecte chaque détail.

— Putain, T, je ne vois pas vraiment de différence avec l'autre portage.

Je m'immobilise à ses côtés. Épaule contre épaule, nous faisons face au lac. Je scrute le gris, le noir, le blanc. Tout se ressemble et se confond. Puis je tends le bras en souriant. À mi-chemin du rivage opposé, un nid d'aigle est perché au sommet d'un amas de branches et de racines.

— Tu le vois ?

Al suit mon regard.

— Le nid ?

— Ouais.

— Et ?

— Tu t'en souviens ?

Elle cligne des yeux, se concentre.

— On en a vu des tonnes, de nids, T. Et des tonnes d'aigles, aussi.

— Devant celui-là, Papa a dit, "Quelqu'un devrait prévenir les Canadiens : les aigles sont notre symbole national, pas le leur."

— Je ne l'ai pas entendu prononcer cette phrase.

Je l'observe.

Elle secoue la tête.

J'essaye de me remémorer l'instant, sans y parvenir tout à fait.

— Il était peut-être dans le canoë avec moi.

— Tu crois qu'on est sur la bonne voie ?

Je contemple le nid, la piste dans mon dos.

— Je ne sais pas.

Nous nous enfonçons entre les arbres, nous éloignant de ce foutu lac pour la deuxième fois de la journée.

Le portage est plus rude que le précédent, une côte suivie d'une descente suivie d'une autre côte.

— Ça me revient, Trig, vraiment.

À l'endroit où la piste dévale la deuxième colline, Al me dépasse en courant. J'accélère mais je reste prudent, avec le poids que nous portons, nous ne pouvons nous permettre une chute.

— Al ! Al !

Elle ralentit, regarde alentour, un sourire sur les lèvres.

— Attention !

Elle fait volte-face, évite un arbre de justesse.

Je nous pensais presque au bout, mais à chaque virage, la piste révèle un nouveau segment qui disparaît dans la forêt devant nous. Enfin, je rattrape Al, dont la bouffée d'adrénaline est retombée.

Comme toujours, le lac apparaît au moment où nous nous y attendons le moins. Nous gagnons la glace avant de nous retourner pour observer le portage. J'attends le verdict d'Al en reprenant mon souffle.

— Peut-être… déclare-t-elle après un temps.

— Peut-être ? La vue ne te dit rien ?

Elle grimace.

— Pas vraiment. La piste, les deux côtes, m'ont paru familières. (Elle hausse les épaules.) Plus que l'autre portage, en tout cas.

— Et tu te rappelles avoir campé sur ce lac ? Dans une heure, il fera nuit.

— Laisse tomber cette histoire d'emplacements, Trig.

— Ce serait sympa de retrouver notre réserve de bois.

Al s'élance.

— Je crois… On devrait longer la rive gauche.

Elle se met à longer la rive droite. Je commence à protester, mais elle me fait taire d'un geste.

— Je voulais dire l'autre gauche.

Mon guide.

44

DORY

Le ranger la retrouve à l'aéroport, où ils passent deux heures à siroter du café rance, les yeux rivés sur les nuages, qui semblent flotter juste au-dessous de la cime des arbres.

— Ils disent qu'on pourra voler demain, leur annonce le pilote.

Il ajoute que son emploi du temps est libre, ils n'auront qu'à revenir dès que le ciel sera dégagé.

Dory se doute que son emploi du temps est libre, ce n'est pas exactement la pleine saison.

Elle n'en peut plus, d'attendre. Elle ferait mieux de chausser une paire de skis pour traverser seule les lacs gelés. Aucune chance que Bill ne survive à leurs retrouvailles, de cela, elle est sûre. Une aventure en novembre, non mais quelle connerie.

Le ranger, son vieux pote Chad, propose de lui montrer le point d'embarquement sur Nym Lake. Dory n'en voit pas vraiment l'utilité, mais l'alternative, une soirée dans sa chambre d'hôtel, à regarder vieillir Mariska Hargitay au cours d'une dizaine d'épisodes de *New York, police judiciaire,* n'est pas plus réjouissante.

Alors, appuyée contre la vitre côté passager, elle regarde la neige et les pins défiler jusqu'à ce qu'apparaisse la surface plane du lac.

Chad met le pick-up au point mort et laisse tourner le chauffage.

— Cherokee ou pas, ils ont dû partir. Personne ne resterait dehors par un temps pareil.

— C'est mal connaître leur père, répond Dory. Une formidable occasion de tisser des liens.

Chad émet un grognement, jette un œil sur sa montre.

— Vous avez quelque chose à faire ?

— Non, répond-il dans un petit rire. Absolument rien.

Dory contemple l'étendue enneigée.

— Moi, si.

45

Nous préparons des flocons d'avoine, préférant garder les pancakes de la veille pour la marche. En attendant que l'eau chauffe, puis lorsqu'elle boit son café, Al se frotte les épaules, l'une après l'autre.

— On comprend pourquoi le canoë a été inventé.

Les sacs étanches ont beau être pourvus de bretelles, ce ne sont pas des sacs à dos. J'ai les dorsaux en miettes.

Al jette son marc dans la neige, se positionne derrière moi et me masse les épaules. Je ferme les yeux, m'abandonnant à son toucher.

— À toi, finis-je par dire, à regret.

Sans un mot, nous échangeons nos places. Al s'installe dans mon fauteuil et je commence à la masser. Étonnamment, nos gestes parviennent à traverser les strates de vêtements.

Quand mes poignets s'ankylosent, je laisse reposer mes mains sur ses épaules. Nous demeurons silencieux, ainsi que nous l'avons été toute la matinée, les yeux rivés sur le ciel gris. Je suis à deux doigts de lâcher le morceau. "Toutes ces nuits, je t'ai entendue. J'aurais dû comprendre, pourtant je n'ai rien fait." Mais hier soir, nous avons oublié de poser une ligne dans le trou et notre dernier repas lyophilisé – des fajitas au poulet, la mort bleue – nous est resté sur l'estomac.

Subitement, Al se redresse.

— J'ai une ablution urgente à faire.

Je m'écarte d'elle et la regarde se précipiter dans les bois.

Je m'éloigne du camp, plus que d'habitude, et m'accroupis à mon tour, pourtant Al me repère aussitôt.

— Toi aussi ?

— Ces trucs sont impropres à la consommation humaine.

Elle éclate de rire. Quand je reviens, elle est déjà occupée à faire les sacs.

Nous entamons la marche du jour. Deux heures durant, j'inspecte les nids d'aigles, tâchant de me rappeler chacun d'eux, jusqu'à ce que mes pensées errent du côté du Montana, le nid sur le lac dans Swan Valley.

— J'ai trouvé un lac.

Al me devance d'une cinquantaine de centimètres.

— Ici ? Incroyable, T.

— Non, dans Swan Valley. On n'y accède qu'à pied. Il y a des huards.

— Dans le Montana ?

— Je sais, pourtant ils étaient bien là.

— Quand ?

— On était au lycée.

Elle fait quelques pas de plus et s'arrête net, si bien que j'entre en collision avec elle.

— Tu ne m'en as jamais parlé ?

— Si, mais tu dormais. Enfin, tu finissais par t'endormir.

— Ah bon ?
— Tu étais dans ta phase Erik Baumgardner.
— Mon Dieu.
— J'y allais souvent.
— Sans moi ?
— Tu avais pour ainsi dire disparu.
— Et toi, tu écoutais les huards sur un lac ?
Elle a parlé à voix basse, comme si elle comprenait.
— Parce qu'il me manquait. Et Maman, aussi.
— Même si elle vivait avec nous.
— Ouais. Et toi aussi, tu me manquais.
— Mais j'étais…
— Occupée ailleurs.
Elle passe un bras autour de mon épaule, par-dessus le sac, et le retire aussi sec.
— Ouvre la voie, T. J'ai les jambes en compote.
La température est plus clémente aujourd'hui, mon manteau est ouvert. Je me fraye un chemin à travers la neige.
— "Occupée ailleurs". Pauvre Erik, lance Al dans mon dos.
— Le type le plus chanceux du Montana.
— Aussi chanceux qu'un type qui passe sous les roues d'un camion. Je voulais juste avoir le choix, tu saisis ? Faire ça selon mes conditions. Erik était remplaçable, bien sûr.
Je continue d'avancer.
— Le temps va s'améliorer, à ton avis ?
— Peut-être, T. Une belle journée nous ferait du bien, eh* ?
— "Eh" ? T'as viré Canuck ou quoi ?

* Tic de langage canadien-français.

Le lendemain, le ciel commence à s'ouvrir. Nous guettons les éclaircies, trébuchant chaque fois que nous levons les yeux à la recherche d'un pan de ciel bleu. Les nuages sont plus élevés qu'ils ne l'ont été depuis des jours et, de temps à autre, le soleil est éblouissant sur la neige du lac.

Alors seulement, j'entends l'avion.

46

— Arrête-toi.

— Quoi ?

— Chut !

Al se tourne vers les arbres, peut-être pense-t-elle que j'ai repéré mon ours. Puis elle me voit scruter le ciel, pencher la tête à gauche, à droite, pour capter le rugissement.

— Qu'est-ce qu'il y a, T ?

Mais elle a déjà compris et tend l'oreille à son tour.

Nous pivotons dans la direction d'où nous venons.

Un grondement faible et sporadique s'élève au loin.

— C'est un avion, Trig. (Elle m'agrippe le bras.) Et pas un de ces putains de jets !

Nous sommes dans les bois, sur un énième portage, un énième coup dans le noir. Nous distinguons à peine la lisière de la forêt. Impossible que l'avion nous repère parmi les arbres, qu'il survole à plus de cent cinquante kilomètres à l'heure.

— Ils nous cherchent, T.

— Je ne sais pas.

— Bien sûr que si !

Al sautille presque sur place.

— On devrait faire de la fumée.

En réalité, je doute que nous parvenions à confectionner un feu assez vite.

— Si on rebroussait chemin pour aller sur la glace, à découvert ?

Je me gratte le crâne, sous le bonnet de Papa. Nous ne pouvons nous permettre de faire le mauvais choix. Nous n'aurons pas d'autre chance. Et Al qui m'observe comme si je détenais toutes les réponses.

— On fait les deux.

Aussitôt, Al laisse tomber son sac dans la neige et retire son gilet de sauvetage.

— T'es le plus doué pour les feux. (Elle m'enveloppe dans ses bras, m'étreint de toutes ses forces.) Et ne lésine pas sur les allumettes à la con, d'accord ?

Elle dévale le sentier sinueux menant à l'étendue neigeuse du lac précédent. Jamais je ne me suis senti aussi seul.

Je pose mon sac, sans prendre la peine de m'attaquer aux attaches de mon gilet. Je bataille avec les sangles du sac étanche pour récupérer les allumettes et la hachette. Mes mains tremblent et mon souffle m'échappe déjà.

La hache est rangée dans le sac d'Al. Dans l'immédiat, la hachette fera l'affaire.

Titubant entre les pins, j'abats du bois d'allumage et rassemble autant d'aiguilles mortes que je peux.

— Allez, allez, allez, allez. (Je prends conscience que je parle à voix haute.) Tais-toi, la ferme. Concentre-toi.

Je déblaye une clairière au beau milieu de la piste, envoyant valser la neige à coups de pied, et j'entreprends de construire un tipi. Mes mains tremblent si fort que le couvercle de la boîte à allumettes me glisse des doigts. Sans y prêter attention, je fais coulisser le carton, tente d'attraper une allumette, en renverse une demi-douzaine, constellant la neige de têtes rouges.

Je me baisse pour les ramasser, me remémorant la manière dont Al les a disposées le jour où je suis tombé dans le lac. J'essaye de l'imiter, le tas s'effondre, je recommence, prenant soin de laisser un espace suffisant pour introduire une allumette enflammée. Je superpose les aiguilles et les brindilles. Avant, dans la forêt détrempée, Papa faisait des encoches dans les branches, les hérissant d'échardes. Des sapins de Noël. Selon lui, l'effort en valait la peine si rien d'autre n'était susceptible de brûler, à moins d'avoir une torche ou de l'essence.

Je dois y arriver. Du premier coup.

Je m'applique donc à tailler des sapins de Noël, parlant à voix haute.

— Allez, allez…

Je place les sapins au sommet du tas, gratte une allumette, la tiens tête en bas pour que la flamme remonte le long de la tige blanche.

— Pitié.

J'insère l'allumette dans le tipi.

L'éruption soudaine me brûle les doigts, je sursaute et renverse le tipi. Dieu merci, les têtes ne s'éteignent pas. Je les regroupe avec mon allumette, qui me brûle une deuxième fois lorsque la flamme atteint l'extrémité de la tige.

Je plonge les doigts dans la neige une demi-seconde puis je mets les brindilles, les aiguilles, même, une par une dans les flammes.

Le feu se propage, du phosphore aux aiguilles, des aiguilles aux brindilles, fines volutes de flammes vacillantes.

Mes sapins de Noël s'enflamment, dévorent l'écorce des branchettes de la largeur d'un crayon, les branches de la largeur d'un doigt. Je lève les yeux, pourtant je sais qu'il n'y a pas de fumée, pas encore. D'abord les flammes, la chaleur. J'ajoute le reste du petit bois, me lève d'un bond, saisis la hachette – le manche dépasse de la neige – et me réattaque aux arbres. J'abats du petit bois, des branches plus grosses nécessitant plusieurs coups, d'autres plus épaisses encore, les incisant d'un côté puis de l'autre avant de les arracher à la main. Je recueille des branches chargées d'aiguilles et de brindilles résineuses.

Doté d'une vie propre à présent, le feu rugit. Je l'étouffe sous des couches de branches vertes. Il s'étrangle et faiblit, se ravive quand je m'agenouille pour souffler sur les braises. Enfin, les dernières branches roussissent et se recroquevillent, dégageant une fumée blanche que je regarde monter dans les frondaisons, jusqu'au ciel qui, bien que légèrement couvert, est suffisamment dégagé. La fumée obstrue les rares pans de bleu, emportée vers le nord par le vent. Je préférerais une colonne, une flèche épaisse pointée droit sur nous au lieu de cette flèche mince et bancale, toutefois elle fera l'affaire.

Je coupe d'autres branches, des vertes comme des mortes, et les jette en vrac dans le feu. Je suis prêt à brûler des arbres entiers, toute la forêt s'il le faut. En sueur, je retire mon manteau, le balance près des sacs. Je soulève la hache et l'abats, encore et encore.

Tout à ma tâche, je ne me rends même pas compte qu'Al est de retour avant qu'elle me touche le dos.

Je fais volte-face, hors d'haleine, soufflant mes propres nuages de fumée, et la trouve debout devant moi, l'air d'avoir été essorée, drapée sur un bâton pour sécher. Elle secoue la tête. Sur son visage maculé de crasse, j'aperçois non pas des larmes, mais les sillons creusés par leur passage.

— Al, dis-je en haletant. Quoi ?

— Il a disparu.

— L'avion ?

Elle acquiesce et contemple le sol.

— Comment c'est possible ?

Elle lève la main, l'abaisse, la fait pivoter, l'abaisse dans l'autre sens, la fait pivoter de nouveau, mimant un avion qui s'éloigne, aussi loin que le permet la portée de son bras.

— Il a disparu.

Je jette un œil sur mon feu, qui continue de cracher de la fumée.

— Pas possible.

Elle se contente de hocher la tête.

— Pour alerter les secours.

— J'en doute, T.

— Si, si, forcément.

— Il ne nous a pas survolés. Je ne l'ai même pas vu.

— Mais…

— Je l'ai juste entendu, il a fait deux allers-retours avant de repartir, son rugissement de plus en plus faible.

L'espace d'un instant, je pense : Papa, ils l'ont trouvé en train de tituber à nos trousses.

— Le canoë, T, dit Al.

À croire qu'elle a lu dans mes pensées.

L'esprit à la dérive, j'imagine la silhouette spectrale de Papa flotter derrière nous… non, impossible, les lacs ont gelé.

— Ils ont dû repérer le canoë, répète Al.

Je déglutis, les jambes flageolantes. Cherche un endroit où m'asseoir. Al ramasse son fauteuil dans la neige, où je l'ai abandonné pour sortir la hache. Puis elle déplie le mien et nous prenons place près du feu, comme si nous allions passer la nuit là.

— À ton avis, ils ont pensé quoi, en voyant le canoë sur le rivage ? parviens-je à articuler.

Al ramasse une branche et remue distraitement le feu.

— J'en sais rien, Trig. Ils en ont forcément déduit que c'était le nôtre, non ? On est sans doute les seuls dingues à traîner ici en novembre…

— Tu crois que ton prince charmant, Dudley, était à bord ?

— Qui d'autre ?

— Il voit un canoë, sans campeurs ni feu alentour.

— Je sais… Même moi, je ne saurais pas quoi en penser.

— S'il inspectait les environs, il comprendrait tout de suite qu'on est à pied. L'avion a atterri ?

— Je t'ai dit que je ne l'avais pas vu, Trig. Comment veux-tu qu'il atterrisse, de toute manière ?

— Il a peut-être vu nos traces ?

— J'y ai pensé. Mais à cette hauteur, à cette vitesse ? Nos traces étaient dans l'ombre des arbres. Et on longeait la rive. Même s'il les a vues, il a dû les prendre pour de la glace accumulée sur la berge.

Al se redresse et jette une branche verte sur les braises avant d'éloigner son fauteuil de la fumée.

Je bascule en arrière, les yeux rivés sur le ciel. À présent, la fumée ressemble plus à une tache informe qu'à une flèche ou un néon signalant notre présence.

— Combien de temps avant la tombée de la nuit, selon toi ? dis-je.

— Une heure, peut-être. Max.

J'opine en soupirant.

— Autant rester ici, ajoute-t-elle. On a déjà un feu, une réserve de bois.

Je garde le silence.

— Tu étais vraiment sur le point d'abattre la forêt entière ?

— De quoi construire un héliport, en tout cas.

Je prends appui sur mes cuisses pour me hisser debout, plus courbatu que je ne l'étais avant de m'asseoir, quand j'étais occupé à couper frénétiquement du bois.

— On ne peut pas rester ici, Al. On doit se mettre à découvert.

— Mais…

— Le canoë a sûrement attisé leur curiosité. Ils vont peut-être revenir en hélico.

— Demain ?

Je refais notre paquetage et ramasse le couvercle de la boîte d'allumettes dans la neige.

— Je ne sais pas. Ce soir, s'ils ont le temps.

Al se lève à son tour. Elle range la hache, ferme son sac, cale son fauteuil derrière les sangles de compression. Chacun aide l'autre à glisser les bretelles sur ses épaules. Nous restons un instant près du feu.

— Quelle direction ? demande Al.

— Je ne sais pas.

— Si on continue d'avancer, on va s'éloigner du canoë, le seul truc qu'ils ont vu, a priori.

— Et s'ils n'ont rien vu ? S'ils ont juste survolé le lac à basse altitude avant de repartir dans l'autre sens ?

— Alors on l'a dans le... (Elle me regarde, baisse les yeux.) Mais s'ils l'ont vu ?

— S'ils l'ont vu et qu'ils comptent revenir, mieux vaut rebrousser chemin.

Al acquiesce.

— D'un autre côté, s'ils n'ont rien vu, on risque de passer l'hiver là-bas.

— Merde, Trig. Toi et ton vortex.

— Qu'est-ce que tu veux que je te dise ?

— Ouais, t'as raison.

Nous nous réchauffons les mains au-dessus du feu.

— On tire à la courte paille ? demande Al.

— Ou on vote ?

— Qui va nous départager ?

Je hausse les épaules.

— À mon avis, on devrait faire demi-tour.

Al hoche la tête.

— Mais prier pour que quelqu'un vienne nous sauver... dit-elle. Faire de la fumée en croisant les doigts...

— Je sais.

Elle jette une autre branche dans le feu.

— Verdict ?

Je me mordille la lèvre.

— On avance. Sur le lac. Demain, si le ciel est dégagé, on fait de la fumée. Assez pour que l'avion la repère de loin, même s'il se dirige vers le canoë.

— Et si on se perd ? Si on tourne en rond ?

— On continue de produire de la fumée. Chaque fois que le temps le permet.

Al contemple la piste qu'elle a déjà piétinée par deux fois aujourd'hui, puis elle observe le portage intact, la neige immaculée.

— D'accord, dit-elle. C'est parti.

Elle saisit deux branches de presque deux mètres de long, aussi épaisses que des battes.

— Je me charge du bois.

Elle s'élance en balançant les branches comme des sceptres, Moïse écartant les eaux de la mer Rouge.

Je lui emboîte le pas. Encore un feu à construire, un camp à monter, une nuit à survivre, et tout cela d'ici une demi-heure, dès que nous aurons atteint le rivage du lac voisin.

Une fois ces corvées accomplies, lorsqu'une pile de bois digne de Paul Bunyan repose près des braises rougeoyantes, qu'un tas de branches vertes attend les premières lueurs de l'autre côté du foyer, nous nous dirigeons vers la tente ; les étoiles nous narguent entre les nuages, disparaissent, réapparaissent, disparaissent à nouveau. Nous écartons les rabats et pénétrons dans le duvet, des gestes si souvent répétés qu'ils sont devenus machinaux.

Blottie contre mon dos, Al murmure à mon oreille.

— Pourquoi, T ? Pourquoi on a pris cette décision ?

Le grand huit émotionnel engendré par l'avion, la panique, la course, le reflux de l'adrénaline, nous a éreintés. J'ai à peine la force de répondre.

— Comment ça ?

— Imagine que je me trompe. Imagine qu'on soit perdus.

— Tu nous guides depuis le début, Al. On allait dans cette direction avant même d'entendre l'avion.

— Mais si je me trompe, insiste-t-elle. On aurait peut-être dû…

J'oublie sa voix, ses arguments, ses hésitations, tourmenté par mes propres doutes, le poids de la culpabilité qui m'oppresse depuis que nous avons abandonné Papa. Depuis que je me suis éloigné de cette nuit, de cette journée, dans l'espace comme dans le temps, mes interrogations, mon autoaccusation ont pris la forme d'une vague gigantesque menaçant de me submerger. Avons-nous fait assez d'efforts pour le retrouver ? Avons-nous baissé les bras trop vite ? A-t-il retrouvé le chemin du camp ? Nous a-t-il suivis, se débarrassant de son canoë lui aussi ? Est-ce pour cette raison que l'avion a fait demi-tour ? Est-ce pour cette raison que j'ai refusé de rebrousser chemin ? Pour ne pas avoir à affronter cette réalité-là ? Pour ne pas avoir à affronter mon père ? Pour ne pas avoir à regarder Al affronter mon père ?

S'ils le retrouvent, qu'ils le sauvent, que fera-t-il ? Leur parlera-t-il de nous, après ce que nous lui avons fait ? Ou préférera-t-il raconter une de ses histoires, s'érigeant en héros, décrivant ses nombreux efforts pour nous sauver, en vain ?

Je ferme les yeux, les rouvre. Le feu, à peine à une poignée de braises, personne n'étant là pour l'attiser, irradie une faible lumière qui rend un peu moins sombre mon côté de la tente. Al me secoue l'épaule avec douceur.

— Trig, t'es avec moi ? T'es encore là ?

— Toujours.

— Je crois qu'on devrait faire demi-tour.

Je prends une profonde inspiration, mon dernier souffle, peut-être.

— Tu es la seule personne en qui j'ai confiance, Al. Ce n'est pas aujourd'hui que ça va changer.

Elle m'étreint sans mot dire, pas seulement pour se réchauffer. J'écoute sa respiration se transformer en un sifflement calme et régulier. Pour la première fois depuis une éternité, je me mets à compter. Zéro et un, un, un et un, deux, un et deux, trois, deux et trois, cinq, trois et cinq, huit…

Je m'interromps. Plus jamais.

47

DORY

ELLE AURAIT DÛ S'EN DOUTER dès le premier coup frappé à la porte. Elle éteint le téléviseur, Mariska, si jeune et si jolie, mais Dory sait que cela ne durera pas. J'en suis la preuve vivante, pense-t-elle en ouvrant la porte au ranger qui, son chapeau à la main, possède encore la beauté de la jeunesse.

— Vous avez survolé les lacs.

Il hoche la tête, déglutit.

— On a vu un canoë.

Dory inspire vivement.

— Un canoë ? Un seul ?

Il opine.

— Près du rivage. Sur la glace.

— Et ?

Elle a la gorge sèche, si nouée qu'elle n'est pas certaine d'avoir émis un son cohérent.

— On n'a vu personne. On a fait plusieurs passages. Pas de feu.

— Un seul canoë, répète Dory. (Elle fait un pas en arrière, s'assoit au bord du lit.) Si c'étaient eux, il y en aurait deux.

Chad n'arrête plus de hocher la tête.

— Le canoë était sur la glace. Il n'était pas enseveli. De ce que je sais, ils sont les seuls randonneurs encore présents dans le parc.

— De ce que vous savez. (La voilà transformée en perroquet.) Mais pourquoi n'y avait-il qu'un canoë ?

— Je ne sais pas, admet Chad, pour la première fois depuis qu'ils ont fait connaissance. L'autre était peut-être dissimulé dans les arbres. Ou bien ils se sont perdus de vue.

— Comment se perd-on de vue sur un lac ?

Il observe la chambre, montre la chaise rangée sous le bureau minuscule.

— À votre guise.

Il s'assoit et se penche en avant.

— Je me suis posé la même question. (Sans tout à fait oser croiser son regard, il ajoute :) Ils savaient ce qu'ils faisaient, là-bas ?

Dory met un instant à comprendre qu'il s'agit d'une question.

— Avant, on passait chaque été ici. Leur père a grandi dans un canoë.

— Ils se sont peut-être perdus ou séparés.

— Délibérément ? (Elle le dévisage.) Comment, selon vous ? Comment prend-on ce genre de décision à trois ? "Tu vas à gauche et nous, on va à droite ?"

Chad hausse les épaules.

— Leur père les embarque dans ses plans farfelus depuis qu'ils sont nés. "Le risque, c'est le sel de la vie !" Doux Jésus. Mais il n'a jamais fait un truc pareil.

— Le canoë n'était peut-être pas à eux.

— Je vais le tuer. J'aurais dû le faire il y a des années.

Chad esquisse un sourire.

— Vous ne devriez pas prononcer ce genre de parole devant un membre des forces de l'ordre.

Dory arque un sourcil. Les forces de l'ordre…

— Chad, mon gars, vous n'avez jamais été marié, je me trompe ?

Il secoue la tête.

— Et les jumeaux ? demande-t-il. Il y en a peut-être un qui est têtu, du genre à insister pour tracer sa propre route ?

Dory pousse un grognement ironique.

— Al trace sa propre route depuis qu'elle a trois ans. N'empêche, elle ne ferait pas ça. Elle ne laisserait pas tomber son frère.

— Et son frère, impossible qu'il se la joue cavalier seul ?

— Il a déjà essayé, sans succès.

Chad hausse les épaules.

— C'était peut-être juste un vieux canoë. Mais il était de la même couleur que l'un des leurs. Même si cela ne constitue pas une preuve.

— Vous n'avez pas atterri pour l'inspecter de plus près ?

Il la scrute quelques secondes.

— L'avion est équipé de skis, mais la glace n'est pas assez solide. Les frères Aukee font bien des courses de motoneige sur les lacs, mais à part eux, personne n'est assez fou pour atterrir en cette saison.

— Je devrais peut-être contacter les frères Aukee, alors.

— Très mauvaise idée.

— Vous avez accès à un hélicoptère ?

Chad dégaine ses excuses habituelles, il manque de budget, la disparition n'est pas avérée. Dory se redresse et s'avance vers la chaise.

— Chad, mon gars, depuis que mon couple est parti en vrille, je ne fais que travailler. Je prends toutes les heures sup' que je peux. Comme si je pouvais rafistoler leur vie à force d'efforts acharnés. Je bosse comme une malade dans l'espoir qu'un jour, je puisse démissionner pour être à nouveau présente dans leur vie. Ça vous semble logique ?

À l'évidence Chad préférerait être perdu, lui aussi, plutôt que de se trouver dans la chambre avec elle.

— J'ai disparu de leur vie pour qu'on puisse en avoir une, ajoute Dory en secouant la tête. Peut-être que je me préparais pour cet instant.

Chad la fixe sans comprendre. Dory approche son visage du sien.

— Ce que je veux dire, Chad, c'est que je vais vous le payer, ce putain d'hélicoptère.

48

COMME AUX PREMIERS JOURS de notre aventure, j'émerge de la tente tandis qu'Al continue d'écraser, ainsi qu'elle l'a fait toute notre enfance, amassant les dernières heures et minutes de sommeil avant d'affronter la journée.

Je prépare le feu et franchis les quelques mètres qui me séparent du lac à la lumière de ma lampe frontale. J'ai oublié de prendre la hache. Dans le faisceau, la pellicule de glace transparente qui recouvre le trou brille comme un miroir. Par fainéantise et par frustration, je lui assène un coup de talon. À ma grande surprise, elle s'enfonce sous ma chaussure, remonte en même temps que jaillit l'eau et noircit la glace plus ancienne, la neige, les traces laissées la veille, lorsque j'ai percé le trou. Al scrutait le lac à mes côtés, disant que ce lac ressemblait à tous les autres, rien ne lui paraissait particulièrement différent. "Qui sait, Trig ? On approche peut-être du but."

Je remplis la gamelle, la casserole, prenant soin de retirer les morceaux de glace. Puis j'éteins la lampe, j'attends que mes yeux s'accoutument à la pénombre et j'étudie le ciel. Rien : ni lune ni étoiles ni planètes. Sous la flanelle des nuages, la journée se réchauffe. Une flanelle opaque et impénétrable.

Je rallume la lampe. De retour près du foyer, je contemple les branches vertes que nous avons rassemblées. Nous allons lever le camp sans en avoir brûlé une seule. Sous un ciel si couvert qu'il s'apparente à du brouillard. Au dernier moment, je jette les branches dans le feu. On ne sait jamais. Al m'aide même à traîner les dernières jusqu'au foyer.

Le froid de ces derniers jours, qui nous pinçait le nez et nous oppressait les poumons, a laissé place à un froid d'un genre nouveau. Humide et tranchant, il me glace jusqu'à la moelle. Un froid à vous faire penser que vous n'arrêterez jamais plus de grelotter, que vous n'apercevrez jamais plus un pan de ciel bleu. La fumée fusionne avec les nuages, toujours aussi bas. Nous courbons l'échine et longeons la côte. Al me demande s'il ne vaudrait pas mieux attendre sur place ou faire demi-tour. Le canoë l'attire tel un aimant.

— Il n'y a rien là-bas, Al. (J'espère ne pas me tromper.) Pas d'avion ni d'opération de sauvetage. Rien.

— Comme d'hab', pas vrai ?

— Exact.

Je frissonne malgré l'effort, le poids du sac.

— Toi et moi…

— Contre le monde entier.

— Pauvre monde…

— Il n'a aucune chance.

Sans ajouter un mot, elle me saisit la main. La main droite, recouverte d'un gant en néoprène pour remplacer la moufle en laine et daim que j'ai perdue. J'enroule mes doigts autour des siens. Sans doute pas la meilleure manière d'avancer, nous ouvrons tous deux la voie au lieu d'alterner, en file indienne. Pourtant, lorsque le portage apparaît sur notre droite, nous n'avons pas changé de position.

Comme chaque fois, nous scrutons le paysage, à la recherche d'un détail – un amas de racines, une falaise, un méandre ou une forme incongrue – susceptible de nous rafraîchir la mémoire. Sous les nuages écrasants, tout se ressemble, les semaines se confondent avec le gris, le blanc, le noir. Il n'y a rien qui se démarque, aucun indice pour raviver nos souvenirs. J'ose alors la question qui s'est imposée à moi ce matin, quand j'attendais qu'Al se lève, que le jour s'éclaircisse.

— Tu as ton téléphone, Al ?

Elle émet un petit rire.

— Mon téléphone ?

— Il est dans la boîte à pêche, n'est-ce pas ?

Elle acquiesce, l'air suspicieux.

— Le mien aussi. Avec la clé de la voiture et nos portefeuilles. Sous le pontet.

Elle se frotte le visage, se pince l'arête du nez et rit plus franchement.

— On est désespérants, T. Désespérés. Désespérants et désespérés. (Elle recommence à marcher.) N'empêche, le monde ne manque pas de téléphones. Ni de voitures. On s'en sortira.

Je lui emboîte le pas. C'est un peu comme si nous pensions ne plus avoir besoin de ces gadgets.

Le lendemain, la pluie se met à tomber. Déjà suffocant, le ciel nous écrase un peu plus. Le brouillard se mue en brume, puis en bruine, enfin en crépitement régulier. Un temps à porter un poncho. Pourvu que vous en ayez un.

49

DORY

L'HÉLICOPTÈRE ATTEND, ravitaillé en carburant, en provisions, en couvertures et… et… et quoi ? En réalité, Dory ignore ce qu'on met dans les hélicoptères, s'ils sont même ravitaillés avant d'être prêts à décoller. Assise devant la fenêtre du motel, à regarder tomber la pluie, elle ne peut s'empêcher de penser à l'appareil, de l'imaginer s'envoler dès la première éclaircie, du moins sitôt que les nuages auront pris de la hauteur. À quelle hauteur les nuages doivent-ils se trouver pour qu'un hélicoptère puisse décoller ? Sept mètres au-dessus des arbres ? Trente ? Quatre cents ? Elle cherche des réponses sur Internet, soumise à la connexion défaillante de l'hôtel.

Les deux premiers jours, Chad est passé la voir, puis il l'a évitée, un jour, deux. Quand Dory l'a appelé, il lui a servi ses excuses habituelles : “On ne pourra rien faire avant que les conditions s'améliorent… On n'a pas le choix.”

Ils ne peuvent lancer de recherches en motoneige parce que, selon les jours, “C'est trop risqué avec la glace” ou “Ce genre de moteur est interdit sur la réserve” (même si quelqu'un est en danger de mort ?) ou “Les preuves sont insuffisantes." "Je ne vais quand même pas dépêcher une équipe pour un canoë abandonné !" s'est impatienté Chad à une occasion, avant de se radoucir. "S'ils sont vraiment là-bas, ils ont dû se mettre à l'abri. A priori, ils ont assez de vivres pour tenir un mois. Je suis sûr qu'ils vont bien. Ils ont peut-être un peu froid, ils sont peut-être un peu mouillés mais, vu leur expérience et leur forme physique, ils sont tout à fait capables de survivre."

Dory arpente la chambre, un vrai lion en cage. Elle analyse la situation sous tous les angles jusqu'à ce qu'un coup retentisse à la porte. Elle se fige, tenaillée par une envie subite de se cacher. Un de ses nombreux amis d'Atikokan venu l'inviter à dîner ? Une virée en ville, une tournée des bars ?

À vrai dire, elle s'est habituée à la région, qui lui rappelle le Montana. À moins que la porte ne soit dotée d'une serrure automatique, elle n'est pas verrouillée. Dory l'ouvre sans prendre la peine de regarder par le judas. Chad. Qui d'autre ?

— Je me demandais… dit-il.

Dory le voit se détourner du capharnaüm dans la chambre, les couvertures en vrac sur le lit défait, le soutien-gorge accroché au dossier de la chaise devant l'ordinateur. Il baisse les yeux sur les chaussons à tête d'élan qu'elle a achetés en solde chez Walt's, afin de se prémunir contre le froid du sol en béton de la chambre.

— J'ai les mêmes.

— Walt's ?

Il hoche la tête.

— Évidemment.

Elle l'observe. L'air plutôt avenant, il ne triture pas nerveusement son chapeau, ainsi que le ferait une personne venue délivrer une mauvaise nouvelle. Dory prend alors conscience qu'il n'a tout simplement rien à dire. Bill et les jumeaux se trouvent quelque part dans le parc, Chad et elle sont ici. Rien ne saurait franchir la frontière qui les sépare. Une réalité qu'elle s'efforce d'accepter.

— Que puis-je pour vous ?

— Il n'y a rien de neuf.

À l'évidence, il vient de se rendre compte qu'il aurait dû annoncer la couleur dès le début.

— Je m'en doutais. Et la météo ne prévoit aucune amélioration.

Il opine.

— Je suis allé au point d'embarcation et j'ai pensé à vous, coincée ici.

— Je ne suis pas coincée, je me suis aussi rendue au lac.

Surpris, Chad balaye la chambre du regard, semblant réévaluer tout ce qu'il pensait d'elle. Puis il sourit.

— Je me demandais si les traces étaient les vôtres.

— J'y vais tous les jours. À croire que je m'attends à les voir surgir du brouillard. En pagayant sur la glace.

Chad affiche une drôle d'expression, comme s'il faisait exactement la même chose. Peut-être est-ce le cas.

— Bref, dit-il, j'ai pensé que vous aviez peut-être envie de sortir, de dîner dehors ou quoi. Ailleurs que dans un des restaus du coin, même s'ils sont super.

Dory cligne des yeux. À son tour, elle contemple la chambre.

— Vous essayez de me faire passer un message ? Genre, le pays est régulièrement paralysé par la météo, autant apprendre à mieux se connaître, ça risque de durer ?

Chad reporte son attention sur la porte entrouverte, le crépitement régulier de la pluie sur la gouttière.

— Je ne prétends pas être un grand chef, mais un changement de décor pourrait vous faire du bien.

— Vous voulez cuisiner pour moi ? Chez vous ?

— Rien de très sophistiqué, des hamburgers, peut-être. (Il rougit.) J'essaye juste d'être accueillant. Rien de plus.

— Bien entendu. (Elle a l'âge d'être sa mère.) Vous n'appréciez pas beaucoup Atikokan, je me trompe ?

D'une manière ou d'une autre, il parvient à sourire et grimacer en même temps.

— Il y a pire, je suppose.

— Vous espériez des températures plus clémentes ?

— Au Canada ? (Il secoue la tête.) J'espérais des paysages plus typiques de l'Ouest. Un peu comme chez vous. Genre Banff. Plus de montagnes, moins de lacs. Un horizon.

Dory comprend, elle en a soigné, des touristes à la recherche de la même chose, elle en a vus, des os cassés, des coups de soleils, des mouches coincées dans des joues ou des oreilles, la pêche à la mouche étant depuis plusieurs décennies le hobby préféré des randonneurs du dimanche, dont la plupart n'ont jamais vu une truite de leur vie.

Elle imagine sa famille sous le ciel détrempé : Bill tend la bâche étanche pour qu'ils n'aient pas à piétiner dans la neige fondue tandis que des gouttes s'écrasent dans la bouillie lyophilisée sur les braises.

— On y va ?

Chad semble désarçonné.

— D'accord. Je ferai peut-être un saut au supermarché.

Dory attrape ses clés sur le bureau.

— Je vous suis.

— Montez avec moi.

Mais Dory préfère lui éviter un deuxième trajet pour la raccompagner. Les yeux rivés sur les feux arrière de Chad, elle s'interroge sur la véritable raison de sa venue. Il l'a invitée à dîner sans avoir fait de courses au préalable. Peut-être ne se doutait-il pas qu'elle accepterait ?

Elle patiente dans la Subaru pendant qu'il achète du pain et du steak haché. Du ketchup et de la moutarde aussi, pourquoi pas ? Son frigo de célibataire est sûrement vide. En réalité, elle ne sait pas s'il est célibataire. Chad a peut-être une femme, des enfants. Peut-être considère-t-il ce dîner comme une corvée, une obligation imposée par son épouse. "Cette pauvre mère est seule alors que sa famille est perdue dans la forêt."

— Et merde.

Elle défait sa ceinture, ouvre la portière, traverse le parking. Sous les néons aveuglants du supermarché, elle se dirige droit vers le rayon pharmacie, attrape plusieurs boîtes de mélatonine et d'Ibuprofène. Elle passe ses nuits à s'agiter, priant pour que le temps s'accélère. Bientôt, elle en est persuadée, elle priera pour qu'il ralentisse, voire qu'il s'arrête. Bientôt, mais pas encore.

Elle retrouve Chad devant la caisse, où ils forment une file de deux personnes.

— Problèmes de sommeil ?

— Ça ne suffira pas.

Il baisse les yeux sur le sac de petits pains, le seul article sur le tapis roulant.

— À soulager mes nuits, précise Dory. Je ne parlais pas de votre dîner.

Il tend deux pièces à la caissière et récupère la monnaie – sacré pays. Puis ils sortent dans la pluie et l'obscurité.

Maintenant, Dory est prête à parier qu'il est marié. Après tout, il ne lui manquait que le pain. En cet instant, sa femme prépare sûrement des haricots à la tomate. Une salade de pommes de terre avec les restes.

Toutefois, la maison, lorsqu'ils se garent devant, est aussi noire que les alentours, jusqu'à ce que la lumière à détecteur de mouvement se déclenche. Dory emboîte le pas de Chad dans l'escalier. Il pousse la porte bon marché, allume l'interrupteur, va chercher du bois dehors et s'affaire à confectionner un feu.

— Il fera bientôt chaud, dit-il avant de s'excuser le temps de préparer le gril.

Dory touche la fonte plate et terne du poêle, à laquelle la chaleur du feu ne s'est pas encore transférée. Elle n'est pas vraiment étonnée de croiser le regard d'Al sur le mur, un agrandissement de sa photo de passeport, au vu des lignes ondulées qui lui brouillent le visage.

À son retour, Chad surprend Dory en train d'étudier la photo. Il se justifie en bredouillant, l'image l'aiderait à se concentrer sur les recherches.

— Mieux vaut ne pas perdre le but de vue, eh ?

Il pose sa radio sur le comptoir, prend une bière dans le frigo, la place sur le poêle.

— Mettez-vous à l'aise, j'en ai pour une seconde.

Il disparaît dans ce qui semble être la seule autre pièce de la maison.

Dory s'empare de la bière sur la fonte, qui commence à tiédir. Plus elle observe la pièce, plus elle a du mal à croire qu'il l'a invitée. Peut-être a-t-il autant besoin de compagnie qu'elle. À l'évidence, personne d'autre que Chad n'a jamais mis les pieds ici. Tout du moins pas une femme. Le fantôme d'Al sur le mur n'en paraît que plus triste.

50

ENCORE UNE JOURNÉE de crachin, une bruine brumeuse entrecoupée de bourrasques. Au moins, la pluie comprime la neige, dont la profondeur passe de soixante centimètres à trente en une nuit. Le surlendemain ne subsistent qu'une quinzaine de centimètres, une couche dense que nous tassons avec nos pas, au lieu d'avoir à la repousser sur le côté, à coups de pied parfois. La pluie comprime nos cerveaux, aussi, elle crépite sur nos capuches, dégouline sous notre nez tandis que nous avançons d'un pas lourd. Nous marchons des heures sans même penser à échanger un mot, la peau poisseuse sous nos vêtements imperméables. Le Goretex ne peut rien contre la sueur et l'humidité, tout ce que nous touchons est détrempé. Quelques degrés de plus et nous serions couverts de mousse.

Construire un feu n'est plus tant un art que le moment le plus stressant de la journée. J'abrite les aiguilles de pin sous mon manteau dans l'espoir qu'elles sèchent malgré l'humidité. Cela vaut toujours mieux que de les transporter à l'air libre. Pendant qu'Al s'occupe de l'eau et de la tente, je racle l'écorce mouillée sur les branches avec le tranchant de ma lame, taillant des forêts entières de sapins de Noël. Si nous ne sommes pas perdus, la civilisation ne peut plus être loin, toutefois la boîte d'allumettes est presque vide. Dorénavant, j'évite les tipis. Je prends soin de protéger le carton les quelques secondes durant lesquelles il reste ouvert. Ensuite, je le glisse dans un sachet hermétique, puis dans la boîte, enfin dans le sac étanche.

Les nuits, que nous trouvions interminables quand le froid était sec et mordant, deviennent plus misérables encore. Nous sommes moites, fétides, presque visqueux. Al envisage de déjumeler les duvets, une perspective qui s'apparente trop à une séparation, aussi baissons-nous les yeux, évitant de mentionner le sujet.

Le quatrième soir, nous nous rappelons la flasque, la dernière petite goutte. Nous préparons le feu, abattons des branches que nous faisons sécher près du foyer et jetons dans les flammes sitôt qu'elles se mettent à noircir. Al verse le whiskey dans les tasses, elle répartit le liquide comme s'il s'agissait d'une potion et que le moindre écart risquait de nous être fatal. Elle vérifie encore et encore, dans le faisceau de sa lampe frontale, tournant les tasses dans un sens puis dans l'autre.

Une fois satisfaite, elle lève sa tasse. La pluie agrémente notre apéritif d'eau et de froid.

— Aux porteurs de flambeau qui nous mènent à l'au-delà !

— Laissez la lumière allumée !

Au lieu d'avaler le whiskey d'un trait, nous le sirotons debout sous la pluie, transférant notre poids d'une jambe à l'autre, afin que le feu nous chauffe des pieds à la tête, au lieu de nous brûler les genoux. C'est plus agréable que d'être courbé dans un fauteuil mouillé.

Nos tasses recèlent plus d'une petite goutte. Deux, peut-être.

— Tu crois vraiment qu'on est en route vers l'au-delà ? dis-je, les yeux fixés sur le liquide ambré, la tête tournée contre la pluie.

Al émet une sorte de rire, peut-être juste une espèce de soupir grommelant.

— On s'y dirige depuis qu'on est nés et tu le sais très bien. Qu'est-ce qui m'a pris de te laisser sortir ?

Selon Al, elle est la plus sage de nous deux, parce qu'elle s'est cramponnée à l'utérus aussi longtemps que possible.

— C'est vrai, merde, pourquoi tu étais si pressé ? demande-t-elle lorsqu'elle voit mon sourire.

Je hoche la tête – venir au monde, franchement, quelle idée.

— Mais là, tout de suite, tu crois qu'on aura bientôt besoin de guides spirituels ?

Elle hausse vaguement les épaules.

— Si on s'est trompés de piste, c'est possible.

— Et l'idée ne te tracasse pas plus que ça ?

— Je suis entrée dans ce monde avec toi, T. (Elle me lance un coup d'œil.) Le quitter de la même manière ne me pose pas de problème.

— Et merde, dis-je. Il nous faut plus de whiskey.

— Sans déconner. Plus de whiskey, plus de nourriture et plus d'allumettes.

Depuis que j'ai été assigné à la corvée de feu, je me suis efforcé de garder pour moi la diminution de notre stock d'allumettes.

— T'as passé nos réserves en revue ?

— Je veille au grain.

Nous prenons une gorgée dans nos tasses presque vides. Nos options sont de plus en plus limitées, aussi avons-nous partagé un paquet de gratin de macaronis pour le dîner, au lieu d'en manger un chacun.

Al termine son whiskey.

— C'est l'heure de la pêche, déclare-t-elle.

Depuis ses premiers succès, nous avons été gangrenés par la poisse. Nous ne supportons plus de patienter près du trou en balançant des boyaux dans l'eau et il nous est difficile de rester si longtemps loin du feu. Nous avons évoqué la possibilité d'en construire un sur place – peut-être la lumière attirera-t-elle les brochets. Mais le feu risque de faire fondre la glace. Ou de prendre l'eau. Question de perspective.

Al sort sa canne à pêche. J'avale la dernière goutte de whiskey dans notre univers, j'empoigne le sac de boyaux et je la suis jusqu'au lac.

Nous brisons la pellicule de glace fraîche qui s'est formée au-dessus du trou et constatons qu'il y a moins de trente centimètres d'eau sous nos pieds.

— Je vais chercher la hache.

Nous perçons un nouveau trou à plusieurs mètres du rivage. Al fait du jigging, elle donne de petites secousses à l'appât. Dans la lumière de nos lampes frontales, la cuillère virevolte et chatoie, les boyaux se trémoussent tels des vers. Une scène dont nous avons trop souvent été témoins, à ce stade.

Je m'apprête à retourner au camp – encore une soirée à frissonner près du feu – quand un éclat argenté traverse le trou. La ligne siffle et se dévide.

Al la laisse filer, puis elle tire la canne en arrière, se transformant en banshee lorsqu'elle ferre le poisson qui décampe aussitôt. Elle bataille avec sa proie en hurlant, lui cognant le museau contre le rebord irrégulier du trou.

— Tout doux, dis-je.

Elle continue de ramener sa ligne, jusqu'à ce qu'un doré jaune atterrisse en tourbillonnant sur la glace. Alors les cris d'Al se font hystériques, elle replonge la cuillère, attrape un deuxième doré quelques minutes plus tard et devient plus sauvage encore.

— Va chercher le couteau ! Découpe-les en filets avant qu'ils gèlent. Et garde les boyaux !

La tâche n'est pas aisée, la lumière bondit chaque fois que je bouge la tête, la lame est émoussée, les poissons visqueux puis glacials me glissent des mains. Al m'envoie sans arrêt des poissons, bientôt la surface du lac ressemble à un abattoir viking, les écailles scintillent dans une marée de sang, de peau, de boyaux et de nageoires.

Aussi vite qu'elle a commencé, la frénésie prend fin. Le faisceau d'Al balaye la scène du crime, les nuages, le trou, le carnage à nouveau.

— Dire que tu craignais une pénurie ! (Elle braque la lampe sur mon visage et s'esclaffe.) Tu ressembles à Achille après un combat.

— Achille ? T'as rien trouvé de mieux ? Le type qui a succombé à cause de son point faible ?

— Qui n'en a pas ?

Elle pose un genou sur la glace, trempe sa main dans l'eau, m'effleure le visage avec ses doigts dégoulinants. Je ne peux réprimer un mouvement de recul.

— Tranquille, dit-elle, un cavalier apaisant son cheval. (Elle me frotte la joue, le menton.) Tu es couvert de sang et d'écailles. Mon boucher fou.

Elle continue de me débarbouiller. Puis, agenouillée devant le trou, en position de prière, elle se frictionne énergiquement le visage en pestant contre le froid. Elle passe un long moment à se rincer, enfin elle se lève, ramasse quelques filets. Je l'imite et nous regagnons le camp. Nous sortons les sacs hermétiques et ensachons autant de filets que possible. Les autres gèleront dans la neige.

— On pourrait les fumer, dis-je.

Nous nous redressons, épuisés.

— Ça m'a fait un bien fou, dit Al.

Visiblement, elle est encore grisée par sa prise.

— T'es la reine du lac.

— Je parlais de me nettoyer le visage. D'être un tout petit peu plus propre.

— On est grunge, c'est vrai.

— Tu pues la mort, c'est à la limite du supportable.

— Toi, tu me fais l'effet d'une brise de printemps. Le soir, j'ai l'impression de me coucher dans un lit de fleurs sauvages.

Elle balance une brassée de branches dans les flammes, faisant jaillir une nuée d'étincelles qui s'envolent dans la bruine.

— Si on se la jouait sauna ?

— Tu veux construire une cabane et tout ?

Elle ajoute d'autres branches dans le feu, un vrai bûcher. Ensuite elle recule, défait le velcro de son pantalon imperméable et l'étend sur un des fauteuils.

— Allez, viens. (Elle baisse la fermeture Éclair de son ciré.) Pas de bain, pas de tente, tu n'auras qu'à dormir dans le hamac !

L'expérience promet d'être brutale. J'hésite quelques secondes avant de me précipiter à ses trousses en arrachant mes habits.

Al dépasse le tas de branches.

— Le coin des filles !

Elle s'affale dans la neige, s'éclabousse la peau, se roule dans la couche dense et granuleuse. Puis elle s'agenouille et commence à se frotter un bras. Sa colonne vertébrale s'incurve telle un poing et le soufflet de ses côtes se contracte tandis qu'elle halète, pareille à une locomotive.

Je me détourne et j'avance pieds nus dans la neige, de l'autre côté du feu, dont l'éclat préserve notre intimité. Tout ce qui échappe à son halo est caché. Sitôt que je me frictionne, j'ai le souffle court, comme dans le lac, la peur et la panique en moins. Lorsque je passe une poignée de neige sous mon aisselle, le froid m'arrache un glapissement.

— À l'entrejambe, c'est là où ça surprend le plus ! s'écrie Al.

J'essaye, hilare, je ne peux ni pleurer ni crier, mes gloussements se muent en bouffées haletantes.

N'empêche, retirer la crasse et la sueur ? J'ai l'impression de renaître.

Soudain, Al se trémousse à mes côtés.

— Mon dos, T. S'il te plaît.

Je prends deux poignées de neige, les plaque sur ses épaules et me mets à la frictionner. Ensuite, je me tourne lorsqu'Al se baisse pour attraper la neige, et elle me frotte le dos, je la sens gratter et creuser la crasse, me dénuder les nerfs.

Le crépitement de la bruine finit par nous ramener à la raison. Parcourus de frissons, nous trépignons devant le feu, dos aux flammes, sans oser nous regarder.

— Une serviette ne serait pas de trop, dit Al en claquant des dents.

Nous avons abandonné le torchon en même temps que le canoë.

Nous rôtissons, d'un côté puis de l'autre, prenant soin de ne jamais nous faire face. La bouffée d'adrénaline a laissé place à une gêne que je n'ai pas ressentie depuis l'adolescence, le jour où Erik Baumgardner m'a forcé à découvrir une Al jusqu'alors inconnue.

Une brassée de branches atterrit dans le feu. J'enfonce mes orteils, qui sont sur le point de geler, dans mes chaussures.

— Il te reste des habits plus ou moins propres ? demande Al.

Je ris, les bras serrés contre ma poitrine.

— Bien sûr, ma garde-robe de secours est rangée dans la malle de voyage.

— Si tu n'étais pas mon frère, les habits ne seraient pas une option.

— Bien sûr.

— Je dis ça, je dis rien.

J'écoute Al fourrager dans son sac, le froissement du caoutchouc froid.

— Ablutions ?

— On aurait dû garder la petite goutte pour cet instant, dis-je.

Al me touche l'épaule et me tend ma trousse de toilette.

— Les dents aussi. Rabote tes ratiches, dit-elle, une expression de Maman.

Elle disparaît dans l'obscurité, vêtue d'un T-shirt trop ample. Je vais à mon sac, renifle quelques hauts, enfile le moins odorant et m'éloigne dans la direction opposée.

Avant de nous coucher, nous absorbons une dernière fois la chaleur du feu.

— Prêt ? demande Al.

Je hoche la tête. Nous rassemblons nos vêtements et rangeons nos fauteuils dans les sacs étanches, qu'Al a rebaptisés les sacs moites. Enfin, nous gagnons la tente, les bras chargés, les chaussures délacées. Al se faufile à l'intérieur, éteint sa lampe frontale. Je patiente devant l'entrée pendant qu'elle s'installe.

— À toi.

— T'es à droite ?

— Comme d'hab'.

Je m'allonge sur le dos et le froid me saisit, toujours aux mêmes endroits, toujours aussi brutal. Je sens Al frissonner, je sais qu'elle me sent frissonner aussi, pourtant nous évitons de nous blottir l'un contre l'autre. Immobiles, nous grelottons, bras contre bras, épaule contre épaule. À présent, notre nudité nous apparaît comme le fruit défendu.

— Bon, dit Al après un temps.

— Vaste sujet.

Une des expressions préférées de Papa ; je pourrais me gifler, pourtant Al se contente de rire.

— On va devoir dormir dans des duvets séparés, maintenant ?

Je ne réponds rien.

— On a déjà pris un bain ensemble, T.

J'opine dans l'obscurité.

— On avait genre, trois ans. Ou deux.

— Et alors ? (Elle glousse, se frotte les yeux, m'assénant un coup de coude au passage.) Vu comme tu es patriote au réveil, il ne me reste plus grand-chose à imaginer.

— Patriote ?

— Des fois, je me demande si je ne devrais pas saluer le drapeau.

Je plaque mes mains sur mon visage. J'ai la peau brûlante, fini les frissons. Je commence à m'excuser, mais Al m'interrompt aussitôt.

— C'est normal, T, j'en ai vu d'autres.

— Mais, après Papa, je…

— Papa ? Qu'est-ce qui te prend, putain ? Papa ?

— Je…

— Je n'ai jamais rien fait avec quiconque s'approchant de… Merde, je n'arrive pas à croire que tu aies dit ça.

— Je me suis senti comme un criminel.

Elle expire, une baudruche qui se dégonfle.

— Il n'y a pas d'après, T. Ni d'avant. Juste un événement isolé. (Elle abat son poing sur le tapis de sol en grognant.) Je n'arrive même pas à le formuler dans ma tête, alors l'exprimer à voix haute… C'est comme une infection qui a failli me tuer mais que j'ai plus ou moins surmontée. Elle n'a pas vraiment disparu, disons qu'elle est… dormante. Elle peut revenir, plus forte que jamais. N'empêche, rien de ce que j'ai choisi de faire avec mes partenaires n'a quoi que ce soit à voir avec, avec… (Je crains qu'elle ne se mette à crier, à pleurer, cependant elle se ressaisit.) Il n'a pas contaminé ça.

— J'étais au courant. Je m'en suis souvenu. Tu me disais de compter.

Son silence semble durer une éternité, jusqu'à l'aube peut-être. Enfin, elle se racle la gorge.

— T, les chiffres, c'était pour… (Elle soupire.) Je ne voulais pas que tu saches. Personne ne devait l'apprendre. C'était son secret, pas le nôtre.

Elle s'occupait déjà de moi, à l'époque.

— OK, dis-je.

— On l'est, toi et moi ? OK ?

— Bien sûr.

Nous ne bougeons pas, les yeux grands ouverts dans la pénombre.

— Alors ?

— Quoi ?

— Retourne-toi.

Je m'exécute, prenant soin de lui laisser autant de place que possible. Aussitôt, elle se colle contre moi, ses jambes nues contre les miennes, et la chaleur est quasi miraculeuse. Al gémit.

— C'est juste pour la chaleur, il n'y a rien de…

— Je sais, Al.

Elle m'enveloppe dans ses bras, coince ses mains sous mes aisselles.

— Désolée, dit-elle lorsque je sursaute.

— Je sais.

— Comme ça, on respecte la règle de sécurité numéro 1 à la chasse.

À mon grand désespoir, je ne saisis pas tout de suite le sous-entendu. Ne jamais pointer le canon de son arme sur quelque chose que l'on ne souhaite pas détruire.

— La vache, dis-je. Des fois je me demande d'où tu viens.

— Du paradis. (Une expression de Maman.) Comme toi.

Je me jure alors de ne plus jamais compter, quitte à cesser de dormir.

À sa respiration, je crois qu'elle s'est endormie, pourtant je me trompe.

— À ton avis, on est à combien de jours de la civilisation ?

— Si on n'est pas perdus, tu veux dire ? Condamnés ?

— De préférence, oui.

— Deux jours, maximum ?

Elle marmonne quelque chose, une réponse peut-être. Puis elle pousse un soupir qui marque le début de son sommeil. Je suis surpris de ne pas avoir appris à le reconnaître avant.

51

Le lendemain matin, le ciel s'est éclairci, mais le plafond demeure trop bas pour qu'un avion puisse se glisser dessous. Après avoir replié le camp, nous dégustons du poisson grillé au lieu des habituels flocons d'avoine. Les deux premiers filets avalés, nous en jetons deux autres sur le feu, grisés par tant d'abondance.

— On pourrait tenir longtemps, à ce rythme, déclare Al.

— Jusqu'au Montana.

— Jusqu'à Denver, en tout cas.

— Ça me va…

C'est la première fois que nous évoquons l'avenir, où nous irons si nous survivons à cette épreuve.

Nous remplissons nos gourdes, hissons les sacs sur notre dos. Plus un mot sur notre destination, le bain de neige, la nuit que nous avons passée à moitié nus.

Nous longeons le rivage, parfois nous marchons dessus, la neige n'étant plus un obstacle, contrairement à la glace qui, constellée de flaques, semble de moins en moins fiable. Après discussion, nous décidons qu'elle ne peut s'être beaucoup affinée par ce froid.

Nous guettons le ciel à la recherche de trouées, du moindre signe susceptible de nous pousser à jeter nos sacs par terre pour construire un feu, maculer l'azur de fumée.

Quand le lac sur lequel nous avançons se rétrécit en un passage étroit, nous hésitons, incertains de la direction à prendre. Al opte pour la gauche, choix qui me semble judicieux. Plus loin, une autre petite baie apparaît sur notre gauche. Al m'adresse un bref coup d'œil et pointe le doigt vers le rivage opposé. Je hoche la tête. Nous ajustons nos gilets de sauvetage, puis nous nous élançons sur la glace. Nous patinons presque, dans l'espoir que cela nous rende plus légers.

Nous atteignons la pointe sans encombre, un événement que nous fêtons avec les filets froids du petit déjeuner. Nous mangeons à bouchées trop grosses, comme si nous étions pressés par le temps, et la chair enfle dans nos bouches. Plus loin, le lac amorce un virage à 90°. Al presse le pas. Lorsqu'il oblique à nouveau sur la gauche, se muant en un mince ruban entre les arbres, elle accélère encore. Cette fois, la piste ne nous prend pas par surprise ; nous avons presque pressenti sa présence. Nous pivotons pour observer le paysage tel qu'il nous serait apparu à l'aller.

— Je le sens bien, celui-là, dit Al.

Une phrase qu'elle répète devant chaque portage, même si le brouillard limite la visibilité à quelques mètres. Plus facile, j'imagine, que d'admettre qu'elle ne sait pas où nous sommes. N'empêche, moi aussi, je le sens bien, celui-là.

La piste est plutôt courte, environ deux cents mètres. Sur le lac suivant, nous apercevons une île à un jet de pierre du rivage. Un jet de pierre herculéen.

— Al ?

Elle m'agrippe le bras, juste au-dessus du coude.

— T.

— On a contourné cette île par la gauche, avec Papa.

— Alors on va la contourner par la droite.

— En restant à gauche, dans le passage étroit.

Al accentue son étreinte.

— C'est le Batchewaung, T. Le premier.

— Le dernier, tu veux dire.

Sans même nous en rendre compte, nous commençons à courir. Droit sur l'île, comme si la glace était uniformément épaisse et que nous étions soudain dotés d'ailes.

— Doucement, Al, dis-je.

— Doucement ?

Elle ralentit un peu mais ne s'arrête pas pour autant.

— On a une dizaine de kilomètres à parcourir, peut-être plus. On ne va pas courir tout du long, dis-je.

Elle s'arrête pour souffler, les mains sur les genoux. Au bout d'unc minute, elle acquiesce.

— De toute manière, on ne peut pas traverser le lac à pied, on n'est pas insubmersibles. (Nous sommes près de l'île, presque au centre du lac. Al se redresse et montre la berge opposée.) On va là-bas et on longe la rive gauche jusqu'au dernier portage.

Je hoche la tête en essayant de reprendre ma respiration.

— Al… je ne suis pas certain qu'on y arrive avant la tombée de la nuit.

Elle me dévisage, bouche ouverte.

— Il y a des cabanes sur le lac suivant, T, tu t'en souviens ? Des êtres humains. De l'électricité. Des téléphones.

— Chad.

— Mon merveilleux Dudley, dit-elle, une expression radieuse sur le visage.

Je ne peux réprimer un sourire, alors même que j'essaye de calmer le jeu, histoire qu'on ne fasse pas une bêtise si près du but.

Nous poursuivons notre route. À certains endroits, nous entrevoyons les profondeurs sous la glace cristalline polie par la bruine et le vent. Nos crampons métalliques laissent de minuscules traces de dents dans notre sillage.

Nous avons presque atteint les arbres lorsque je lève la main.

— Al ?

Elle baisse les yeux, craignant que j'aie repéré une faiblesse sur la surface.

— Hélicoptère.

Les nuages sont si bas que, s'il souhaite voir quelque chose, le pilote devra raser les arbres, au risque de se prendre les skis dans les branches. Je scrute le ciel à la recherche d'une percée, d'un espoir. Le rugissement du moteur, plus fort que celui de l'avion l'autre jour, semble tout proche. Obnubilé par l'hélicoptère, je ne me rends pas compte qu'Al a pris la fuite avant d'entendre ses pieds marteler la glace.

Je m'élance à ses trousses. Pas le temps pour un feu, dis-je, on est déjà à découvert. Elle me fait signe de la suivre.

Je galope et butte contre son dos lorsqu'elle s'arrête net, sous le bosquet de pins le plus proche, les mains sur les genoux, hors d'haleine.

— Hors de question, dit-elle, deux fois d'affilée.

— Quoi ?

Elle lève la tête, m'attrape par les épaules, trop essoufflée pour articuler.

— Hors de question… après… tout ce qu'on a traversé… Je vais pas… laisser un bouffon… nous sauver. Merde… à l'opération… de sauvetage.

J'ignore si elle est sérieuse, n'empêche, nous sommes cachés parmi les arbres, telles les victimes affolées dans les vidéos sur les règles de sécurité à la chasse, si paniquées qu'elles se soustraient délibérément à leurs sauveteurs.

Le rugissement de l'hélicoptère s'estompe et disparaît, dans la direction d'où nous sommes venus, non pas celle où nous allons.

Al lâche mes épaules et poursuit sa route. Elle ne court pas, mais elle ne me laisse pas non plus le temps de protester. Je lui emboîte le pas. J'ai du mal à croire qu'elle ne soit pas née la première, se pressant au-devant de moi.

52

DORY

Au lieu de l'appeler, il vient frapper à sa porte. Ne sachant à quoi s'attendre, Dory se prépare au pire. Une autre invitation ou un dénouement qu'elle n'a pas eu le cœur d'imaginer ?

— On a volé, dit Chad.

Dory s'agrippe au dossier de la chaise. Au moins, la chambre est en ordre, cette fois.

— Une idée stupide, les nuages étaient beaucoup trop bas. Mais Riley devait être un aigle dans une vie antérieure. Il a repéré le canoë.

— Et ?

— Ils sont à pied.

— Comment ça ?

— Leurs empreintes ont presque disparu, mais on arrivait tout juste à les distinguer. Elles longent la rive.

— Donc ils sont partis il y a plusieurs jours. Une semaine.

Chad acquiesce.

— A priori, ils ne sont pas loin.

— A priori ? Vous n'avez rien vu d'autre ?

— On a voulu prendre de la hauteur pour suivre la piste, mais le plafond nuageux était trop bas.

— Le plafond nuageux ?

— On a dû faire demi-tour, Dory.

— Vous les avez abandonnés ? Une fois de plus ?

— Le temps va s'améliorer. On repart demain à l'aube. Une équipe est en train d'être constituée en ce moment même.

— Je viens avec vous.

— Pour le dîner ? demande-t-il.

Il esquisse un sourire qu'elle aimerait effacer d'un coup de poing.

— Dans l'hélicoptère. Si on envoyait des secouristes au sol ? Avec des skis ? Pour qu'ils suivent les empreintes ? Vous avez des téléphones satellites ? Des motoneiges ? Si on…

— Dory, on va envoyer des secouristes partout. On va faire tout notre possible.

— Rester planter là, ce n'est pas ce que j'appelle "tout notre possible".

Sa voix est montée d'une octave. Chad marque une courte pause.

— Vous voulez sortir prendre l'air ?

— Non, je veux me préparer…

La radio à la ceinture de Chad émet soudain un grésillement suivi d'une série de chiffres. Dory sent sa vie basculer.

53

Nous atteignons le dernier portage au crépuscule, après des heures non pas de course, mais de marche.

— On ne va pas s'arrêter maintenant, T, et…

Je l'arrête d'un geste.

— Entièrement d'accord.

Nous posons nos sacs et sortons nos lampes frontales.

— T'as assez de jus pour aller au bout ce soir ? demande Al.

— Au lieu d'abattre du bois, de préparer un feu, de monter le camp, de faire un trou dans la glace, de partager un énième sachet de gratin de macaronis avant de nous faufiler dans nos duvets humides ?

— Ouais. (Elle sourit.) Exactement.

— Mais on y va doucement, Al. Je n'ai aucune envie de prendre un bain si près du but.

— Bien reçu, Monsieur Vortex.

Nous reprenons notre marche.

Deux cents mètres plus loin, nous tombons sur un nouveau lac. Nous nous figeons, les yeux écarquillés. La visibilité se limite à la portée de nos lampes.

— Comment c'est possible ? s'exclame Al. L'autre lac était forcément le Batchewaung.

Nous prenons appui l'un contre l'autre, les jambes flageolantes.

— Sans aucun doute.

On n'oublie jamais le premier jour, le premier coup de pagaie.

— On se serait trompés de portage ?

Je couvre ma lampe puis l'éteins.

— Fais comme moi, Al.

Elle obtempère de mauvaise grâce – Al n'aime pas qu'on lui donne des ordres.

— Pourquoi ?

— Pour que nos yeux s'accoutument à l'obscurité.

Nous scrutons la grisaille un long moment. Des arbres se dressent de l'autre côté de l'eau.

— C'est une mare, Al. Autant dire une flaque.

— Attache ton gilet, T. On va la traverser à pied.

Al rallume sa lampe et s'élance. Elle couvre dix mètres, vingt. J'hésite, puis je prends conscience que je préférerais être avec elle plutôt que de rester planté sur la berge. Resserrant les sangles de mon gilet de sauvetage, je m'empresse de la suivre.

De l'autre côté, la piste continue comme si de rien n'était. Comment a-t-on pu rater cette mare à l'aller ? Lorsque je lui demande si elle s'en souvient, Al secoue la tête et poursuit sa route, déterminée. Impossible de l'arrêter, maintenant.

La deuxième partie du portage est deux fois plus longue que la première et mes peurs refont surface à mesure qu'elle s'étire. Aurait-on fait fausse route ? Monter le camp si tard, si près de la civilisation, pourrait bien m'achever.

Tout à coup, Al s'immobilise.

— T ?

Je dois franchir la courte distance qui nous sépare pour voir ce qu'elle voit, l'ouverture d'un autre lac, une lumière au loin, puis une autre et encore une autre. Nous approchons du rivage et les lumières disparaissent, happées par la forêt. Encore des kilomètres à parcourir.

L'adrénaline est une denrée limitée. J'ai les jambes en feu, les épaules douloureuses. Même Al perd son entrain, jusqu'à ce que nous contournions la pointe et que les lumières, tout du moins deux d'entre elles, entrent à nouveau dans notre champ de vision, presque à portée de main. À environ deux kilomètres de nous. Plus, si nous ne coupons pas par la glace. Une option qu'Al n'envisage même pas. Si nous tombons à l'eau maintenant, nous mourrons à quelques brassées du salut.

— On va y arriver, T. (Elle me tapote le bras.) Allez.

Elle se remet à marcher. Quand je laisse tomber mon sac dans la neige, elle fait volte-face.

— J'y ai pensé, moi aussi, T. Mais, vraiment ? À ce stade ? Abandonner nos affaires après avoir fait tout ce chemin ?

— Je n'abandonne pas mes affaires.

Je fourrage dans le sac. Al m'observe un instant avant de repartir. Le faisceau de sa lampe rebondit à chacun de ses pas.

Je saisis ma gourde, les dernières barres de céréales, criant à Al de m'attendre. Son faisceau se fige. Je suis si pressé de la rattraper que je prends à peine le temps d'ajuster les bretelles de mon sac.

— Je viens chargé d'offrandes.

— Je ne suis pas étonnée.

Je lui tends une barre de céréales.

— Tu as gardé les tiennes ?

Elle semble surprise, à croire que j'ai accompli un miracle.

Nous mangeons, nous buvons et nous reprenons notre route.

Élusives, les lumières disparaissent, réapparaissent, disparaissent. Une fois la dernière pointe franchie, seule une ampoule brille encore. Si proche à présent que nous distinguons l'extrémité d'un porche.

— Tout le monde dort.

— Nom de Dieu, Trig, tu ne les envies pas ? Baisser le thermostat, éteindre la lumière, se glisser sous les draps ?

— Mieux vaut se dépêcher.

Sitôt dit, sitôt fait. Nous foulons une étendue lisse de neige ancienne sous laquelle j'imagine de l'herbe, une pelouse.

Le porche n'est plus qu'à quelques pas. Je pose la main sur l'épaule d'Al et je la retiens, pour la dernière fois.

— Qu'est-ce qu'on va leur raconter, Al ?

Elle pivote, m'éblouissant. Nous éteignons nos lampes. Al pose son sac sur la pelouse, juste à côté des marches. Je l'imite.

— La vérité, T. Qu'on s'est perdus.

54

CHAD

Il baisse le son. La série de chiffres correspond à son code d'identification personnel, et l'heure est trop tardive pour que sa présence ne soit pas requise. Il est impensable de laisser cette femme seule, à planifier une expédition en skis pour voler au secours de sa famille – des retrouvailles qui, Chad le craint, risquent fort de la décevoir. Il ne tient pas non plus à rester près d'un tas de tôle froissée pour maintenir en vie un accidenté le temps qu'une ambulance arrive. En hiver, il ne se passe rien d'autre dans le coin. Un combat motoneige versus arbre, peut-être.

— Une seconde.

Il s'excuse en se dirigeant vers la porte, prêt à sortir si les nouvelles sont mauvaises. Pile au moment où il saisit la radio pour répondre, l'opérateur le contacte à nouveau, sur un ton très formel.

— 465, 700. (Puis il ajoute :) T'es debout, Chad ?

— Je ne ronfle pas encore.

Il prend alors conscience de l'effet que pourrait avoir sa réponse sur Dory, si désespérée d'agir.

— Tu es près d'un téléphone ? On vient d'avoir un couple dans tous ses états, une maison dans Nym Lake Road.

Sur le lit, Dory tourne la tête.

— À quel sujet, Gertie ? (Ce n'est pas le lieu idéal pour avoir cette conversation.) Je suis à deux minutes de chez moi.

— Ils ont cru qu'on essayait d'entrer chez eux par effraction, mais c'est peut-être le groupe que tu recherches.

Dory se lève, du moins elle essaye. Une de ses jambes cède sous elle. Elle pose un genou sur la moquette, les yeux rivés sur la radio.

— 10-4. Je te rappelle dans une seconde.

Leur identité n'a pas été confirmée, ni l'état dans lequel ils sont. C'est peut-être un coup des frères Aukee qui, surpris de trouver occupée la cabane qu'ils s'apprêtaient à vandaliser, ont improvisé une histoire de campeurs perdus.

Dory se précipite sur Chad et s'empare de la radio.

— Qui ? hurle-t-elle. Quel groupe ?

— Je le rappelle tout de suite, dit Chad.

— Donnez-moi le numéro !

Il sort son portable.

— Gertie ? Je suis avec la mère des portés disparus. Tu peux nous donner les détails ?

Dory se fige. Il a beau presser le portable contre son oreille, elle entend chaque mot. Une minute plus tard, ils montent dans le pick-up de Chad et s'éloignent du motel.

55

Un rideau de dentelle noire s'agite, un homme et une femme âgés regardent au-dehors ; après s'être ressaisis, ils entrouvrent la porte et nous dévisagent.

— Bonjour, dis-je, on est désolés de…

— Vous avez eu un accident ?

Je lance un coup d'œil à Al. Nous devons faire peur à voir.

— On s'est perdus, dis-je.

— Où ça ? demande l'homme.

Al fait un pas en arrière afin qu'ils puissent la distinguer dans le noir.

— Dans le coin. Pendant un mois.

Surpris, ils reculent, à deux doigts de trébucher.

— Entrez, je vous en prie, dit la femme.

Ensuite, c'est un peu comme s'ils nous attendaient depuis toujours – les enfants qu'ils n'avaient pas vus depuis des lustres et qui leur manquaient tant. Nous plissons les yeux dans la lumière tandis que la femme enchaîne les questions. “Vous voulez quelque chose à manger ? À boire ? Vous êtes blessés ? Vous avez froid ? Faim ? On va vous débarrasser de ces habits mouillés. On va vous trouver des vêtements secs. S'il vous plaît, s'il vous plaît, mettez-vous à l'aise." L'homme va à la cuisine et décroche un vieux téléphone fixe sur le mur. Je dresse l'oreille. Pendant ce temps, Al explique à la femme que nous préférons ne pas nous asseoir – on risque de salir vos meubles, on n'a besoin de rien, vraiment. Serrés l'un contre l'autre sur le petit paillasson de l'entrée, nous nous efforçons de ne pas goutter sur le plancher verni.

L'homme revient, une expression radieuse sur le visage.

— Les secours sont en route.

Il se présente ainsi que sa femme, lui effleurant l'épaule : Erl et Eileen Oelz. À son tour, il nous invite à entrer, à nous asseoir, à retirer nos vêtements imperméables.

Le problème, c'est que sous nos cirés, nous sommes tout aussi trempés et plus crasseux encore. Quand un pick-up cahote sur la route et se gare dans l'allée, nous sommes toujours sur le paillasson, une tasse de thé chaud à la main, les doigts maculés de miettes provenant des meilleurs cookies du monde.

— Dudley, murmure Al.

Elle pivote, s'apprêtant sans doute à dégainer son sourire le plus fatal, mais après avoir frappé un seul coup à la porte, c'est Maman, non pas Chad, qui pousse le battant et entre en collision avec elle.

— Maman ?

Elle serre Al contre sa poitrine puis s'écarte et la tient à bout de bras, les yeux pleins de larmes, s'assurant qu'elle ne rêve pas avant de l'enlacer de nouveau.

Al lui rend son étreinte.

— Qu'est-ce que tu fais là ?

Dudley se presse au-devant d'elles. Il salue les Oelz d'un hochement de tête, me décoche un bref coup d'œil et se focalise sur Al, toujours avec Maman.

— C'est sacrément bon de vous voir, dit-il dans un soupir.

— Maman ?

Je peine à imaginer la série d'événements qui l'a menée jusqu'ici et je suis incapable de chasser l'idée que Papa, d'une manière ou d'une autre, s'en est sorti et a sollicité son aide.

— Elle est arrivée il y a une semaine, déclare Dudley.

Il semble fier d'elle. Je le dévisage alors qu'il continue de sourire, comme s'il nous avait sauvés, même s'il n'a fait que déposer Maman ici. Al et moi nous sommes sauvés nous-mêmes.

Maman m'observe par-dessus l'épaule d'Al, esquisse un sourire, tend la main pour me toucher, vérifier que je suis bien réel. Simultanément, elle prend conscience que quelque chose manque au tableau. Elle rétracte sa main, frotte ses larmes, balaye la pièce du regard en effectuant un calcul silencieux. Un, deux... S'ensuivent plusieurs secondes de confusion. Elle recommence, Al-1, moi-2, où est passé le numéro 3 ? Son expression s'altère et, sur son visage, une joie intense lutte avec des décennies de colère refoulée.

— Il est où ?

Elle a parlé de cette voix qui a le don de faire chuter la température dans une pièce. Je m'attends presque à voir un nuage de vapeur sortir de sa bouche. Même le sourire de Dudley s'estompe.

— Qui donc, ma chère ? demande Eileen Oelz.

— Maman…

Elle continue de scruter la pièce, comme si Papa s'était caché pour échapper à la tension de leurs retrouvailles.

— Trig, il est où ?

— Il a disparu, dis-je à mi-voix.

Maman relâche Al et laisse ses bras retomber le long de son corps, pareils à deux bâtons.

— Tu plaisantes, j'espère ? Déjà ?

— Non, précise Al, il a vraiment disparu.

Maman la toise.

— Vous voulez parler de votre père ?

Dudley commence tout juste à comprendre.

— Il est allé où ? Comment est-il sorti du…

— Il s'est perdu, maman, dis-je.

— Il s'est perdu ? Qu'est-ce que vous racontez ? Vous êtes partis ensemble. Soit vous vous êtes tous perdus, soit personne ne s'est perdu.

Ce n'est pas la peur qu'elle traque, ni même la tristesse, mais une éventuelle connivence, une tromperie potentielle.

— Il s'est éloigné du camp et il a disparu, dit Al.

— Disparu, répète Maman sur un ton de défi.

— Pas disparu genre il a fui, Maman. Disparu genre il est mort.

Eileen porte sa main à sa bouche et Erl baisse les yeux. Dudley s'apprête à parler, mais Maman l'arrête d'un geste.

— Trig ?

Je me contente de hocher la tête, incapable d'articuler un mot.

— Comment a-t-il fait pour se perdre sans vous ?

— Il est allé dans les bois au milieu de la nuit, dit Al.

— Et vous, vous êtes partis ? (Maman ne me quitte pas des yeux.) Vous l'avez abandonné ?

— Si je n'avais pas insisté, Trig le chercherait encore. Et on serait tous morts, dit Al.

Maman regarde droit à travers elle, comme si elle n'était pas vraiment là.

— C'est la vérité, Trig ?

Dudley fait un pas en avant.

— On devrait…

— Laissez-le répondre ! l'interrompt Maman avec sécheresse.

J'opine de nouveau.

— Il n'était pas dans son assiette.

— C'est arrivé quand ? demande Dudley.

— Il oubliait des trucs. Il faisait des crises de somnambulisme et… (Maman jette un bref coup d'œil sur Al avant de reporter son attention sur moi.) Parfois il ne savait plus où on était ni ce qu'on faisait. (Maman ressemble à un faucon cherchant à décider s'il va attaquer.) Maman, il lui arrivait de croire que tu étais avec nous.

Elle semble rapetisser sous nos yeux.

— Si on s'asseyait ? dit Eileen. Je vais mettre vos vêtements à sécher pendant qu'Erl vous prépare un thé.

— Ou quelque chose de plus fort, dit Erl avec un demi-sourire.

— Merci, dit Maman. (Elle a beau s'être calmée, elle continue d'inspecter la pièce, comme si Papa allait jaillir de sa cachette pour franchir la porte avant qu'elle puisse l'arrêter.) Mais je dois les ramener à la maison.

— À la maison ? dit Al.

— Au motel. Là-bas, vous pourrez prendre une douche, mettre des habits propres et manger.

— Depuis combien de temps a-t-il disparu ? demande Dudley.

— Deux semaines, environ, dis-je.

Aussitôt, Maman bondit.

— Environ ?

— Arrête, maman, dit Al. On n'avait pas de calendrier sur nous.

Erl lève les mains.

— C'est un moment douloureux, on devrait tous se…

— Oh, j'ai l'habitude, dit Maman. Voilà comment on est traité quand on se résout à être le seul parent responsable. Parce que leur super pote aventurier ne fera pas l'affaire.

"J'ai l'habitude." Combien de fois l'ai-je entendue répéter cette phrase ? La croix du martyr.

— Depuis la tempête, dis-je à Dudley. La première nuit où il a neigé.

— Allons-y, dit Maman. Chad, vous pouvez tous nous déposer.

— Bien sûr. (Il se tourne vers Al :) Vous pourrez venir à la station demain, pour qu'on détermine où lancer les recherches.

— J'ai l'impression que vous ne comprenez pas. Il n'y a pas de recherches à lancer. Il n'y en aura jamais. Il n'y a personne à retrouver.

Erl baisse les yeux. Al et moi quittons enfin le paillasson pour serrer la main du couple. Maman se lance dans une ronde de remerciements et s'excuse d'avoir gâché la nuit, faisant preuve d'une politesse glaciale jusqu'à ce qu'on dépose les sacs sur le plateau du pick-up et qu'on s'entasse dans l'habitacle. Je suis plus épuisé que jamais, pourtant, la seconde où j'ai passé mon sac à mon épaule, j'ai eu envie d'attraper Al par la main pour faire demi-tour et fuir tous ces gens, toutes ces lumières.

Dudley exécute une marche arrière et s'engage sur la route. Nous nous éloignons du lac.

— Vous l'avez vraiment abandonné ? demande Maman.

Une fesse posée sur mes genoux, Al se tait, aussi immobile qu'une pierre, tandis que j'explique une nouvelle fois à Maman que Papa, de plus en plus désorienté, est sorti en pleine tempête.

— Mais vous l'avez abandonné ? insiste-t-elle.

Al se tourne alors vers elle, le visage à quelques centimètres du sien dans l'habitacle aux vitres embuées par le chauffage, l'humidité de nos vêtements.

— Oui, Maman, on l'a abandonné.

— Il était, dis-je, il était…

— Putain de merde, s'écrie Al d'une voix trop sonore dans un espace si restreint. Il n'est pas mort à cause de nous !

S'ensuit un long silence.

— Ce n'est pas ce que je voulais dire, Al.

— Tu ne dois pas douter de nos…

— Je ne doute pas…

— Tu n'étais pas là, maman. Jamais. Pas une seule fois, pas une seule seconde.

Al a beau être plaquée contre lui, Chad semble horrifié. Il agrippe le volant comme s'il craignait que celui-ci ne lui glisse des mains.

— Il y a certaines décisions que personne ne devrait avoir à prendre, Dory, dit-il.

Maman contemple l'éclat diffus des phares qui cahotent sur l'asphalte défoncé, couvert de neige fondue. Nous reprenons tous notre souffle.

— Cette aventure était une idée de Bill, je suppose ?

J'acquiesce. Al ne répond rien.

— Et vous vous êtes empressés de le suivre ?

— Plus ou moins, dis-je à mi-voix. Il semblait en avoir besoin.

— Et bien évidemment… (Sa voix s'altère, puis elle se ressaisit :) Personne n'a pensé à me prévenir ?

Les yeux rivés sur la route, Chad n'en perd pas une miette.

— Ce n'était pas censé se passer comme ça, dis-je.

— Avec ton père, on ne sait jamais, dit Maman.

56

MAMAN POUSSE LA PORTE de la chambre, allume l'interrupteur, s'écarte pour nous laisser entrer. Nous jetons un œil à l'intérieur, nos sacs à l'épaule : deux lits, un espace exigu.

— On va prendre une autre chambre, dit Al. (Maman reste muette.) On dort dans le même duvet depuis des semaines. J'aimerais passer la nuit dans mon propre lit.

Aussitôt je pense : on n'a pas de portefeuille, comment va-t-on payer ?

— Je m'en occupe. Aux frais de la couronne, dit Chad avant que je puisse prononcer un mot.

Il sourit comme si la chambre lui était destinée, à lui et à Al. Elle le suit, me laissant seule avec Maman, debout sous le porche minuscule, où la lumière de la chambre éclabousse le parking mouillé et la bruine ride la surface des flaques.

— Entre, Trig. Ne reste pas là. Profite de la douche, au moins.

Sous le merveilleux jet brûlant, je rumine les choix qui s'imposent à moi. Quelle chambre, quel lit ? Qui vais-je décevoir ? Je me lave et me relave les cheveux, j'utilise presque toute la savonnette, mais je n'ai toujours pas de réponse.

Lorsque je sors de la salle de bains, je constate que Maman a étalé notre équipement et mes vêtements fétides partout dans la chambre. Étalée sur un des lits, la tente dégage une odeur de feu de bois matinée de la puanteur âcre des affaires rangées encore humides. Dire que nous l'avons sortie nuit après nuit, heureux de pouvoir échapper au froid et au vent.

— Al est à côté, occupée à vider son propre ballon d'eau chaude

— Dudley est parti ?

Vêtu de ma seule serviette, je n'ai rien à me mettre qui ne soit pas répugnant.

Maman sourit.

— Sacré Chad. Ça a dû le tuer, de la quitter.

J'attrape un T-shirt accroché à un tiroir ouvert.

— Trig…

Je me tourne vers elle, même si je n'en ai aucune envie.

— C'est vrai, ce que vous avez dit ? Papa a perdu les pédales et disparu dans les bois ?

Je hoche la tête.

— Il était heureux là-bas, maman. Comme avant. Mais le séjour l'a déstabilisé, d'une manière ou d'une autre. Il a replongé dans le passé et s'est emmêlé les pinceaux.

— Je le reconnais bien là, dit-elle dans un soupir. Avec ou sans Alzheimer.

— Il n'avait plus la notion du temps, il semblait croire qu'on allait pagayer éternellement, d'un lac à un autre, d'un camp à un autre, d'un feu à un autre, comme si l'hiver ne nous rattraperait jamais.

Je passe le T-shirt par-dessus ma tête. Observe la chambre.

— Ne t'inquiète pas, dit Maman. Va rejoindre Al. J'ai l'habitude.

Je reste immobile, ne sachant quoi répondre. "J'ai l'habitude." C'est pourtant elle qui a rendu la chambre quasi inhabitable.

Elle arbore un sourire fatigué.

— Vous deux, vous n'avez jamais réussi à fonctionner l'un sans l'autre. (Son regard me survole et va se perdre au loin.) À votre naissance, vous avez hurlé jusqu'à ce que l'infirmière vous couche côte à côte. Sitôt que vous avez été en contact, le silence et la paix ont régné dans la pièce. Vous poussiez de minuscules soupirs tremblotants.

À ce souvenir, elle sourit plus franchement.

— Dors bien, Maman.

Je sors dans la bruine, avec ma serviette et mon T-shirt putride. Al a laissé la porte entrouverte, la bloquant avec le loquet de sécurité. Elle savait que je viendrais.

Je fais coulisser le loquet, pénètre dans la chambre enténébrée, referme doucement la porte derrière moi.

— Comment tu as fait pour lui échapper ? demande Al, avant même que mes yeux ne s'accoutument à la pénombre.

— Elle a étalé mes affaires partout sur le lit et m'a envoyé dormir avec toi.

— Elle n'arrêtera jamais.

— Quoi ?

— De nous forcer à la décevoir.

Je hausse les épaules. De la lumière filtre par l'entrebâillement de la salle de bains. Je tends le bras, éteins l'interrupteur.

— Non, s'il te plaît. Cette nuit, au moins, j'aimerais ne pas rester allongée dans le noir.

Je rallume et m'approche des lits à pas comptés. Abandonner Maman n'était que la première étape. Reste à choisir quel lit. À l'instar de Maman, Al me donne un coup de pouce.

— Tu y crois, T ? Un lit pour nous tout seuls ? On va pouvoir prendre de la place, se tourner dans tous les sens.

À tâtons, je me fraye un chemin entre les sommiers, repousse une couverture, m'installe sur un matelas aussi moelleux qu'un marshmallow et m'y enfonce. L'espace qui me sépare d'Al, un mètre maximum, me semble aussi vaste que n'importe quel lac.

— T ?

Je prends alors conscience qu'elle a évoqué un lit pour nous tout seuls, non pas pour moi tout seul. Je ne suis pas certain d'avoir fait le bon choix.

— Hmm ?

— Elle t'a cru ?

— Elle n'en avait pas envie.

— Mais elle t'a cru quand même ?

— Quelle autre explication y a-t-il ?

Je l'entends s'enfouir sous sa couverture, pourtant je ne suis pas encore prêt à la quitter.

— Tu as fait comment, pour convaincre Dudley de partir ?

Elle émet un rire assoupi.

— Incroyables, ces lits, pas vrai ?

— Paradisiaques.

Je reste immobile, les yeux grands ouverts. Le halo d'un réverbère s'immisce entre les interstices du store, une voiture roule sur la route détrempée. Tout me semble étranger, dissonant, incongru.

Je ne compterai pas. Je ne céderai pas à la tentation. Nous sommes dans le monde, à présent.

57

Le lendemain, dans le petit bureau de Chad, Al se penche sur la carte. Ses cheveux exhalent le même parfum d'après-shampooing que les miens. Nous sommes déjà si différents des personnes que nous étions le mois passé. Au lieu d'essayer de comprendre la carte, nous retraçons nos pas, de portage en portage, de lac en lac. Al dessine des arcs de cercle avec l'extrémité de son doigt, s'arrête sur un lac, passe au suivant. Chad continue d'évoquer des recherches mais regarde à peine la carte, incapable de se détacher d'Al. Si proche d'elle que, s'il faisait un pas de plus, ils porteraient les mêmes vêtements.

— C'était un petit lac. On en a fait deux fois le tour à la recherche d'un emplacement pour camper.

— Il n'y a pas vraiment de portage, juste un ruisseau qu'il faut remonter à pied, dis-je, bien que je ne puisse approcher de la carte.

— On a dormi sur une petite pointe orientée nord, dit Al.

— Orientée sud. Tu ne t'en souviens pas ? On ne voulait pas voir l'orage qui fondait sur nous.

— L'autre nord, quoi.

Sur le seuil, Maman se ronge un ongle.

— On l'a baptisé "le lac de Nulle part", dis-je.

Chad daigne enfin m'adresser un coup d'œil.

— J'en prends note.

Al tapote la carte.

— Là, dit-elle, comme si elle venait de remporter une chasse au trésor.

Par-dessus son épaule, j'observe son doigt, la tache bleue qui apparaît en dessous.

— Bouge ton doigt, dis-je.

Je tends le cou. Il y a bien une île, une pointe. Mais nous avons contourné l'île, qui n'était pas si proche de la rive est et ne faisait pas un coude côté nord.

Je secoue la tête.

— Presque, mais regarde.

Je lui montre le coude.

Al secoue la tête.

— Bingo, insiste-t-elle.

— Bingo ? répète Dudley.

— C'est un jeu, explique Al.

À croire qu'il vient d'un pays lointain. Vraiment lointain, j'entends, pas le Canada.

— Oui, dit-il avec un sourire. Ici aussi, les anciens jouent. (Al le regarde, l'air dubitatif.) Mais je préférerais ne pas jouer avec un sujet si sérieux, Al.

Surprise, elle cligne des yeux, comme si les meubles avaient parlé. Il ne la connaît pas assez bien pour l'appeler par son surnom. Elle tapote la carte.

— C'est là.

— On devrait peut-être commencer là où on a abandonné le canoë, dis-je. Et refaire le trajet dans le sens inverse, jusqu'au lac de Nulle part.

Seuls quelques jours, quelques lacs séparent ces deux endroits.

— Ici, dit Dudley.

Il désigne l'endroit où le canoë a été repéré.

Je me remémore notre faux départ, le lac à deux portages, la longue rive est qui n'en finissait pas. Je pose mon doigt sur la carte, rebrousse chemin. Après quelques hésitations, je finis par trouver le lac, une vue aérienne que Papa n'aurait pu égaler en la traçant dans le sable.

— Le Juliet, dis-je à voix haute. Il n'y a pas de portage pour y accéder.

— Joliat, lit Al.

— Le Joliat ? dit Dudley. C'est un peu hors des sentiers battus.

— Alors c'est sûrement là, lance Maman depuis le seuil.

Ce sont les premières paroles qu'elle prononce depuis que nous sommes arrivés.

Le nez sur la carte, Al étudie l'entrelacs de noms en plissant les yeux.

— Wet Lake* ? Qui est responsable de ces noms ?

— Donc vous pensez qu'il s'agit du Joliat ? demande Dudley.

Al hausse les épaules.

— Soit le Joliat, soit l'autre. (Elle consulte la carte.) Le Swartman.

Aucun de ces deux lacs n'est doté d'un portage.

* Le lac mouillé.

— C'est le Joliat, dis-je. Tout concorde.

— Comme dans l'affaire d'O.J., dit Maman. (Nous la regardons, mais elle se détourne, balayant sa remarque d'un geste.) Vous ne le retrouverez jamais.

Chad se redresse.

— On ira là-bas en hélico dès que possible, Dory.

Maman ne veut rien entendre.

— Croyez-moi, quand il disparaît, il disparaît.

Elle ouvre la porte, sort dans la bruine, disparaît à son tour.

Chad baisse les yeux sur la carte.

— Je crois que j'ai assez d'infos.

— Moi, j'en ai plus qu'assez, dit Al.

Soudain, Chad semble sur le point de pleurer.

58

Nous passons la journée suivante à Atikokan, le ciel étant censé s'éclaircir. Maman s'occupe de la lessive tandis que Chad revient sur chaque jour de l'expédition avec Al et moi. Lorsque je propose à Maman de l'aider, elle m'envoie balader.

— J'aime bien les laveries automatiques.

Le soir venu, nous lui souhaitons bonne nuit avant de nous retirer dans notre chambre. Elle semble soudain découragée, comme si elle avait traversé la moitié du pays à la recherche de quelque chose ayant disparu depuis longtemps.

Le lendemain, Chad et sa tête brûlée de pilote disent que le plafond nuageux est suffisamment haut pour un décollage. Al accepte de leur servir de guide, à contrecœur. Je reste auprès de Maman, laissant à Al le soin d'illuminer la petite vie pathétique du ranger. Non pas qu'il m'ait invité à me joindre à l'expédition.

Toute la durée de leur absence, Maman s'agite, elle me demande plusieurs fois de raconter notre dernière nuit avec Papa, espérant trouver une incohérence dans notre récit, un prétexte pour le discréditer. Puis elle me demande de décrire les symptômes de sa dégénérescence, son Alzheimer, comme elle l'appelle. Enfin, elle évoque mon fameux coup de fil, le jour de mon licenciement. Elle est en train de m'interroger sur mes projets, mon avenir quand, Dieu soit loué, nous entendons le pick-up de Dudley se garer devant le motel.

Une portière claque. Al franchit aussitôt le seuil de la chambre de Maman, sachant que je m'y trouverais. Elle lui adresse un drôle de regard avant de se plaquer contre le radiateur sous la fenêtre.

— Je crois que je n'aurai plus jamais chaud.

Comme Maman ne pose aucune question, je m'en charge. Ainsi que je m'y attendais, ils n'ont pas découvert grand-chose.

Papa a disparu sur mon lac, pas celui d'Al. Les recherches n'ont rien donné de plus que les nôtres, voire moins, puisqu'ils n'ont pas pu suivre nos empreintes, la neige ayant fondu et gelé à nouveau, une vraie couche de goudron.

— Franchement, c'était sinistre. Encore plus que je ne le pensais.

Tu t'attendais à quoi ? ai-je envie de crier, mais elle fourrage dans les poches de son manteau, en sort mon portefeuille, mon téléphone et me les lance.

— Sur le retour, on s'est posés près du canoë. Le pilote m'a autorisée à sortir quelques instants.

— Et tu n'as pris que ça ? Pas le Duluth ?

— On a besoin de ces trucs, maintenant, T. Dudley m'a assuré qu'ils récupéreraient le reste de nos affaires dès que la météo s'y prêterait.

Je scrute le téléphone et le portefeuille, des objets d'un autre temps.

— Tu t'es sentie comment, là-bas ?

— Seule.

Au matin, Dudley vient nous rendre visite alors que nous chargeons la Subaru de Maman. Il promet de nous prévenir sitôt qu'ils trouveront un indice, même s'il doit passer l'hiver à chercher.

— Vous n'aviez pas le budget pour une opération de sauvetage, mais vous êtes prêt à perdre votre temps pour un cadavre ? demande Maman.

— Mon temps personnel, répond Chad, piqué au vif.

Al le remercie et ajoute qu'elle-même ne remettra jamais les pieds sur ce lac.

Lorsque nous nous éloignons du motel, Chad est garé au coin de la rue. Il nous salue de la main en regardant disparaître son rêve vers l'ouest, sans lui.

La route est longue et silencieuse. À l'approche de Fargo où, bien évidemment, le soleil brille dans le ciel bleu azur, l'atmosphère devient plus pesante encore.

— Al et moi, on a discuté, on s'est dit qu'on pourrait peut-être…

— Crache le morceau, Trig, dit Maman sans quitter l'asphalte des yeux. Quelle mauvaise nouvelle vas-tu m'annoncer aujourd'hui ?

Je me tourne vers Al, qui hausse les épaules et scrute le paysage.

— Tu serais d'accord pour nous déposer à Denver ?

— Quoi ? Pourquoi ?

— Je veux reprendre ma vie en main.

— Avec Al ?

Elle jette un coup d'œil dans le rétroviseur.

— Il y a sûrement du travail pour moi, là-bas.

Maman reporte son attention sur la route et passe sa langue sur ses dents, comme si elle goûtait quelque chose de suspect.

— Vous allez vivre ensemble là-bas ? Vous deux contre le monde entier ?

— Jusqu'ici, ça a plutôt bien fonctionné, dit Al.

— Vraiment ? Vraiment ?

Ni Al ni moi ne pipons mot.

— Quelle idée, lâche Maman dans un soupir. (Elle m'observe puis dévisage Al, menaçant de faire fondre le rétroviseur.) T est sans domicile, j'ignore ce que tu fais à Denver, et votre père… votre père s'est aventuré au-delà de ce monde. La disparition ultime. (Elle regarde à peine la route.) Ça a sacrément bien fonctionné, en effet.

Elle serre les lèvres de toutes ses forces, comme si elle ne comptait plus jamais parler. Des larmes coulent sur ses joues. Elle s'essuie le visage d'un geste brusque, prend une profonde inspiration, repose la main sur le volant, les yeux sur le ruban d'asphalte qui s'étire devant nous.

— J'ignore ce que je t'ai fait, Al, pourquoi tu as toujours cherché à me fuir. Et maintenant, tu entraînes ton frère avec toi. Tu l'as repris dans tes filets après sa seule tentative d'émancipation.

Ce n'est pas la faute d'Al, ai-je envie de dire. Je m'apprête à ouvrir la bouche quand elle me prend de vitesse.

— Rien, maman. Tu n'as strictement rien fait.

— Rien ? J'ai trimé comme une esclave pour subvenir à vos besoins.

Elle traverse Fargo en silence, à croire que ces sorties dépeuplées requièrent une concentration extrême, et se gare devant une station-service pour faire le plein. Al en profite pour aller aux toilettes. À son retour, nous échangeons nos places, ainsi que nous l'avons fait toute notre vie, condamnés que nous sommes à tout répéter. Je suis surpris qu'elle veuille s'asseoir à côté de Maman.

La Subaru se réengage sur la quatre voies droite comme une flèche.

— Je croyais que tu voulais rentrer à Missoula, Trig ? dit Maman à mi-voix. Ce n'est plus au programme ?

— C'était… Tout s'écroulait autour de moi, j'étais…

— Dans le vortex, dit Al.

— Et ton appartement ? Tes affaires ?

— J'ai déjà déménagé. Je ne pouvais plus payer le loyer.

— Quand ça ? Tu habitais où ?

— Je… j'ai campé. Pas longtemps. Ensuite, Papa nous a envoyé un message.

Elle pivote sur son siège, les yeux écarquillés. Al saisit le volant.

— Tu étais à la rue ?

Elle semble avoir oublié qu'elle se trouve au volant d'un véhicule en mouvement.

— Maman, dit Al.

— Reste en dehors de ça, glapit Maman. Pour une fois dans ta vie.

Je cligne des yeux.

— D'accord, dit Al, j'essaye juste de nous éviter un accident.

— Trig ? dit Maman.

— Sur une rivière que je connais bien.

Maman semble bouleversée. Elle s'affaisse sur son siège, se concentre à nouveau sur la route.

— Nom de Dieu, qu'est-ce qui est arrivé à cette famille ?

Une question à laquelle nous n'avons pas de réponse. Sur la banquette arrière, je lance des coups d'œil appuyés à Al. Après toutes ces années, j'aimerais qu'elle raconte ce qui est arrivé, justement. Mais elle n'ouvre pas la bouche.

— Denver, c'est plus qu'un petit détour. Tu en es conscient, n'est-ce pas ?

— Je conduirai, maman.

— Je rentre à Missoula. Vous avez le droit de descendre, je ne vais pas vous kidnapper. Ou vous pouvez vous montrer raisonnables et passer quelques jours à la maison avant de rentrer chacun chez vous. Trig, tu pourras en profiter pour récupérer ta voiture, tes affaires, peut-être même prendre une décision rationnelle quant à ton avenir, comme un vrai adulte. Tu as perdu un emploi, pas ta vie.

— Maman…

— Je pensais t'avoir au moins transmis ça, qu'un travail n'équivaut pas à une vie. (Face à mon silence, elle ajoute :) Je doute que tu aies envie de camper de sitôt.

En réalité, cela me manque déjà, préparer un feu, fouiller dans le Duluth, me glisser sous la tente avec Al, ses bras sur mes côtes, le murmure du vent sur la toile. Maman a le visage strié de larmes, elle n'essaye même plus de les cacher. Nous n'avons pas mentionné Papa une seule fois.

— D'accord pour Missoula, maman, dis-je doucement.

D'une voix qui peine à s'élever au-dessus du bourdonnement des pneus, Al acquiesce.

Le trajet le plus long de notre vie.

59

CHAD

ASSISE AU COMPTOIR ÉTROIT, Cindy étudie les cartes, les tourne dans un sens puis dans l'autre.

— Tu crois qu'ils ont buté le vieux ?

— Non, répond Chad, mais c'est quand même bizarre. Leur retour était épique, digne de Mackenzie. Et ils ont survécu malgré la glace. Juste eux deux.

— Parce qu'ils étaient deux ?

Il la fusille du regard. Elle lève les mains, un geste d'apaisement.

— De sacrés durs, pas de doute. C'est qui, Mackenzie ?

— Ils ont surmonté une épreuve terrible en vivant comme de vrais trappeurs. Ils n'avaient même pas de cartes. Ils n'ont jamais vraiment su où ils étaient, tu te rends compte ?

— Tu as dit que c'était une idée du vieux.

— Qui sait ? répond Chad.

Il avale une gorgée de Mr. Canoehead, Cindy ayant fait une énième virée à Thunder Bay.

— Et si c'était leur plan depuis le début, même si l'idée venait de lui, à la base ? S'ils avaient tout prévu, s'enfoncer dans le parc, attendre la tempête du siècle, le larguer, se laisser piéger par la glace et rentrer à pied ?

Il la dévisage sans rien dire.

— Le crime parfait, quoi. (Elle porte la bière à sa bouche.) Le genre de coup de génie qu'on a après avoir passé plusieurs années en institut, eh ?

Chad saisit la canette, s'approche du poêle et jette une bûche dans le feu.

— Ç'aurait quand même été plus simple de le pousser dans Nym Lake, non ?

— Je n'ai jamais dit que je les soupçonnais de quoi que ce soit.

Cindy se fend alors de son fameux sourire. Son visage s'illumine, une vision qui vaut le détour, pense Chad, peu importe combien elle le met mal à l'aise en cet instant, tandis qu'elle agite l'index sous son nez.

— Attends, attends, j'ai compris. Tu veux qu'il y ait une enquête. Longue, si possible. Pour faire revenir la fille et "l'interroger".

Elle prolonge le mot, formant un trou avec son pouce et son index qu'elle pilonne de son autre doigt.

— Je ne sais pas pourquoi je discute avec toi.

— Parce que je te fournis en boissons de qualité. (Il lève les yeux au ciel.) Ou que, contrairement à ta pouffe Mackenzie, je suis là ?

Il soupire, se tourne vers le poêle, il n'arrive plus à se réchauffer depuis qu'il a survolé les lacs, trouvé le canoë attaché à un arbre, la tente montée, au cas où le disparu reviendrait. Tout correspondait à ce qu'avaient raconté les jumeaux. Même le sac de provisions était encore suspendu à une branche, plus ou moins vide. Un coup des ratons laveurs ou des martes. Peut-être des corbeaux. Cependant ils n'ont trouvé aucune empreinte, la neige ayant fondu depuis.

— C'est quoi, la prochaine étape ? demande Cindy.

Elle gesticule en direction de la canette.

— Si on en prenait chacun une ? propose Chad.

Elle continue d'agiter les doigts jusqu'à ce qu'il lui donne la bière, qu'elle vide d'un trait.

— Alors ?

Chad hausse les épaules.

— On attend le printemps, j'imagine.

Cindy sort une bière fraîche du frigo.

— Première gorgée.

Elle boit avant de tendre la canette à Chad.

— Le printemps. (Elle est parcourue d'un léger frisson.) Le cadavre ne sera pas beau à voir.

L'orage secoue les fenêtres. Toute la nuit, elles ont tremblé.

— On va poursuivre les recherches, mais à mon avis, les pêcheurs le retrouveront avant nous.

— Sacrée surprise, hein ?

Chad acquiesce en grimaçant.

— S'il s'est noyé dans le Joliat, ça risque de prendre plusieurs années.

— Tu peux te permettre d'attendre si longtemps ?

— Mieux vaut un tas d'os qu'un cadavre en état de décomposition avancée.

— S'il y a un cadavre, la fille sera obligée de venir l'identifier. (Cindy le regarde droit dans les yeux.) Ne me dis pas que tu n'y as pas pensé.

— Je pourrais aussi contacter son frère.

— Tu ne le feras pas.

— Ou sa mère.

— L'ex ? Ce n'est plus vraiment son problème.

— Je pourrais identifier la victime avec une radio de ses dents.

Voyant qu'il ne lui rend pas la bière, Cindy secoue la tête et en attrape une autre dans le frigo.

— Tu peux bien raconter ce que tu veux, Chad, dit-elle dans un éclat de rire. La vérité, c'est que tu vas tout faire pour qu'elle revienne. Tu vas passer l'hiver à chercher le corps juste pour la revoir.

60

JUIN

Lorsque son téléphone sonne, Al est en train de cuisiner. Pas de brochets ni de repas lyophilisé, de simples pâtes à la sauce tomate. Je suis censé m'occuper de la salade, au lieu de quoi je consulte les offres d'emploi sur le canapé. Je pensais qu'une ville aussi branchée et peuplée que Denver aurait quelques postes à pourvoir. Je la déteste autant que San Francisco. Je ne supporte pas le bruit ni la foule.

— Regarde qui c'est, dit Al.

Je saisis son téléphone. Sitôt que je vois l'indicatif international sur l'écran, je me remémore les lacs, le murmure des vagues sur le sable, le clapotis de l'eau contre la glace, les arbres noirs découpés sur la surface polie par le vent.

— T ?

Je colle le portable contre mon oreille.

— Al ? C'est Chad. (S'ensuit une pause dépitée.) Ranger Dunsmore ?

— Allô ?

— Trig ? bredouille-t-il.

Je suis incapable de répondre.

— Je pensais avoir composé le numéro d'Al. Elle est là ?

— Non. Non, elle n'est pas là.

— Ah. C'est juste que, enfin…

Il se tait, un silence que je ne parviens pas à combler.

— Je suis désolé… On a retrouvé… Il semblerait que… (Il prend une profonde inspiration.) On a repêché un corps. À l'endroit que vous nous avez indiqué. Le petit lac avec une île. Le Joliat.

Je m'enfonce dans le canapé comme dans une congère. Al contourne l'îlot central.

— Vous êtes encore en ligne ? demande Chad.

Je cligne des yeux dans la fumée, la chaleur brûlante des flammes.

— Je suis désolé de vous l'annoncer. Je me demandais si… On a des questions à vous poser.

Al se plante devant moi.

— Parce qu'il était dans l'eau… Sous l'eau, pour être exact.

Je ferme les yeux. Englouti par les flots noirs, je me débats pour remonter à la surface. Sur la falaise, le petit groupe d'élans rouges bloque la rive. Al et moi, seuls au monde.

— Je… je m'en doutais. Le seul endroit où on ne pouvait pas le chercher.

— On aimerait s'entretenir avec vous deux. Il y a, euh… des irrégularités.

Je me lève et fais un pas de côté pour éviter Al, qui me dévisage. Au moment où je m'écarte, nos épaules s'effleurent.

— Il était attaché. (Chad se racle la gorge.) On dirait que… Il semble s'être attaché à une ancre.

Al, toutes ces nuits ensemble sous la tente et ici, à Denver. La disparition de l'ancre. Le canoë sur la plage, rempli de neige.

— J'aurai besoin de parler à Al, aussi.

Je gagne la chambre d'un pas mal assuré, la piste enneigée est glissante, mon équilibre incertain. Et Al qui scrute chacun de mes gestes.

— Vous êtes toujours là ?

— Je me suis souvent demandé s'il en était venu à ça. (Ma voix, à peine un murmure.) Il était complètement perdu.

— Vous pouvez me passer Al ?

Je pousse la porte.

— Al ? On n'est plus vraiment en contact.

— Mais, bredouille Chad, j'ai composé son numéro.

J'éloigne le téléphone de mon visage afin qu'il n'entende pas ma respiration s'emballer.

— Non, parviens-je à articuler. C'est le mien, vous avez dû les intervertir.

— Mais…

— Notre relation n'a pas survécu au séjour dans le Quetico, c'est un souvenir qu'on est incapables d'affronter. Je ne sais même pas comment la joindre.

— Il… enfin… Une radio des dents sera nécessaire pour l'identifier et il y a la question du rapatriement du corps…

— À mon avis, il redoutait ce qui l'attendait. (Je me jette à l'eau.) Il a dû préférer en finir plutôt que de se perdre, avoir un accident ou mourir de froid, seul dans le noir. Une manière de garder le contrôle…

La glace se referme au-dessus de ma tête, je pose le téléphone, la voix de Chad faiblit, je m'enfonce, un œil sur la porte entrebâillée ; derrière, Al m'attend, dans la lumière.

Le souffle court, les mains tremblantes, je pousse le battant, plisse les yeux, ébloui par le halo qui nimbe Al.

— T ?

Dans l'autre lit, elle m'implore, me supplie de compter, de m'endormir, de ne pas savoir.

— C'était Chad.

Un léger frisson la traverse.

— Ils l'ont retrouvé.

— On a toujours su où il était, T.

— Je vais y aller pour m'occuper des détails administratifs.

Elle commence à parler, mais je l'interromps.

— Mieux vaut que tu restes ici.

Elle m'observe.

Le murmure des aiguilles de pin, secouées par une bourrasque glaciale. Il faut raviver le feu, chauffer l'eau pour la vaisselle.

— Il était attaché à une ancre, dis-je en l'observant.

Chad a nos numéros de téléphone. Nous ne pouvons pas simplement disparaître.

— Tout ira bien, T.

Je hoche la tête. J'ai du mal à respirer.

— Toi et moi, ajoute-t-elle.

Je prends une inspiration. Contre le monde entier.

— Peu importe ce qu'a fait Papa. Ou ce qu'ils ont découvert.

Elle a deux assiettes à la main. Pourquoi ne partage-t-on pas la casserole, les yeux fermés, le visage tourné contre la fumée ?

— Réfléchis une seconde, T. Tu aurais réagi comment, à sa place ? Si tu t'étais rendu compte que tu ne savais plus ce que tu faisais ? Où tu étais ? Qui tu étais ?

Je contemple les pulsations sauvages et flamboyantes des aurores boréales, la nuit constellée d'étoiles.

— Tu aurais réagi comment, si tu avais entraîné tes enfants dans une région reculée pour te rendre compte que tu étais incapable de les ramener ?

J'attise le feu avec une branche, faisant jaillir une nuée d'étincelles dans l'abysse par-delà les flammes.

— Si tu ne savais plus si tu aimais ta fille, ou si vous étiez amoureux ? Au point d'être obligé de lui poser la question ?

La dernière nuit, quand je suis allé me coucher, ils sont restés près du feu sans parler. J'ai eu beau dresser l'oreille, je ne les ai pas entendus prononcer un seul mot. À présent, le vortex s'emplit de voix, Al trouve Papa en train d'errer dehors, elle l'attire sur le rivage, dans le canoë, elle pagaye puis laisse le canoë dériver, s'approche de Papa, s'agenouille près de lui. Les étoiles se reflètent dans le miroir du lac, elles brillent dans le ciel, elles brillent dans l'eau, Papa ne comprend pas, où est le bas, où est le haut ? L'amarre de l'ancre s'enroule autour de son poignet, de sa cheville peut-être, le cabestan double d'Al, aussi doux que la caresse tant espérée. Que fait-il dans le canoë ? Que fait le canoë dans le ciel ? Peu importe, Al est là, elle le cajole, elle le rassure, ils sont seuls au monde. Il ne sait plus qui il est, il regarde les étoiles dans le lac, les étoiles dans les yeux d'Al. Le ciel, dit-elle, c'est le seul endroit pour nous. Comme l'amarre, son conte de fées, ses promesses s'enroulent autour de lui ; là-bas, ils seront ensemble, là-bas, tout ira bien. Alors il y va de son propre gré. Les yeux rivés sur les étoiles qui ondoient dans ce drôle de ciel, il se lève et enjambe le plat-bord, à peine un remous. Al a déjà regagné son siège, elle empoigne sa pagaie et rentre se glisser sous la tente.

— Al ?

J'ai la voix qui tremble, je ne peux me résoudre à lui poser la question. Je ne la lui poserai jamais. Il n'y avait pas d'étoiles cette nuit-là. Rien ne se reflétait dans les eaux sombres du lac. Pas un bruit, sinon celui la tempête. Et la neige qui s'accumulait.

— T ?

La gorge nouée, j'essaye de respirer. Je perds pied.

— Respire, T, respire.

J'essaye.

— Va là-bas, T, dit-elle, la voix douce. Signe les formulaires, répands ses cendres, fais ton devoir.

Papa était doué avec les cordes. Quel nœud a-t-il utilisé, avec l'amarre de l'ancre ? Je ne lui poserai jamais la question. Tout sauf un cabestan double.

— Réponds aux questions qu'ils te poseront.

Nous hissons le canoë dans l'arbre et l'amarrons à une branche, un cercueil rien que pour lui. Avec une pagaie, une canne à pêche, pour pêcher dans l'au-delà, où il n'aura ni jumeaux ni fille.

— Il nous a abandonnés, Trig. Point barre, dit Al.

Je continue d'entendre sa voix, qui le rassure et l'apaise.

— Dis-leur la vérité, Trig. Raconte-leur tout ce dont tu te souviens à propos de cette nuit. Dis-leur qu'on l'a cherché si longtemps qu'on a failli y passer, nous aussi. Que tu refusais d'abandonner ta famille, quoi qu'il arrive.

Elle tend le bras, m'effleure la peau. Sa main sur la mienne, j'acquiesce en me raclant la gorge.

— Chad a nos canoës, dis-je. Et le Duluth. (Je suis incapable de croiser son regard.) On pourrait y aller en voiture et les récupérer. (À présent, j'improvise.) Passer l'été dans la réserve naturelle des Boundary Waters, histoire de se faire oublier.

— Il y aura des huards, cette fois, Trig. On s'endormira bercés par leurs appels. Et on se réveillera au son de leurs cris.

C'est tout ce que je veux. Al me ramène à elle avec ses murmures, le trémolo des huards résonne sur le lac, les étoiles se reflètent dans l'eau. Je m'abandonne. Je prépare ma pagaie et j'attends qu'Al immerge sa pale, nous ne laissons rien dans notre sillage, hormis l'entrelacs de nos doubles tourbillons.

DERNIÈRES PARUTIONS

Ellen G. Simensen, *La Vertu du mensonge*
Phil Klay, *Les Missionnaires*
Larry McMurtry, *Cavalier, passe ton chemin*
James Crumley, *Les Serpents de la frontière*
John Gierach, *Nature morte avec truite*
Maren Uthaug, *Là où sont les oiseaux*
Craig Johnson, *Western Star*
William Boyle, *La Cité des marges*
Lance Weller, *Le Cercueil de Job*
Kate Reed Petty, *True Story*
Helene Bukowski, *Les Dents de lait*
Kathleen Dean Moore, *Sur quoi repose le monde*
S. Craig Zahler, *Dédale mortel*
Keith McCafferty, *Le Baiser des Crazy Mountains*
James McBride, *Deacon King Kong*
Claire Holroyde, *La Comète*
Amity Gaige, *Sous nos pieds l'océan*
Piergiorgio Pulixi, *L'Île des âmes*
David Vann, *Komodo*
James Carlos Blake, *Vies et morts de Stanley Ketchel*
Giulia Caminito, *Un jour viendra*
Peter Swanson, *Huit crimes parfaits*
Rye Curtis, *Kingdomtide*
David Heska Wanbli Weiden, *Justice indienne*
Edward Abbey, *En descendant la rivière*
Larry McMurtry, *Les Rues de Laredo*
Elliot Ackerman, *Le Passage*
Benjamin Whitmer, *Les Dynamiteurs*
Andy Davidson, *Dans la vallée du soleil*
Tiffany McDaniel, *Betty*
Keith McCafferty, *La Vénus de Botticelli Creek*
William Boyle, *L'Amitié est un cadeau à se faire*
Alex Taylor, *Le Sang ne suffit pas*
John Farris, *Furie*
Joe Wilkins, *Ces montagnes à jamais*
Lea Carpenter, *Rouge, blanc, bleu*

*Cet ouvrage a été imprimé sur du papier
dont les fibres de bois proviennent
de forêts durablement gérées*

IMPRIM'VERT®

(VENDÉE) CET OUVRAGE A ÉTÉ COMPOSÉ PAR ATLANT'COMMUNICATION

ACHEVÉ D'IMPRIMER SUR ROTO-PAGE
PAR L'IMPRIMERIE FLOCH À MAYENNE
EN JANVIER 2022
POUR LE COMPTE DES ÉDITIONS GALLMEISTER
13, RUE DE NESLE
75006 PARIS

DÉPÔT LÉGAL : JANVIER 2022
2e ÉDITION
N° D'IMPRESSION : 99792
IMPRIMÉ EN FRANCE